落英缤纷

（日）

太宰治
Dazai Osamu

著

王述坤

译

上海译文出版社

目
录

新郎

　　只有一天天充实地活下去，别无他法。"不要为明天忧虑！因为明天自有明天的忧虑。"[1] 我想努力快乐地过好今天一天，对人友善地过日子。近来蓝天也分外美，美到甚至都想到上面去泛舟。山茶花的花瓣宛若樱贝[2]一般粉红，出声地在凋谢。今年还是首次惊叹：花瓣竟然如此万紫千红！一切一切都令人眷恋，就连吸一支香烟也充满了感恩之念，令人几欲感泣。倒绝不会真哭，而是不禁微笑的意思。

　　家人们也都明显地温柔起来。即便孩子在隔壁房间哭，我也装聋作哑，但最近倒有过站起身来到隔壁房间笨手笨脚地将孩子抱起轻轻摇晃的情况。也有的夜晚，为了不忘记而偷偷凝视孩子熟睡的小脸。最后一面？怎么会！不过似乎也

---

1. 引自《圣经·新约·马太福音》第6章第34节。版本为《圣经 附赞美诗》（新编）（中国基督教三自爱国运动委员会、中国基督教协会出版发行，2005，第7页）本书后文各篇中所引所有《圣经》内容（赞美诗除外）均出自此中译本。
2. 樱贝：动物名，软体动物门斧足纲。壳长卵形两侧扁薄，颜色淡红如樱花瓣，长约2厘米，喜栖近海沙地，多产于暖海海边，可供装饰用；也称为"樱蛤"。

有了类似的感觉。这孩子肯定会茁壮成长，我相信这一点。不知为什么有那种感觉，我没有遗憾。我决定即便外出也要尽早回来在家吃晚饭。餐桌上什么好的也没有，但对我来说，那还是个乐趣。没好的是乐趣，切身所感。家人都是一副感到丢人的表情，致歉说着"对不起"。我却夸奖说菜烧得香，好吃。家人笑得很落寞。

"咸烹海味[1]，不赖呀！这不是大虾的咸烹海味吗？难为你们能弄到手！"

"已经干瘪啦！"家人毫无信心。

"即便干瘪了，大虾还是大虾嘛！这是我最喜欢的，虾须里含有钙的。"这是胡说八道了。

餐桌上有咸烹海味、腌白菜和干烧鱿鱼。仅此而已。我只是胡乱地加以夸奖。

"腌白菜，好吃啊！吃这个现在正当时。我从小就最喜欢腌白菜。只要有腌白菜，别的菜就不需要啦！一嚼嘎吱嘎吱的，不是有嚼头很脆快吗？"

"盐，最近商店也脱销了，所以，"家人仍然没有信心，愁眉苦脸的样子，"做腌菜也不能像以前那样尽情地用盐了，虽然多放盐就好吃。"

"不，就这样，正好。我讨厌过咸的。"

---

1. 咸烹海味：原文作"佃煮（つくだに）"，用酱油和甜料酒将小鱼、贝、海藻等一起煮，熬成汤汁，一般译成"咸烹海味"。

我顽固地断言。夸奖贫穷心情好。

然而，也经常失败。

"今晚？是吗？什么也没有吗？这样的晚饭也是一种即兴嘛！大家动动脑筋吧，对了，吃紫菜茶水泡饭吧！潇洒呀！把紫菜拿出来！"指望拿紫菜做最从简的菜，可是失策了。

"没有啊！"家人一脸难为情。"最近紫菜在所有商店都脱销。真怪呀！我买菜并不外行，可最近鱼呀肉呀什么也买不到，我都提个菜篮子在市场站着哭过鼻子。"沮丧至极。

我为自己的愚蠢感到羞耻，不曾知道没有紫菜。我惴惴不安地问道："有梅干吗？"

"有。"

两人都松了口气。

"要忍耐。不是无所谓嘛！只要有大米和蔬菜，人就能活下去。日本今后会好起来的，很快会好起来的。只要我们现在老老实实地忍耐，日本必定成功。我相信。大臣们登在报纸上的讲话我全部确信无疑，请他们尽全力干吧！据说现在是关键时刻，要忍耐。"我嘴里含着梅干一本正经地把那种明白透顶的道理说给家人听，这时，不知为什么感到异常痛快。

一天晚上，我在别处吃晚饭，因为上了很多山珍海味的菜，我大吃一惊，感到不可思议。我觍着脸悄悄拜托女仆，请她给我包一块牛排。女仆一脸为难地说："在这里吃的话是无妨的，但带走就是违规呀！"我带着牛排那还有点温乎的包回到家。这种乐趣的滋味今年还是首次尝到。以前我绝对没往家里带过礼物，我曾经认为那是一种龌龊且不规矩的行为。

"给女仆鞠躬三次，苦心孤诣地带回来的。好久没吃过了吧？牛肉！"我天真地夸耀道。

"感觉好像吃药一样，"家人诚惶诚恐地用筷子触了一下，"一点也引不起食欲呀！"

"哎呀！你就吃吃看吧！好吃吧？全都吃光！我是吃了好多回来的。"

"事关面子啊！"家人小声说出意料之外的话，"我不是那么想吃，所以，给女仆鞠躬的事今后请不要做了！"

经她这样一说，我有点尴尬，不过还是放心的成分占了上风，非常放心，没问题。家里的食物之类，今后完全不担心啦！说什么"这可是牛肉啊！"不是很粗鄙吗？不仅限于食物，就是关于家人的未来，也完全放心啦！她肯定会和孩子一起健康成长，我觉得很难得。

现在，因为对家人们毫不担心，所以我每天很轻松。遥望蓝天自得其乐，吸吸香烟，还有就是努力做到对世间的人们也和蔼可亲。

我家地处三鹰[1]，很多大学生来玩。既有聪明的，也有愚笨的，但都同样属于正义派。还没有一个学生开口向我借钱。相反，却有学生甚至摆出要借给我钱的架势。没有任何

---

1. 三鹰：东京都中部的小卫星城市，江户时代曾是幕府将军的捕鹰猎场。现有 JR 中央线和京王电铁井之头线的车站。

算计，只因为要和我谈话而来玩的。我还一次也没有拒绝过和这些年少的朋友见面。不管工作多忙，我都会说："请进！"不过，也不能否认以前的"请进"恐怕是消极的"请进"。也就是说，出于自己的懦弱、无奈，也的确有时落寞地说出："请进！我的工作，无所谓的。"我的工作并非重要到可以坚决赶走访客的程度。我无从判断访客的苦恼和我的苦恼，究竟哪个更甚，说不定相比之下我还算轻松的呢。"什么呀！实际上他不就只是个装腔作势的利己主义者吗？出于兴趣沉溺于基督教游戏，只会罗列一些俗不可耐的词句，貌似深刻，其实臭不可闻。"我似乎也不是没有这种倾向——真正被人这样一说，我羞愧难当，就是有再紧迫的工作我也要放下，起身欢迎学生。好像不是那么有诚意的欢迎，是卑鄙的自我防护，没有任何责任感。没有惹恼学生就万事大吉。我一面听着学生们的话，一面心里想着的全是别的事，无关痛痒地简短回答后就不清不楚地笑着。我是光算计着自己的处境的，说不定学生们认为我是个特别害羞的老好人呢。不过最近我也显著地变得和蔼可亲，原原本本严肃地说出自己所想。我的和蔼可亲和一般的和蔼可亲稍微有点区别，是将我的全貌不折不扣地展示给学生们的。我现在有一种责任感，我念念不忘：不能让来我处的人堕落，哪怕有一个也不行。当我被推上最后的审判台时，只有一点，我只要能够断言一句："不过，我没有让任何一个与我交往的人堕落。"那我该多么高兴啊！我最近决定狠心对学生们进一逆耳忠言，也怒骂过他们。这，就是我的和蔼可亲。这种时候我想，我被这个学生杀掉都行，杀我的学生是永远的糊涂虫。

甚为失礼，谈事能否限于半小时之内？本月我有点正经工作，请原谅！——太宰治。

玄关的拉窗也贴过这种贴纸。因我觉得用马马虎虎的唬人的亲切来接待他们很不好，我也开始珍视自己的工作了。为自己，也为了学生们。一天的生活很重要。

学生们渐渐不到我家来了。我想，这样更好。学生们离开我，一定在认真努力吧。

一天天的时间很可惜，我要尽量把今天一天活得充实，不仅和学生们，我和世间的人全都以最大限度的诚恳开始了交往。

往返的明信片来了这样的消息：

《女人的决斗》《越级上诉》[1]。结果，先生的作品我只能作为变态小说来消化。我想从先生那里得到某种启示，恳请予以说明一二。直截了当地说，所谓达达派是什么意思？拜托！

乡间国民学校教师　具。

---

1. 《女人的决斗》《越级上诉》：两篇均为太宰1940年的短篇作品。

我发出了如下回信：

敬启者：

大札敬悉。对别人有事问询时，写得再客气一些吧。担负国民教育者如此失礼，我以为欠妥。

现在我认真回答您的问题。我过去从未自称过达达派。我认为自己是个蹩脚的作家，千方百计设法请人们理解我的心情，尝试了种种办法，但我也并不认为有所成功。是一种笨拙的努力，我没有开玩笑。书不尽言。

我写这封信是准备好那位国民学校的老师骂上门来的。四五天后，来了这样一封长长的回信。

十一月二十八日。因昨夜的疲劳，今早听了七点的新闻广播也很难起床。一面看着美术样本画所画的竹笋水墨画，一面茫然地开始考虑起入伍（某月某日）、文学、花篮等事来。某某县地图和竹笋画带着某种凉意贴在值班室的白墙上，强烈地感觉是在暗示自己。这种时候，肯定会发生某种失败。忽然不禁回忆起在师范学校宿舍点篝火遭到申斥的事，便皱起眉头穿上拖鞋来到后门井边。懒散。头沉。我打了脖颈一巴掌。屋外正在下瓢泼大雨。戴上斗笠到浴室去拿脸盆。

"老师，早晨好！"

学校附近村子的两个孩子正在井边洗脚。

上完第二节课，在办公室喝开水突然看窗外时，只见邮差穿着黑色雨衣骑着自行车，正在激烈的暴风雨中艰难地往这边赶。我立刻出去接取。我收到的是意想不到的人的回信。先生，当时我说的是相当平庸的称呼。

（中略）

真的非常感谢！我常常后悔，为毫无理由的傲慢不逊的态度。为此我给人的第一印象总是很坏。明明知道这是要不得的，但一不小心就重犯。

给校长也看了明信片。校长说："你对此确实应该反省！"我也那样想。

（中略）

我对先生有所拜托。

请相信我很惭愧。我不是一个坏男人。

（中略）

我想现在放下笔，唱《不要将那火熄灭！》[1]这首歌，用该校唯一的一架小小风琴来伴奏。顿首。

我虽然省略了很多内容，但以上就是那所国民学校训导老师回信的内容。我很高兴。这回该我写感谢信了。我还补

---

1. 《不要将那火熄灭！》：1937 年前后的歌曲，北原白秋作词，宗山晋平作曲，是鼓吹士兵斗志的，其第一段原文为：その火絶やすな、清めの火なら、神に御灯明を、祈れ、武運を夜明けの雲、国を挙げての戦いは長い。译者翻译为：倘若是洁净之火，不要将那火熄灭！神前供奉长明灯，祈祷武运吧！就像破晓之云，举国之战是漫长的。

充了一句：入伍也罢不入伍也罢，请努力完成每天的义务。

最近，我必须将一天的任务一如往常地当成一生的义务而认真地努力，不能蒙混过关，对喜欢的人及早毫不掩饰地敞开真实思想好了，龌龊的算计停止为佳，直爽的行动无悔。其余就只有听天由命了。

就在前几天我也收到了叔母的长信，很关心我的健康状况呀、将来的生活呀等等，我很感谢。然而，我最近不再计划未来的生活了。并非虚无，也并没有死心。如果拙劣地看穿，慎重地放在天平上称应往左还是应往右的话，反而会跌得很惨吧？

那个人 ¹ 也说："不要为明天忧虑。"

清晨醒来，我心里盘算着的只是充实地过好今天这一天。我不说谎了，可以进行一点点不带虚荣和算计的学习了。现在也没有了得过且过推到明天的情况，只是每一天都变得非常重要了。

绝不是虚无。对现在的我来说，一天天的努力就是整个一生的努力。我想，战地的人们恐怕也是同样心情吧？叔母今后也别再囤货了。再没有比因怀疑而失败更丑恶的活法了，我们确信。寸长的小虫子也有五分赤心魂胆，弱小者不可欺，不许苦笑！只有天真无邪相信的人才活得悠闲，我不

---

1. 那个人：据译者判断，这里指耶稣。《圣经·新约·马太福音》（第6章第34节）有"不要为明天忧虑！因为明天自有明天的忧虑"。

会停止搞文学。我相信终将成功的，请放心吧！

最近，我每天早晨必定剃须，牙齿也刷得很清洁，脚指甲手指甲都剪得很整洁，每天洗澡、洗发，就连耳朵里也清理干净，鼻毛之类连一分也不让它长长。眼睛有些疲劳时，就往眼中滴一滴眼药来滋润。

纯白的漂白布一反[1]，从腹部紧紧包裹到胸部，总是纯白。裤头也是细白平纹棉布的，这也总是纯白。就这样，夜里独自睡在纯白的床单上。

书房里总是随着季节盛开着鲜活的花。今早将水仙扔进壁龛的罐子里。啊！日本真是个好国家，即便面包没了，酒类不足了，唯独花哪家花店店头都是满屋皆是，红、黄、白、紫，万紫千红，争奇斗艳。日本哟！为这种绚丽多彩向全世界自豪吧！

我最近没有穿破旧的和式棉袍，从早起就穿上干干净净、条纹清晰的和服，松紧适当地系上角带[2]。到附近朋友家拜访时也必定是标准的正装。怀里揣着刚刚洗过、叠得方方正正的手帕。

不知为什么，我最近特别想穿带有家徽[3]的服装走路。

今早，买花归来途中，看到三鹰车站站前广场有古典式

---

1. 反：日本人丈量布的单位，一反大致正好够给一人做件衣服。
2. 角带：日本男子穿和服时系的一种又扁又硬的和服带，织得很厚，长4米左右、宽9厘米左右的单层或袋形，主要产于博多，大多扎在礼装裤裙腰部。
3. 家徽：为名门望族家族的专有图案，一般印在和服上，也有的做成牌子。

的马车在等客。颇有明治时代鹿鸣馆¹的氛围。因为我过于怀恋，便问询马车驭手："这辆马车要去哪里呀？"

"啊，去哪里都行。"年老的驭手亲切地答道，"就是个出租车呀！"

"能给我去一趟银座²吗？"

"银座太远了。"他笑起来，"你坐电车去吧！"

我是想坐着这辆马车在银座八丁³缓行招摇过市的。我是想上穿带"鹤之丸"⁴（我家家徽是"鹤之丸"）家徽的服装，下穿仙台平⁵裤裙，脚上穿白色短布袜，以那种姿态悠闲地坐在马车上缓缓驶过银座八丁目的。啊！

最近，我每天都以新郎的心情在活着。

（昭和十六年十二月八日记之；

这个早晨，闻听到与英美已开战之报道。）

---

1. 鹿鸣馆：日本明治维新后在东京建的一所类似于沙龙的会馆，供改革西化后的达官贵人们聚会的风雅之所，建成于1883年。其名字取自中国《诗经·小雅》中的"呦呦鹿鸣，食野之苹"。

2. 银座：江户时代，银座曾是官府铸造银币的地方，因此而得名。

3. 八丁：指银座八丁目。

4. 鹤之丸：文中主人公家族的家徽，其图案是仙鹤的尾部呈一个圆，圈里偏上又有一个小圆，小圆中有鹤的头和脖颈部。

5. 仙台平：日本宫城县仙台地方出产的一种考究的上等丝绸，比较适合做高级裤裙。

十二月八日

　　今天的日记要特别详细地记下来吧，写一下昭和十六年十二月八日，日本穷人家的家庭主妇度过了怎样的一天。再过一百年之久，日本进行公元二千七百年的美好祝贺时，我的这本日记将会在某个库房的角落被发现，当明白了一百年前的重要日子里，我们日本的主妇曾过着这种生活时，说不定对历史有点参考。所以，即使文章十分拙劣，起码我注意了不写假话。总之，必须把二千七百年放在脑中来写，所以是很吃力的。不过，还是不要写得过于生硬吧！据我家先生批评，说我的信呀日记呀等文章，光是认真，感觉特别迟钝，全没有所说的感伤情调，所以文章毫无美感。真的，我虽然从小并非光是拘泥于礼仪满脑子一本正经，但总感觉有点生硬，连天真无邪地欢闹撒娇也不会，净是吃亏。或许是因为欲望过深的缘故，还需要好好反省啊！

　　说起公元二千七百年，马上想起一件事。说来这事总感觉有点荒唐可笑，就是上次我家先生的朋友伊马先生[1]隔了很久来我家玩，当时与我家先生在客厅交谈，我在隔壁听到笑了出来。

　　"这个二千七百年庆典时，这个'七'是读'nana'呢？还是读'shichi'呢？实在让人担心。非常纠结呀！对此我很烦闷。你不在乎吗？"伊马先生说。

　　"嗯。"我家先生认真考虑了一下说："经你那么一说，我就要非常在乎了。"

　　"是吧？"伊马先生也极为认真起来，"真的，好像读'nana'百年，总是有那种感觉。不过要说我的希望呢，是想让读'shichi'百年的。读成'nana'百不太好，有点不大正规。又不是电话号码，我是希望按规范读音的。到时候我想要千方百计让读'shichi'啊！"伊马先生一副当真忧心忡忡的语调。

　　"不过，还有，"我先生故弄玄虚地说，"再过一百年，说不定既不读'shichi'，也不读'nana'，会产生出一个完全不同的读法呢！比如，读个'nunu'什么的——"

　　我忍不住笑出来，真是荒唐。我先生总是拿一些无所谓的事情正儿八经地与客人交谈。有感情的人是与众不同的，

1.　伊马先生：据译者判断，应指伊马鹈平（1908—1984），即伊马春部。日本作家、剧作家，本名高崎英雄，伊马鹈平是其旧笔名。曾活跃于幽默小说和广播剧等领域，也是释迢空（折口信夫，1887—1953）门下的歌人。

我先生是靠写小说吃饭的。因为懒惰成性收入微薄，过的是一日打柴一日烧的日子。他究竟在写什么样的东西？因为我不看先生写的小说，所以没法想象，好像不太出色。

啊呀！离题了。像这样胡诌的话，无论如何也不可能写出留到二千七百年的像样记载，重来吧！

十二月八日。清晨，我在被窝里一面心里急着准备早餐，一面给园子（今年六月生的女孩）喂奶，这时，就清楚地听到了某户人家收音机里的广播：

"据大本营陆海军部发表，帝国陆海军于今八日凌晨，在西太平洋与美英军进入战争状态。"

光线仿佛从关得严丝合缝的挡雨板窗的缝隙射入一般，清晰而强劲地进入了我漆黑的房间，而且声音洪亮地重复了两次。在侧耳谛听期间，我这人变了，感觉受到强烈的光照，通体透明了一般。抑或说那心情宛若接受了圣灵的仙气，好像心中蕴藏了一片凉丝丝的花瓣。日本，也从今晨开始变成了另一个不同的日本。

我想告诉隔壁房间的丈夫，刚说一句"哎我说"，他马上回答："我知道呀！我知道呀！"语气严厉，就连他也表情紧张了。总是早晨睡懒觉的他唯独今晨这么早就醒了，不可思议。据说艺术家都是非常敏感的，也许他有了什么预感之类。我有点佩服他。不过，接着他说了句有失水准的话，减分了。"说是西太平洋，那是哪一带呢？是旧金山吗？"

我很失望，先生不知何故地理知识全无。甚至有时不由得想道：这不是东西不分吗？就在几天前，他说是记得南极最热北极最冷，听到这话，我甚至都怀疑我先生的人格了。去年到佐渡岛去旅行，谈旅游印象时，从轮船上望见佐渡岛的影子，据说他竟然以为是"满洲"[1]，实在是一塌糊涂。就这个水平居然能考上大学，只有让人目瞪口呆。

"要说西太平洋，是日本这侧的太平洋吧？"我刚一说，"是吗？"他一脸不高兴地说，又思考良久的样子："可是，我是头一次听说。所以说美国在东日本在西，那不是很败兴吗？日本是被称为'日出之国'，又被称'东亚'的。我原以为太阳只从日本升起，那不对啦！说日本不是东亚，这话不爱听。有没有办法说成日本在东美国在西呀？"

我先生说的话都很怪，他的爱国心实在是过于极端了。前几天还来了一番离奇的自吹自擂："洋鬼子再牛，也受不了光吃咸鲣鱼干的伙食吧，可我们呢，什么样的西餐都可以吃给他们看！"

我不理睬我先生离奇古怪的自语，很快地起床打开挡雨板窗。天气晴好。但不由得感到寒气逼人。昨夜晾在房檐头的尿布也冻上了，院里下了霜。山茶花凛然怒放，一派恬静。令人感到奇怪：太平洋现在正起战端。我切身感到了日本国的难得。

---

1. 满洲：主要指辽宁、吉林、黑龙江三省。1932 年日本侵占东北后曾成立了所谓伪满洲国傀儡政权，1945 年伪满洲国随日本投降而消亡。

到井边洗脸，然后，正在洗园子的尿布，邻家太太也出来了。早晨的问候过后我说："今后要辛苦啦！"

我刚说了句有关战争的话，邻家太太因为就在前几天刚刚当了邻居小组组长，大概认为我说的是那件事，不好意思地说："哪里！什么也不能做呀！"

说得我有点尴尬了。

便是邻家太太，也不是没考虑战争的事，不过，肯定是在为邻居组长的重任而紧张。我感觉有点对不住邻家太太，今后，邻居组长也肯定要相当辛苦吧？因为和演习时不同了，一旦有空袭时，其指挥的责任重大。说不定我要背着园子到乡下避难。那样一来，就要剩下我先生独自留下看家，而他什么也不会，我心里很虚。说不定起不了一点作用。真的，原来我那么劝说，可我先生连国民服之类都不准备，说不定关键时刻就作难了。因为是个懒人，所以我想，我不声不响给他准备的话，他虽然会说"什么呀！这玩意"，但我总算放下一点心，心想总会穿的吧？可是他的尺寸是特大号，买成衣也不行。难。

今早，我先生也七点左右起床，很快地吃完了早饭，然后立即开始工作。看样子本月有很多零碎工作。吃早饭时，我不禁问道："日本，真的没问题吗？"

"因为没问题才打起来的，必定胜利。"

一本正经地回答。我先生说的话全是谎言，完全不靠谱。不过，我试图坚信这句一本正经的话。

　　我在厨房一面收拾餐具一面左思右想，因为眼珠和毛发颜色的不同，就能如此激起敌忾同仇之心吗？打他个屁滚尿流！和以中国为对手时心情是完全不同的。真的，野兽般招人讨厌的美国大兵在这心爱的美丽的日本土地上慢悠悠地四处漫步，仅仅想一想都无法忍受。这神圣的领土哪怕只要踏上一步，你们的脚就会烂掉的吧。你们没有那个资格。光明正大的日本战士！请狠狠教训他们，把他们打得鬼哭狼嚎！今后，我们的家庭也会极端困难，种种物资紧缺，但无需担心。我们不在乎！一点也不会起"真烦人呀"的念头。不会为生在这种艰辛的世道而悔恨。相反，甚至感到生在这种世道才有活着的价值。生在这种世道就生对啦！啊！想和一个人大谈特谈战争，说说"干起来了啊""终于开始啦"之类。

　　收音机今早开始连续播送军歌，拼命播送。接二连三地播送种种军歌，最后是不是所有的都播完了？甚至蹦出了"敌人虽有几万"[1]这样的古老军歌，所以我不由得独自笑了出来。对广播电台的天真无邪很有好感。在我家，因为我先生极端讨厌收音机，所以从没有置办过。再加上以前我也不是那么需要收音机，但现在我就想，这种时候有个收音机多好啊！我想多多地听新闻广播，跟我先生商量商量吧，我感觉他好像能给我买。

---

1. 敌人虽有几万：鼓吹军国主义精神的日本旧军歌，山田美妙斋作词，小山作之助作曲，歌词的诗刊于1886年，开头一句原文作"敵は幾万ありとてもすべて烏合の勢なるぞ……"，歌词大意试译为：敌人虽有几万，皆为乌合之众……

　　近午，连续传来重大新闻，我耐受不住，就抱着园子来到外面，站在邻家的枫树下侧耳倾听邻家的收音机广播。奇袭马来半岛登陆，攻陷香港，颁布宣战诏书。我抱着园子流出了眼泪，有点难办了。我进入屋里，把刚才听来的新闻全都传达给我先生。他全部听完后，说了一句"原来这样"，笑了。接着站起来又坐下了，一副心神不定的样子。

　　午后过了一会，我先生的一项工作好像总算告了一段落，带着稿子匆匆出门了。他是给杂志社送稿子，不过看样子说不定又要回来得很晚。他那样急匆匆逃走般地出门，十有八九要晚回。不管多晚，只要不在外住宿，我倒是不在乎的。

　　送走我先生后，我烤了点咸沙丁鱼干，吃完简单的午饭，就背着园子出门去车站购物。中途到龟井先生家停了片刻。我先生乡下家里寄来很多苹果，我想送给龟井家的小悠乃（可爱的五岁女孩），就包了一些拿去了。小悠乃正在门口站着，一发现我立刻吧嗒吧嗒地跑向玄关喊道："小园子来啦！妈妈！"园子在我背上好像给了龟井太太和龟井先生一个十分可爱的笑脸，龟井太太大大地夸奖了两句："太可爱了！太可爱了！"她家先生穿着夹克以勇猛的姿态来到玄关，据说他原来是在廊下铺着席子的，他说："在廊下爬来爬去，太难受了，真不亚于在敌阵前沿登陆。这么肮脏的样子，失礼啦！"他在廊下铺席子究竟是干什么的呢？不知是不是为了一旦空袭时好爬进去。奇怪。不过，龟井家先生和我先生不同，他是真正爱自己的家庭的，所以我很羡慕。据说以前更是爱家，但我先生搬来做邻居之后，教会了他喝酒，好像变得有点差了。他太太也一定怨恨我先生吧？我感到对不起人家。

龟井家门前，什么消火竹竿[1]，还有奇怪的耙子类的东西摆得很完备，但我家门口空空如也。因为我先生懒惰，没办法。

"啊呀！您预备得很周到嘛！"

我这样一说，龟井先生很有精神地说："嗯。不管怎么说，是邻居组长啊！"

太太小声予以纠正："实际上是副组长，但因为组长是位老人，他是代替组长工作的。"龟井家先生真是勤勤恳恳，我先生和他一比，真是天上地下。

龟井家给了我们点心，然后在玄关处告辞了。

接着去邮局，取了《新潮》杂志的稿费六十五日元后，就去了市场。依然是物资匮乏。还是只好买了墨鱼和咸沙丁鱼干，墨鱼两只四角钱，咸沙丁鱼干两角钱。在市场又买了收音机。

重要新闻连续发表。轰炸菲律宾岛、关岛，大规模轰炸夏威夷，美国舰队全军覆灭，帝国政府声明。我全身颤抖到了不好意思的程度，想感谢大家。我在市场的收音机前站住不动时，两三个女人嘴里说着"去听听"聚集在我的周围。

---

1. 消火竹竿：日本人的消火工具。竹竿顶端扎上很多长 30 厘米左右的短绳，用以打火灭火。

由两三人变成四五人，又到了近十人之多。

出了市场，到车站的店铺去给我先生买香烟。街上的情形丝毫没有变化。只有菜店前贴着写有收音机播送内容的传单。店头的样子和人们的谈话与平素没有多大变化。这种肃静让人心里很有底。今天，钱也有了点，一狠心给自己买了鞋子。我丝毫不知对这种商品从本月起也要收两成税金三日元以上了。要是上月末买就好了。不过囤积居奇很浅薄，我很讨厌。鞋子六元六角。此外，还买奶油花了三角五分、信封花了三角一分等东西，然后回家了。

到家过了一会儿，早稻田大学的佐藤同学说是这次毕业的同时决定了入伍，过来请安。不巧，我先生不在家，对不起客人了。我向他真心地鞠了个躬，说了句："请珍重！"佐藤同学回去后，脚前脚后帝国大学的堤同学也来了。堤同学也顺利地毕了业，据说接受了征兵检查，是什么"第三乙"[1]，说"很遗憾"。佐藤同学和堤同学以前都留着长发，而现在剃成了干干净净的光头，我感慨良深："唉！青年学生也要受苦啦！"

傍晚，好久没来的今先生摇晃着手杖来了，可是我先生不在家，感到真对不起他。人家真正特意到三鹰这么偏远的地方来拜访，因我先生不在家，他却又得原路返回。归途中他的心

---

1. 第三乙：日本太平洋战争期间征兵检查结果分为甲乙丙丁四种。其中甲种为合格可立即入伍，乙种第一第二，也可立即入伍，但"第三乙"不能立即入伍。以下丙丁均为不合格，但丙种可列入"国民兵"（相当于民兵）。

情会多么不爽啊！想到这，就连我的心情也变得灰暗了。

正要开始做晚饭时，邻家太太来了，说是十二月份的清酒配给券[1]下来了，这个邻居组共九家，但一升的券只有六张，和我商量怎么分配。我也想到按顺序来分，可说是九家都需要，最后终于决定将六升九等分，很快地把各家酒瓶收集起来到伊势元商店去买。我因为正在做饭，暂时请假没去领，但收拾了一下后，背着园子过去一看，组里人们各自抱着一瓶两瓶地正在往回走。我也马上拿了个瓶子跟着一起往回走。接着就在组长家玄关处开始分成九份。九个一升的瓶子排成一排，仔仔细细比较分量，每瓶的液面都是同一高度，是这样来分的。将六升分成九份，相当难了。

晚报来了，罕有地竟然有四页。"帝国宣布向美英国宣战"的铅字真大呀！报纸上印着今天听到的新闻广播的内容。不过我还是仔仔细细连边边角角都又看了一遍，有了新的激动。

我独自吃了晚饭，然后背着园子去了公共浴池。啊！把园子放进浴池里是我生活中最最快乐的时刻。园子喜欢洗澡水，把她往水里一放，相当老实。我在温水里抱着她，她缩回手脚盯盯地仰视着我的脸，或许也感到有点不安吧？别人也都特别疼爱自己的婴儿，把孩子放入浴池时，全都紧紧地

---

1. 配给券：二战期间，日本因物资匮乏实行经济管制，对多种消费品凭票定量供应。那种票就叫"配给券"。清酒属于管制商品，凭票购买，量极少。

和婴儿贴着脸。园子的肚子像圆规画的一样圆，像皮球一样又白又软，我甚至感到不可思议，不知这里面是不是装着小小的胃呀肠呀，而肚子的最中央偏下一点长着梅花一样的肚脐。脚也好手也好，那个美那个可爱，无论如何也让我陶醉。不论给她穿任何衣物，都赶不上裸体的可爱。从浴池里出来给她穿衣服时，我感到很可惜，还想多抱一会儿裸体的她。

去公共浴池时，道路还很明亮，而回来时已经全黑了。因为灯火管制，现在，已不是演习了，感觉心情异样地紧张。可是，这也有点太黑了。这么黑的夜路，以前还没有走过。一步步摸索般前行，但路程很远，我感到迷惘了。从那土当归的旱田进入杉树林时，那可是真正的伸手不见五指，很可怕。我猛然回忆起女校四年级时，从野泽温泉[1]到木岛[2]在暴风雪中滑雪冲击时的恐怖，只不过当时背着背囊，现在背上变成睡着的园子了。园子一无所知地睡着。背后走来一个汉子，脚步粗暴，一边走还一边唱着跑调实在严重的歌：奉吾之大君召唤[3]。由"吭吭"两声有特点的咳嗽，我清楚地

1. 野泽温泉：日本长野县东北部位于野泽温泉村的温泉，属于硫磺温泉。

2. 木岛：据译者判断，系指紧邻野泽温泉南部的木岛平村，该村是旅游胜地，冬季有大型滑雪场。

3. 奉吾之大君召唤：二战时日本煽动军国主义、天皇主义思想送士兵出征的军歌，生田大三郎作词，林伊佐绪作曲。歌词为：我が大君に召されたる、命光栄ある朝朗（ぼら）け、讃えて送る一億の、歓呼は高く天をつく、いざ征（ゆ）け、つわもの、日本男児！译者翻译为：奉吾之大君召唤，在生命沐浴荣光的破晓，一亿人欢呼震天响，赞誉欢送上战场。紧要关头到了，出征去吧！勇武的战士，日本男儿！

知道是谁了。

"园子正受难呢!"我一说,"大惊小怪!"他大声地说,
"因为你们没有信仰,所以走这种夜路就困难了。我因为有
信仰,所以夜路就如同白昼啊!跟我来!"

说着,他便大踏步地在前面走起来。

一本正经到何种程度啊?真是个让人惊诧莫名的丈夫。

律子和贞子

大学生三浦宪治君于今年十二月大学毕业，毕业同时回乡接受了征兵检查。来我家玩时报告说，因为严重的近视，检查结果为"丙种"，感到很羞耻。

"我将要去当乡下的中学老师，也许会结婚。"

"已经定了吗？"

"嗯，中学就职的事定了。"

"结婚的事没信心吗？严重近视还影响结婚吗？"

"怎么可能？"三浦君苦笑了一下，讲了如下令人羡慕的艳闻。所谓艳闻，讲的人看起来倒是挺享受的，可听的人就不是那么快乐了。我也是耐着性子听他讲完的，所以我想请读者也忍耐一会儿听一听吧。

说是为选哪个好感到迷惑。说是姐姐和妹妹各有长短，决心实在难下，所以听来是个过于挑剔的故事，也是令人听也不想听的故事。

三浦君的故乡是甲府市 [1]。从甲府乘巴士越过御坂岭 [2]，再经过河口湖 [3] 岸边，一过船津 [4] 就到达山背阴处的一个叫做下吉田町的小镇。该小镇郊区有一家颇有沉甸甸历史感的客栈，要说的姐妹就是这家客栈的两位千金。姐姐二十二岁，妹妹十九岁，双双都从甲府女校毕业了。下吉田町的姑娘们十有八九都是进谷村或者大月的女校，因为从地理上来说距离近。甲府因为离得远，每天来回跑很困难。不过，镇上所谓有钱人都想把其小姐们送进甲府市的女校。虽然是一种没来由的见解，但将孩子送进的学校只怕再大一点儿对所谓有钱人来说甚至似乎成了一种义务。在甲府女校就读期间，两姐妹都寄住在甲府市一家最大的酿酒厂，每天从那里上下学。那家酿酒厂和姐妹家是远亲，虽然没有血缘关系。而三浦酿酒厂，正是三浦君的老家。

三浦君也有一个妹妹，兄弟姊妹只有两人。其妹妹年方二十岁，和下吉田的姐妹俩年龄差不多。所以，三人宛如亲

---

1. 甲府市：日本山梨县中部的一个市，是县厅所在地，是由战国时代诸侯武田信玄（1521—1573）的城下町发展而成。

2. 御坂岭：位于日本山梨县御坂山和黑岳之间马鞍部的山路，自古就是连接甲府盆地和富士北麓的必经之路，也是因观看富士山峰而闻名的景点。

3. 河口湖："富士五湖"之一，在日本山梨县东南部，系富士山火山爆发的熔岩形成的堰塞湖，面积 5.7 平方千米，最深处为 14.6 米。

4. 船津：位于日本山梨县南都留郡富士河口湖町的观光村落，在河口湖南岸，是游览河口湖的中心地区，大型饭店、旅馆等很多。

姊妹，都管三浦君叫"哥哥"。迄今为止，姑且就是这样一种关系。

三浦君今年十二月大学毕业后，立即回乡接受了征兵检查，但因严重的近视，异常失败地被判定为"丙种"。于是，下吉田的两姐妹就给他来了宽慰的信。据说文章写得不太漂亮。据说又是过于伤感，又是甜言蜜语，让三浦君有点为难。不过，说是他看了下吉田姐妹的信，感到有点眷恋之情。被判了"丙种"，三浦君正处于意志相当消沉的当口，为了散心，就突然萌发到下吉田那家远亲的客栈去玩玩的想法。

姐姐叫律子，妹妹叫贞子，这两个都是化名。真名更气派，但如果写出来三浦君会感到困惑，给两姐妹也会带来麻烦，这是不可的，所以就用这种化名了。

三浦君从甲府乘巴士驶过已有积雪的御坂岭，到达下吉田町时已接近天黑，很冷，他将大衣领子竖起来赶往姐妹的客栈。说是途中就遇见了，姐妹在和服店店前购物来着。

"小律！"

不知为什么，他招呼了姐姐。

"啊呀！"发出不顾忌周围的大声叫喊，将买的东西丢在店头像个球一样跑过来的，不是小律，而是小贞。

律子只是回头一瞥，将买的东西收拾好包进包袱皮里，向掌柜的鞠个躬，然后若无其事地向三浦君那边走去，在距离三浦君十米左右的地方站定，拿下披肩郑重其事地鞠躬致意。紧接着，她笑了一下问道："节子呢？"

节子是三浦君妹妹的名字。

律子这样一问，三浦君惊慌失措张口结舌，的确，也许妹妹也一起来显得更自然一些。他似乎有点感到心事全被看穿，涨红了脸："突然临时起意，就赶过来了呀！因为这回定了在乡下中学就职，所以顺便来打个招呼。"真是语无伦次，非常拙劣的辩解。

"走啊走啊！"妹妹贞子催促二人，走得很快，然后就只是微笑。"久违啦！真的久违了。夏天你也没过来，还有，春天你也没过来，对了，你太过分啦，去年夏天你也没过来。不像话！贞子我毕业后你一次也没到吉田来过！看不起人啊！说是在东京搞文学，厉害呀！把贞子忘了吧？不是堕落了吗？哥哥！你面向这边请让我看看脸！哎呀！你瞧！心中有愧，不敢面对我。堕落啦！看来，是堕落啦！被判'丙种'理所应当！闹了个'丙种'，贞子在社会上也抬不起头啊！去志愿报名啊！好可怜好可怜，生为男子汉不能当兵，要是我就哭，然后，搞血印盟书啊！按它三四个，哥哥！不过真的，贞子很同情你呀！那个，我的信你看了吗？写得拙劣吧？啊呀！笑了，大混蛋！看不起我的信啊。对啦！反正我写得拙劣呀！是个马大哈的猫精呀！糟蹋了我一片真情的大坏蛋，我要诅咒你诅咒你，咒死你，你就这么想吧！不冷吗？吉田很冷吧？你那围巾挺好，谁给你织的？真讨厌，默默地笑，我知道呀！节子小姐呢，哥哥只有我和小节两个女人，总之是个'丙种'，到哪里也没有女人会喜欢你呀！是不是？可是你还意味深长地默默地笑，装出一副还另有女人的样子。哇！你被看破啦！对不起，你生气了？说是搞文学的？难吗？我母亲哪，今早干了个特大的窝囊事呀！这样，就受到了大家的轻蔑，还有那个——”她的话毫无头绪。

“贞子！”姐姐插嘴了，“我要到豆腐店去一下，你们先走吧！”

“豆腐店？”

贞子噘起了嘴，“算了吧！一起回去吧！算啦！什么豆腐不豆腐的，肯定是没有！”

“不。”律子很沉静，“今早我拜托过啦！现在不去买的话，明天的味噌汤食材就成问题啦！”

“生意，生意！”贞子断了念想，理解了，“那么，我们俩先走啦！”

“请便。”律子和他们告别了。客栈里还有四五位客人住着，早晨的味噌汤须尽可能弄得好吃一点。

律子就是那样一个孩子，很踏实。脸也有点瘦长苍白。贞子则是圆脸，并且到处乱闹。那天夜里也是，贞子一直不离三浦左右，颇为烦人。

“哥哥，有点瘦啦！有点凶相了。不过，脸色过白，这一点我是不中意的，不过，那样一来，贞子也有点太贪得无厌了。要忍耐呀！哥，这次你哭了？哭了吧？别，夏威夷的事，是决死式的大轰炸呀！反正说是活人以一去不返的决心从航母上起飞的。我哭了呀！哭了三次。姐姐呢，好像说我的哭法有点夸张，有点讨厌。姐姐还那样，嘴很损，说我太夸张，好像是装样子，我是个可怜的孩子呀，总是惹姐姐生气，没面子啊！我要当一个职业女性的呀！请给我找个好工作！便是我们，也能收到征用令的，我想去远处。假话，太远了就见不到哥哥了，就会感到无聊。我做了个梦，梦见哥哥穿着非常鲜艳的飞白花纹和服，对我说去死，画了很多张富士山的画呀！说是那个就是留给我的留言，可笑吧？我想哥哥也因为搞文学，终于脑子有点不对劲了吧？在梦中我哭得相当厉害。啊呀！到了播送新闻的时间了，到茶室听新闻去吧！哥哥今晚给我讲萨福[1]的故事啊！前些天贞子读了萨福的诗啦！很好呀！不对，我这样的人是不懂的。不过萨福是个可怜的人啊！哥哥知道吗！闹了半天，是不知道啊？"实在是依旧烦人。律子正在厨房和女仆一起收拾饭后的餐具，还有其他活，很忙，根本不到三浦君这来说说话。三浦君感到缺点什么。

次日，三浦君告别。姐妹二人送他到巴士车站。一路上，妹妹撒娇，说要一起坐巴士送到船津。姐姐一句话给驳回："我，不愿意。"律子还有客栈各种工作，不能悠闲地

---

1. 萨福（Sappho），又有译作"莎孚"的，约公元前 630 年—约公元前 560 年，古希腊第一位女诗人，著名的女抒情诗人，生于莱斯波斯岛的一个贵族家庭。她是第一位描述个人爱情和失恋的诗人。一生写过不少情诗、婚歌、颂神诗、铭辞等。著有诗集九卷，但大部分散佚，现仅存一首完篇，三首几近完篇及若干残篇。被称"女荷马"、"第十位缪斯女神"，对推动抒情诗的发展有贡献。周作人早年曾译介过她的诗歌。

游玩。加之不愿意和三浦君一起乘巴士而受到当地人无聊的误解。她很害怕那些，但贞子却满不在乎。

"我知道啊！姐姐是个模范小姐，是不能轻易送外人的。不过，我去呀！因为又要好久不能见面啦！我绝对去送！"

到车站了。三人列成一排等巴士。相互无言，气氛尴尬。

"我也去。"律子微微一笑，自言自语地说。

"走吧！"贞子勇气大增，"走呀！说真话我是想送到甲府的，不过忍住吧。到船津，嗯，一起去啊！"

"那说好在船津下车呀！车上有很多镇上的熟人，所以，我们要装作互相不认识呀！在船津下车时也要默不作声呀！不那样我就不愿意。"律子十分小心谨慎。

"那样就可以了。"三浦君不由得说走了嘴。

巴士来了。三浦君装作和姐妹不认识，独自在离她俩很远的座位上坐下了。果不其然，巴士的大部分乘客好像都是当地人，殷勤地和两姐妹点头致意。也有人问道："到哪里去呀？"

"那个，去船津买东西。"律子一本正经地说着谎话，看样子完全忘了三浦君的存在。然而，贞子却装得很笨拙，她不断地一再向三浦君那里张望，甚至差点忍不住笑起来，便慌忙地望向窗外把笑意掩饰过去。松树的林荫路，坡道。巴士在奔驰。

船津。巴士停在了湖边。律子向当地的乘客们轻轻地鞠了个躬，便静静地下车了。说是连一眼也没往三浦君那边看，下了车径直背向巴士走起来。贞子慌忙地下车，一再回望三浦君，尽管如此，还是跟在姐姐后面走了。

三浦君的巴士开动了。妹妹猛然转身，撒腿就跑。巴士也开动了。妹妹扭着脸哭着追了二十米左右站住，举起一只手大喊一声："哥哥！"

以上就是三浦君令人羡慕的艳闻概要，姐姐和妹妹究竟要哪个？说的就是三浦君困惑之所在。

三浦君也征求了我的意见。要是我的话，不会有一瞬间的犹豫，那是确定了的。然而，人的好恶是个很特别的事情，故而我不便提出具体指示。我不是预言家，此刻，我没有信心负责地告知三浦君他的未来是幸福还是不幸。那天，我把一段《圣经》内容念给他听了：

他们走路的时候，耶稣进了一个村庄，有一个女人名叫马大，把他接到自己家里。他有一个妹子名叫马利亚，在耶稣脚前坐着听他的道。马大伺候的事多，心里忙乱，就进前来说："主啊！我的妹子留下我一个人伺候，你不在意吗？请吩咐她来帮助我。"耶稣回答说："马大，马大！你为许多的事思虑烦扰，但是不可少的只有一件，马利亚已经选择那上好的福分，是不能夺去的。"（《路加福音》第十章第三十八节）

我只是念给他听，没有附加任何说明。三浦君歪着头思考了一下，良久，寂然地笑了笑说了句"谢谢！"

　　可是，接着过了十天左右，我委实意外地收到了三浦君的信，说是他决定和律子结婚。这算怎么回事！我感到一种类似义愤的感觉。三浦君在结婚问题上，莫非也是个近视眼吗？读者诸君以为如何呢？

等待

我每天到省线一个小站去接人，去接的人不知是谁。

在市场购完物，归途中我是必到车站，坐在车站冰冷的长椅上，将购物篮放到膝上茫然地看着检票口的。上行下行的电车每到月台，电车门里都要放出很多人，这些人奔检票口蜂拥而来，都是同样似乎是生气的表情，有的拿出免票证，有的递过车票，然后，目不斜视地匆忙迈开步子，走过我坐着的长椅前，走到站前广场，就这样，向各自要去的方向散去。我呢，呆呆地坐着。有一个人笑着向我打招呼。噢！可怕。啊！难办。我的心怦怦地跳个不停。仅仅想一下后背就冷汗淋漓一般，不寒而栗，呼吸困难，几乎要窒息。可是，我还是在等人的。究竟我每天坐在这里等谁呢？等什么样的人呢？不，我等的也许不是人，我讨厌人类。不，我是害怕人类的。跟别人见面，我毫无诚意地说"您好吗？""天气变冷啦！"这些自己不想说的寒暄话时，便总觉得自己是全世界最大的扯谎者，苦不堪言，痛不欲生。而对方呢，也对我过于警惕，说些不痛不痒的吹捧话，或是说些装腔作势的假感想。听到那些，我便为对方那种卑劣的谨小慎微而感到悲哀，越发讨厌这个世道到极点。所谓世间的人难道就这样相互进行生硬的寒暄，相互提防，相互疲于奔命地度过一生吗？我讨厌见人。所以，我只要没有相当大的事，就不会主动到朋友那里去玩。就在家里和母亲二人默默地做针线时，心情就是最快乐的了。然而，大战争终于开始，周围变得异常紧张后，仅仅我自己在家每天茫然若失，我感觉很不好，总是不安，心一点也沉不下来。我的心情是想直接发挥作用，哪怕粉身碎骨也在所不辞。我对我迄今为止的生活失去了信心。

在家，我的心情是不能默默坐下去，但出到外面我又无处可去。所以购物完了，归途中就顺便到车站，茫然地坐在车站冰冷的长椅上。我心中是百感交集，苦得几近窒息：期待猛然出现个人，同时又有一种恐怖：啊呀！要是出现个人我就难办了，不知所措；还有一种精神准备，那就是出现个人也是无奈，是一种近乎死心的心情，要把我的命交给他，我的命运在那时将会被决定。这种思想准备和其他种种荒唐的空想等等，互相异乎寻常地纠缠在一起，似乎是一种白日做梦般无助的心情，不知是活着还是死了。眼前人来人往的景象也像反看望远镜一般油然变得又小又远，整个世界变得万籁俱寂了。啊！我究竟在等什么？或许我是个非常下流的女人。大战争开始了，我总感到不安，所谓想粉身碎骨地工作来发挥作用，那是假话。其实我编造那么冠冕堂皇的口实，说不定是在窥测某种好机会，试图实现自己轻率的空想。我在这里如此坐着，一脸茫然，但我也感到我心中荒唐的计划在微微燃烧。

究竟我在等谁呢？没有任何形体清晰的东西，只是朦朦胧胧的。但是，我在等。大战争开始以后，每天每天购物归途我都顺便到车站，坐在冰冷的长椅上等待。有一个人笑着向我打招呼。噢！可怕。啊！难办。我等的不是你，那么我究竟在等谁呢？等当家的？不是。恋人？不是。朋友？讨厌。金钱？怎么可能？亡灵，哎哟！讨厌。

更温和更明快更美好的东西。是什么？不知道。比如，春天那样的东西。不，不对。绿叶，五月。流经麦田的清水，还是不对。啊！不过，我是在等待，心情激动地在等待。眼前人们熙熙攘攘地走过去。不是那个，也不是这个。我抱着购物篮微微颤抖地一心在等待。请不要忘了我呀！每天每天反复去车站迎接，然后空虚地回到家里，不要笑话我这二十岁的姑娘，请记住我吧！那小车站的名字我故意不告诉你。即便不告诉你，你迟早也会看到我的。

水仙

　　读《忠直卿行状记》[1]这篇小说大约是我十三四岁时候的事，其后就一直没有再读的机会，但那篇小说的梗概，二十年后的今天我还记忆犹新不曾忘却。那是个离奇而悲壮的故事。

　　剑术高超的少爷和家将们比武，连战连胜无敌手，洋洋得意地在庭院散步时，在院子的黑暗深处传来了他不爱听的窃窃私语："少爷近来剑术也相当有长进，让剑输给他也变得轻松了。"

　　"哈哈哈哈！"

这是家将们粗心大意的悄悄话。

听到这些，少爷的行为豹变了。他因想见到真相而发狂了。他向家将们挑战真比武，但即便动真格比武，家将们还是不跟他来真的。少爷轻而易举地胜了，家将们死去。少爷到处发疯，成了可怕的暴君。最后家人终于也和他断绝了关系，他本人也被监禁起来。

我记得，确实是这么个情节，我忘不了那个少爷。时常每每想起他来便叹息不已。

然而最近，我突然起了一个不好的疑念而深感不安，并非夸张，已经到了夜不成寐的程度了。那位少爷难道不是剑术真正出众的名家吗？家将们也不是故意输，而是敌不过少爷的剑术功底，难道不是这样吗？庭院里的窃窃私语也不过是家将们卑劣的不服输表现而已，难道不是这样吗？这是完全可能的。即便是我们，自己的工作被德高望重的前辈痛骂个狗血喷头，对那位前辈的高度热情和正确的感觉到了实在受不了的程度，但和前辈分手后，也不是没有互相交谈如下那样粗俗的窃窃私语的夜晚——

"那位前辈最近也相当地有精神头啊！好像已没必要照顾体贴他了。"

"哈哈哈哈！"

这也是可能有的。所谓家将，在人品上必然比少爷低下。那庭院的私语也不过是家将们为满足世俗的自尊心而表现出的卑劣不服输精神而已，难道不是这样吗？这样，我就为之不寒而栗。少爷是为追求真实而发疯的。少爷事实上本是剑术的高人。家将们绝不是故意输的，事实上，是敌不过少爷的。如果是这样，少爷胜家将败就是理所当然，事后就根本没有可能发生纠纷。但是，仍然发生了一大惨案。如果少爷对自己的本领具有十足的自信，那么，说不定就不会出任何事，一切就会平安无事。但自古以来，据说大凡天才，了解自己真实价值的人甚为稀少。不相信自己的力量，这里恐怕有天才的烦恼和深深的祈愿。不过，因为我是个俗人凡才，就不能正确地解释那些了。总之，少爷没能绝对地信赖自己的本事。事实上，虽然有着名人卓越的本事，但因不能相信而发疯了。这里一定也有少爷这个被隔绝的身份带来的不幸。如果是我们这些住大杂院的人，"你认为我厉害吗？""不认为。""原来这样。"仅仅这样就完结的事，而到了少爷身上就不能那样了事了。要是考虑到这是天才的不幸，少爷的不幸，我的不安就越来越一味增大。类似的惨案在我周围发生了。因为那个事件，我自己回忆起那篇小说《忠直卿行状记》，一夜等于猛然被可怕的疑念缠住左思右想，不是夸张，不安到了通夜无眠的程度。那位少爷真的是剑术娴熟高超，但问题是早已不是少爷的身份了。

我的"忠直卿"是个三十三岁的女性。而我的作用呢，或许是那个在庭院说出浅薄的不服输话语的家将，因此那就是一个让人越来越受不了的故事。

草田惣兵卫氏的夫人草田静子，说是此人突然宣称"我是天才！"离家出走了，所以我很吃惊。草田家和我老家虽然没有血缘关系，但上几代就一直相互有亲密的来往，说有来往听起来很好听，其实，说我的老家人被允许出入草田家更为确切。俗话说的身份呀财产呀我的老家和草田家相差悬殊。说来，是我的老家拜托请求和他家来往的，正是老爷和仆从的关系。家主惣兵卫氏还年轻，说是年轻也已年过四十岁了。东京帝国大学经济系毕业后去了法国，玩了四五年，回到日本马上和远房亲戚家（这家其后不久没落了）的独生女静子结了婚，也可以说夫妇感情还算圆满。生有一女，名叫玻璃子，似乎和巴黎谐音。惣兵卫是个时髦的身材颀长的堂堂美男子，总是笑眯眯的，有很多高档的西洋油画，德加[1]的赛马画似乎是其中最令他自豪的。然而，一点也没有夸耀自己兴趣爱好高雅之言行，涉及美术的话也不大说，通勤于自家银行。总之，是个一流的绅士。六年前上代家主去世，惣兵卫立即继承了草田家主的位置。

　　夫人。——啊！与其说明她的身世，不如我先描绘一下几年前某日的一个小小事件，那是捷径。三年前的新年，我去草田家拜年。我那一点常被朋友们批评，说我似乎是个怪僻倔强的汉子。特别是八年前因故离开老家开始独自过近乎赤贫状态、一日打柴一日烧的日子后，乖僻变得愈加严重。

---

1. 德加（Edgar Degas，1834—1917），法国画家，曾参加印象派画展，喜画舞女、浴女、洗衣女等，彩色粉笔画和版画也很多。

像一片即将凋落的枯叶一般，战战兢兢，紧张到豁出生命，担心"是不是要被人侮辱呀"，是一种让人忍无可忍的缺德行为。我很少去草田家。老家的母亲和哥哥即便现在好像也经常去草田家，只有我不去。到读高中时为止，我还曾天真无邪地去玩的，但上大学之后我就已经不愿意去了。虽然草田家的人都是好人，但我实在是不想去了。那是由于开始有了讨厌财主这种单纯的思想。那要问为什么仅在三年前的新年想去拜年了呢？这件事说来本是因我没出息。那是三年前的腊月，草田夫人突然给我来了一封邀请信。

——好久不见了，来年新年务请来玩，我先生也盼望着呢。我先生和我都是您的小说的读者。

为最后一句话我飘飘然了，说来真不好意思。当时，我的小说也开始有点销路了。老实说我当时是沾沾自喜的危险阶段，正处于心情懒散时期，草田夫人来了邀请信，说是"您的小说的读者"云云就受不了啦。心里暗自窃笑，写了封充满风情的回信，说是"非常感谢盛情邀请"云云。就这样，翌年正月初一满不在乎地去了，却遭受了奇耻大辱回来，简直就像前额挨了一刀。那天在草田家，他们相当隆重地款待了我，并把我作为"流行作家"向其他拜年客一一介绍。我不仅没有将其当成揶揄和侮辱的语言，反而重新自我评价，觉得自己或许真的成了流行作家，简直不成体统，很惨。我喝醉了，和惣兵卫氏对饮，我酩酊大醉。但惣兵卫氏怎么喝都脸不变色，就那样文弱地勉强笑着，听着我谈文学。

"来一杯！夫人！"我得意忘形地向夫人敬酒，"如何？"

"我不喝。"夫人冷冷地回答。那是一种深入骨髓、无以言状的冷峻语调。仅仅那一句话中就充斥着深不可测的轻蔑感，我吃不消了，酒醉也醒了。但我苦笑一下："啊！对不起！不留神醉过头了。"轻轻说了一句来掩饰当场的尴尬，但心如刀绞。还有一件，我已醉了不想再喝酒了，决定吃饭。蚬子味噌汤好喝。我不停地用筷子把贝壳里的肉抠出来吃的时候，夫人发出很小的吃惊声。"吃那种东西，您不在乎？"天真的疑问。我不由得差点筷子和饭碗从手中掉下来。原来这种贝是不能吃的。蚬子味噌汤好像光是喝那个汤，贝，是提取汤汁用的。对于穷人来说，即便这种贝肉也是相当的美味了，但上流人士认为这种贝肉很脏，是要丢掉的。怪不得蚬子肉像肚脐一样难看。我无言以对。正因为是一声天真的惊愕，对我的精神打击更重。如果她特别高雅地来问询的话，我也有办法回答。然而，那声音完全是发自内心的纯粹惊愕之声，我才吃不消了。暴发户"流行作家"手里就那么拿着碗筷垂头丧气，哑口无言，泪如泉涌。我还没受过如此重的耻辱，自此以后我就不去草田家了。不只是草田家，其他的财主家我都尽量做到不去。我就是这样继续着贫穷而污秽不堪的生活。

去年九月，我的陋室玄关处站着一位意外的客人，他是草田惣兵卫氏。

"静子没来这里吗?"

"没有。"

"真的吗?"

"怎么啦?"我反问了一句。

好像有什么因由。

"我家里乱七八糟的,到外面去吧!"我不想让他看到我家里的肮脏状况。

"对呀!"草田氏老老实实地点点头跟在我身后。走了一会儿,到了井之头公园。草田氏一边在公园林中走着一边说:"实在是不行。这次失策了,药效过强了。"说是夫人离家出走了,其原因也实在荒唐。几年前,夫人娘家破产了。接着,夫人便奇怪地成了冷漠且装作一本正经的女人了,似乎认为娘家破产是一种奇耻大辱。"不是无所谓的事吗!"无论怎样安慰她,她都越来越偏执。听到这些,我也理解了她新年时那句"我不喝"那种异乎寻常的冷峻。静子嫁到草田家是我高中时代的事,当时我也是经常满不在乎地出入草田家,和新夫人静子也有所交谈,甚至还一起去看过电影。不过,当时的新夫人绝不是那种用刺人骨髓般语调说话的人,爽朗的笑令人觉得她智商偏低。那个元旦,是隔了很久未见,一见面什么也没有交谈我就马上感到"不对头啊",如此说来,一定仍然是娘家破产的忧虑如此严重地改变了她。

"歇斯底里啊!"我哼一声笑了笑说。

"怎么说呢,这件事。"草田氏似乎没有察觉我的轻蔑,认真沉思后说,"总之,是我不好。过于追求虚荣了,药效过头。"草田氏让夫人学习西画,将此作为安慰夫人的手段。让她每周到附近一位叫个什么中泉花仙的老画家工作室。老画家年近六旬,画作的水平低劣。嘿,接下来就是夸奖了。以草田氏为首,那位年老昏聩的中泉画伯,还有来往于中泉工作室进修的年轻研修生们,外加出入草田家的一些不三不四的人,一起成群结伙地对夫人的画赞不绝口。结果,引起了夫人的精神狂乱,呓语般地说着"我是天才"而离家出走了。我一面听他讲一面几次差点憋不住笑,当时好难办。诚然,药效过头,这是财主家庭常有的荒唐喜剧。

"什么时候跑出去的?"

"昨天。"

"没什么大不了的!如果是那样,毫无必要折腾。我家老婆在我喝酒过头时就回娘家住一晚,第二天就回来呀!"

"那和这不一样。静子说是想过作为艺术家自由自在的生活,带了很多钱出去。"

"很多?"

"有点多。"

我想,草田氏这个水平的财主口中的"有点多",说不定是五千日元或者一万日元。

"那可不行啊!"我开始有些兴趣了,穷人对金钱之事不能不关心。

"静子经常读您的小说，我想一定到您家里来打扰了……"

"别开玩笑！我——"我想说"是敌人"，但看到平素总是笑容可掬的草田氏唯独今天脸色铁青，沮丧至极的样子，我难以出口了。

我们俩在吉祥寺车站前分的手，分手时我苦笑着问道："究竟画的什么样的画呀！"

"古怪。还真有像天才之处。"意外的回答。

"咦？"我没法接着说下句话了，深切地感到，这真是一对糊涂虫夫妻，令我惊愕。

接着，好像是第三天吧，我们的天才女士提着颜料盒出现在我的陋室。穿着蓝色工作服一般的粗糙西装，双颊消瘦憔悴到了可怕的程度，但双眼大得异乎寻常。不过说起来，其一流贵妇人的品位还是凛然不可侵犯的。

"进屋！"我用特别粗鲁的口吻说了一句，"到哪里去了呀？草田先生相当担心呢！"

"您是艺术家吗？"她一直站在玄关前的三合土地上，把头扭向一边那样小声自语。仍然是那种冷峻、傲慢的口气。

"你说什么呢！不许装腔作势！草田先生也很受不了啊！你忘了你还有小玻璃子吗？"

"我在找公寓房。"夫人完全不理睬我的话。"这一带没有吗？"

"太太，你是不是有点不对劲呀！要成为笑柄的呀！请你还是打住吧！"

"我是想独自工作的。"夫人一点也不感到惭愧，"租间房子总可以吧？"

"草田先生后悔了呀！说是药效过头。在二十世纪，艺术家和天才都没有。"

"您是个俗物呀！"她满不在乎地说，"草田那边倒还有所理解。"

我决定对和我说如此失礼话的客人下逐客令。我相信的事情只有一件，那就是不用请谁理解，不愿意的话，就不要来！

"你做什么来了？请回如何？"

"我走。"她笑了笑，"要不要给您看看画呀？"

"够了。大致明白。"

"是吗？"她目不转睛地盯着我的脸说，"再见！"

走掉了。

这算怎么回事呀！确实，她年纪理应和我一样。甚至还有个十二三岁的孩子。被人吹捧而发疯了，吹捧者也是不遗余力。这是个不愉快的事件，我对这个事件甚至感到恐怖。

其后大约两个月的时间里，静子夫人没有来访，但草田惣兵卫氏在此期间来了五六封信，极为困惑的样子。静子夫人其后住到赤坂的公寓房里，起初每天老实地来往于中泉画伯的工作室，不久甚至对老画伯也轻蔑起来，便几乎不再学画，而是把画伯工作室里的年轻研修生们召集到自己的公寓，陶醉于那群研修生们的恭维，每晚都得意忘形地狂欢胡闹。草田氏忍着羞耻，独自到赤坂的公寓恳求她回家，但她根本不听。草田氏被夫人嗤之以鼻，甚至被围着她的那帮研修生攻击为"天才之敌"，而且带的钱也全被巧取豪夺光了。草田氏去了三次，三次都大吃苦头铩羽而归。现在，草田氏也不抱希望了。尽管如此，玻璃子可怜啊。怎样办才好呢？年过四十的一流绅士草田氏给我寄来这样的信，说是"作为男子汉再没有比这更苦的处境了"。然而，我也没有忘记在草田家所受的那次奇耻大辱。我这人有记仇的特点，时常自己不寒而栗。一朝受辱无论如何都不能忘记。所以对草田家的此次不幸毫无同情之感。草田氏再三来信拜托说："请关照好好说服说服静子吧！"但我不想动，我才不愿意给财主跑腿。我总是推说"我也是被您夫人轻蔑的人，因此不起作用的"而加以拒绝。

十一月初，院里的山茶花刚开的时候。那天早晨，我收到了静子夫人的来信。

耳朵听不见了，是由于喝了很多劣等酒引起了中耳炎。给医生看了，说是已经迟了。铁壶里的水开了的咕嘟咕嘟声我都听不见，窗外树枝晃动，枯叶纷纷散落，可是我什么也听不见。恐怕要耳聋到死了。人的声音我听起来也只能像发自地下，这个声音不久恐怕也要听不见了。唯有此次，我真正知道了人一旦失聪是何等寂寞，何等令人焦躁不安啊！去购物，别人不知我耳聋，像对普通人说话一样对我搭话，可是说的是什么我全然不知，不禁悲从中来。为了安慰自己就试着回想听力不好的那人这人，勉勉强强熬过一天。我最近经常想死。那样一来，玻璃子浮上心头，就又改变主意还必须坚持活下去。前些日子，我想哭泣对耳朵不好，就把眼泪一忍再忍。可就在两三天前实在忍不住，热泪像瀑布一样横流时，心情反倒感觉轻松一些。现在，我对失聪这件事已经也有点认命的想法，起初简直就是半疯了一般。一天之中一次次用火筷子敲击火盆边缘，来试验是否能听得到。半夜三更只要一醒，马上就趴在被窝里梆梆地敲火盆，那姿态真是凄惨。用手指甲划榻榻米，尽量挑难听的声音弄出来试听。有人来拜访，就让那人又是大声又是小声，缠住人家一两个小时连续提出要求来用各种办法试验听力，因而客人们吃不消了，最近都不大来拜访了。也有过深更半夜独自站在电车道上，侧耳倾听眼前电车驰过的声音的事。

现如今，电车的声音也变得像撕纸声那么小了。不久恐怕就什么也听不见了吧？全身好像都不行了，每天夜里都要换三次睡衣，因为被盗汗湿透了。以前画的画全被我撕毁扔掉了，一张也不剩。我的画很拙劣，只有您说了真话，其他人全是奉承我。如果可能，我想象您那样虽然贫穷但过着无忧无虑安闲度日的那种艺术家的生活。请您笑话我吧！我娘家破产了，母亲不久也去世了，父亲逃去了北海道。我待在草田家心里变得很难受。从那时起就开始读您的小说，发现世

上还有这种活法呀？感觉似乎找到了一个活下去的目标。我
也和您一样是个穷人家的孩子。我想见您了。三年前的新年
得以真正久别重逢，我很高兴。我看到像您那样由着性子喝
醉很羡慕，甚至到了嫉妒的程度。

　　我觉得这才是真正的活法。没有虚假，没有奉承，就那样
孤芳自赏地活着。我觉得这种活法真好啊！但是我却无能为
力。在此期间我先生劝我画画，我相信我先生（至今我还爱
着我先生），便开始每天到中泉先生的工作室学画，可是立即
成了大家狂热吹捧的目标。起初我只是感到困惑，但就连我
先生也一本正经地说什么"你说不定是个天才"，我尊重我先
生的审美眼光，终于大为兴奋忘乎所以，打算开始我早就憧
憬的艺术家生活而离家出走了。我是个混蛋女人吧？和中泉
先生画室的研修生们一起在箱根玩了两三天，在此期间画出
了有点中意的画，就想首先请您看看而去府上拜访的，然而
想不到遭到了狠狠的训斥并被您赶走。我感到没脸见人，本
来我是想请您看画得到您的夸奖，然后在您家附近租个房子，
交个同为贫穷艺术家的朋友的。我曾经发疯来着，被您痛骂
一顿我才猛醒了，明白了自己的愚蠢。我发现年轻的研修生
们不论多么夸奖我的画，那些都是浅薄的奉承，背地里却吐
舌头呢。不过，当时我的生活已陷入无可挽回的地步，回不
到原先的生活了。那就沦落到底吧！我每晚酗酒，和年轻的
研修生们彻夜胡闹，甚至连烧酒、杜松子酒也喝了。我真是
个装腔作势的傻女人啊！

抱怨的话，我不想再说了。我将勇敢地接受惩罚。由窗外树枝的摇晃，我正想着风很大的时候雨来了，横飞的雨点打在脸上。风声雨声我完全听不见，就好像无声电影，寂寥的黄昏真是令人恐怖。这封信不需要回信啊！对我请不必介意。我是寂寞之余才试着写了一点的。您完全不必当回事。

信能看到地址门牌号，我马上动身了。

静子租的是一所蛮漂亮的公寓，但她的房间却太糟糕了。能铺六块榻榻米大小，但屋内却空空如也，仅有火盆和桌子而已。席子变成红褐色，湿乎乎的，房间光照也很差，有些阴暗，散发出一种烂水果般令人讨厌的气味。静子女士坐在床边笑着。衣装打扮毕竟还比较整洁，脸上也残留着风韵。感到比两个月前见到时又胖了，不过总感觉有点瘆人。两眼无神，眼珠浑浊成了灰色，不是活人的眼睛。

"真是胡来！"我喊了一声，但静子只是摇头笑。看样子完全听不见。我在桌上的稿纸上写了"回草田的家去吧"读给静子听。接着，二人之间开始了笔谈。静子也坐到桌边起劲地写起来。

回草田的家去吧！

对不起！

总之回家去吧！

回不去。

为什么？

没资格回去。

草田先生在等你。

假话。

真的！

回不去了。我，犯错了。

你是个糊涂虫，今后你怎么办？

对不起，我准备上班工作。

你需要钱吗？

我有。

请把你的画给我看看！

没有。

一张也没有？

没有。

　　我突然想看静子的画了，产生了一种奇怪的预感。好画，相当出色的好画，一定是那样。

不想继续画下去了？

不好意思。

你画得一定好。

请不要安慰我。

真的，说不定是个天才。

请打住吧！您该请回啦！

我苦笑着站起来，只好回去。静子夫人对我连送也不送，坐在原地不动，茫然地望着窗外。

当天晚上，我访问了中泉画伯的画室。

"我想看静子女士的画，您这里没有吗？"

"没有。"老画伯浮起老实忠厚的笑说，"听说她自己不是全撕了吗？本来带有天才灵气，像那样任性是不行的。"

"画坏了的草图素描什么的都行，总之我想看。没有吗？"

"你等等！"老画伯歪着头说，"草图只有三张，留在我这里。可前些日子她来这里当着我的面把那些都撕毁了。看样子有人对她的画给了酷评，剩下就已经，啊！对了，有了！有了！还剩下一张，我家女儿手里确实应该有一张水彩的。"

"请等一下！"

老画伯往里面去了，不一会儿微笑着拿了一张水彩画出来："太好了！太好了！女儿秘密藏了一张，解决了。现在剩下的恐怕就是仅存的这一张了吧。我已经一万日元也不出手啦！"

"请给我看一看！"

是一幅水仙画，画的是扔在桶里的二十枝左右水仙。我拿到手里瞧了一眼便哧哧将其撕碎。

"你这是干啥？"老画伯异常惊愕。

"这难道不是无聊的画吗？你们只不过是对财主太太阿

谀奉承，就这样把太太的一生毁了。给她酷评的人就是我。"

"也并不是那么无聊的画吧？"老画伯突然失去自信的样子，"我倒是搞不懂现在新人们的画……"

我把那幅画再往更碎了撕，然后扔进火炉里。我认为我对画内行，内行到甚至可以教草田氏。水仙画绝不是无聊的画，而是出神入化，叹为观止。那我为什么要撕碎呢？那就任凭读者推断了。静子夫人被领回草田氏身边，但那年岁暮自杀了。我的不安有增无减。总觉得她的画是天才的画。不由得自然回忆起忠直卿的故事，而在一个夜里甚至猛然陷入一个奇妙的疑念中，那就是：忠直卿原本不也是剑锋凌厉炉火纯青的剑术高人吗？最近不安到夜不成寐。说不定二十世纪也活着艺术天才呢。

正义与微笑

腿脚无力，山路崎岖，

人在山脚，难以攀登。

不停吟唱，欢歌一曲，

定会使人，英勇奋起。

——赞美诗第一百五十九首[1]

---

1. 因本作品出版时间久远，其中所引赞美诗序号均为早年出版的《圣经》中的旧序号，与现在新编《旧约》《新约》中所附赞美诗之序号不相一致，本作品中赞美诗序号与警醒社明治三十六年刊的赞美诗第1、2篇中序号相符。本作品中3段赞美诗序号均为旧序号；卷首赞美诗内容系根据《圣经·旧约·传道书》第9章第10节作成；本篇卷首第159首（第2段），中间第52首（第3段），卷尾第133首（第2段）三首赞美诗汉译均为本书译者试译。《圣经·旧约·传道书》第9章第10节汉译为"凡你手所当作的事，要尽力去作，因为在你所必去的阴间，没有工作，没有谋算，没有知识，也没有智慧。"（引自前述《圣经》（附赞美诗新编）版本，第649页）

四月十六日　星期五

狂风大作。东京的春天，干燥的大风拂面让人很不愉快。沙尘甚至吹进室内，桌上满是粗糙的沙尘，人的面容也是灰头土脸地感觉心情不爽。写完这个就洗澡吧！感觉灰尘甚至都钻进了后背，让人吃不消。

我从今天开始写日记。因为感觉最近我的每天好像都特别重要。据卢梭[1]还是谁说过，人，从十六岁到二十岁之间是人格形成阶段，或许真是那样。我也已经十六岁。到了十六岁，我这个人"哗啦"一声就变了。其他人可能不会发现，因为这属于形而上的变化。实际上到了十六岁，山、海、花、街上的人、蓝天，看起来都迥然不同了，也稍微明白了一点"恶"的存在，漠然预感到这世上的难题多得不计其数。所以，最近我每天都不痛快，变得异常容易动怒。似乎吃了智慧之果，人就不会笑了。以前淘气，故意弄出些愚蠢的傻事给人看，以博得全家人一笑并为此洋洋得意。但最近，那种装傻的搞笑我感觉简直荒唐透顶。搞笑这玩意，是卑躬屈膝的男人的勾当，玩噱头来让人们怜爱，那种落寞实在不堪忍受，是空虚。人，必须更认真地活。男子汉，不可试图被人疼爱，应该努力做到受人"尊敬"。最近我的表情

---

1. 让-雅克·卢梭（Jean-Jacques Rousseau，1712—1778），法国18世纪启蒙思想家、哲学家、教育家、文学家，民主政论家和浪漫主义文学流派的开创者，启蒙运动代表人物之一。主要著作有《社会契约论》《忏悔录》等。

也似乎变得非同寻常地深沉。深沉得过头了，终于，昨晚受到了哥哥的忠告："小进变得过于稳重了吧？突然变老了呀！"晚饭后哥哥笑着说的。我深入思考后回答道："有很多深奥的人生问题，我今后要斗争下去。比如说，对学校的考试制度——"

我说了一半哥哥忍不住笑起来："我明白呀！不过倒也不必憋着股劲每天做出一副可怕的表情。你最近好像瘦了呢！回头我给你读一读《马太福音》[1]第六章吧！"

真是个好哥哥。四年前进了帝国大学英文专业，还没有毕业，因为留级一次，不过哥哥不在乎。我也认为并不是脑子笨留级的，所以绝不是哥哥的耻辱。哥哥是出于正义之心而留级的，一定是那样。对哥哥来说，什么学校之类那是无聊透顶的吧？他每晚都在彻夜写小说。昨晚，哥哥给我读了《马太福音》第六章，我大大地写在这里吧：

"你们禁食的时候，不可像那个假冒为善的人，脸上带着愁容，因为他们把脸弄得难看，故意叫人看出他们是禁食。我实在告诉你们，他们已经得了他们的赏赐。你禁食的时候，要梳头洗脸，不叫人看出你禁食来，只叫你暗中的父看见。你父在暗中察看，必然报答你。"[2]

---

1. 《马太福音》：《圣经·新约全书》中的部分章节。
2. 引自《圣经·新约·马太福音》第6章第16—18节。

微妙的思想。与此相比，我单纯到很不像话的程度，是个轻浮而爱出风头者。反省，反省。

"以微笑实施正义！"一句很棒的格言产生了。也许写在纸上，贴在墙上。啊！不行！马上就那个了。想把这个贴在墙上，属于"故意叫人看出"。我或许是个严重的伪善者，要好好地注意了。还有从十六岁到二十岁之间是人格形成阶段这样一说，真的，现在是关键时刻。

其一是为了帮助我统一这混沌的思想，其二也是我日常反思的材料，还有就是作为我青春的记录，十年后二十年后，指望看到我一面用手捻着漂亮的胡须，一面偷偷地阅读后窃笑的场面，从今天开始写日记吧！

可是，也不要太生硬，不要过于稳重。

"以微笑实施正义！"爽快的语言。

以上是我的日记开篇第一页。

接着我想写一点今天学校发生的事情。啊！已经满目尘埃了。嘴里也嘎吱嘎吱响起来，实在受不了，去洗澡吧！写上了"改日从容再见"，猛然想到：这算什么！谁也没有理睬你嘛！灰心失望了。谁也不看的日记，即便装模作样地写了，只能留下寂寞。智慧果教给了我愤怒，还有孤独。

今天放学和木村一起去吃红豆粥，不，这个明天写吧。木村也是个孤独的男子。

四月十七日　星期六

风住了，早晨的天空阴沉沉的，中午时分下了点雨，然后又一点点晴朗起来。入夜，月亮出来了。今晚首先重读了昨天的日记，害羞起来。实在是拙劣，脸羞得通红。十六岁的苦恼一点也没写出来，文章不仅疙疙瘩瘩，而且本人的思想也很幼稚，实在是无奈。现在突然想到的事，那就是为什么我选了十六日这个不上不下的日子开始写日记呢？自己也不明白，很奇怪。原来也一直想写日记，而前天从哥哥那儿学来了精彩的语言，说不定因此而兴奋，心里说"好"，下定决心明天就开写。十六岁的十六日，《马太福音》第六章第十六节。但这只不过都是偶合而已，为无聊的偶合而高兴不成体统，进一步往深层次思考一下吧！对！也明白了一点，其秘密并不在于十六日这个日子，说不定在于星期五。原来我是个在星期五这天能绝妙地深入思考的男子。从老早就有这个习惯，星期五是一个莫名其妙地让人手痒难耐的日子，这一天对于基督来说也是个受难日。因此，似乎在外国也作为不吉利的日子受到人们忌讳。虽然我并不是模仿外国人搞迷信，但实在是不能满不在乎地度过这一天。是的，我喜欢这个日子。我大约有喜爱不幸的倾向，一定是这样的。虽然看起来好像鸡毛蒜皮小事一桩，却是个重大发现。说不定我憧憬不幸这个怪癖将来会成为我人格形成的主要部分哩！想到这里，我也感到有些不安，感到要出事，感到好像真的要出什么不好的事，不过，因为这是事实，没办法。发现真理未必给人以快乐。智慧果是苦的。

那么，今天得写写木村，不过我已经有点腻歪了。简言之，我昨天对木村佩服得五体投地。木村是全校有名的小流氓，多次留级，按说已十九岁了。我以前没和木村从容地交谈过，但昨天放学途中，我被木村强拉着去了年糕小豆汤店，一面吃着红豆一面首次交换对人生的看法。

相当意外，木村是个努力钻研的人，还钻研尼采[1]呢。关于尼采，哥哥还没有教给我，所以我一无所知，只能闹个大红脸。我说了《圣经》，还有芦花[2]，但还是敌不过他。木村的思想完全在生活上加以践行，所以很厉害。据木村说，尼采的思想和希特勒有关系。怎么个有关系法，木村从哲学上做了种种说明，但我一点也不懂。木村实际上在用功学习。我觉得这个朋友很了不起，想和他更深地交往。据说他来年准备投考陆军士官学校，这也似乎仍然和尼采主义有关。不过，听说陆军士官学校比较难考，说不定考不上也未可知。

"我看你还是算了吧！"我这样一说，他眼珠子一转瞪了我一眼，很吓人。我也想用功，不想输给木村。当时，我下

---

1. 弗里德里希·威廉·尼采（Friedrich Wilhelm Nietzsche，1844—1900），德国著名哲学家、语言学家、诗人、思想家等，被认为是西方现代哲学的开创者和人生哲学与存在主义的先驱。主要著作有《权力意志》《悲剧的诞生》《查拉图斯特拉如是说》等。
2. 指德富芦花（1868—1927），日本近代小说家，本名健次郎，著名评论家德富苏峰（1863—1957）之弟。主要作品有小说《不如归》、小品集《自然与人生》等。

了决心，要记住一千个英语单词，还有代数几何要从头学起。我虽然敬佩木村的思想，但不知为啥我不想读尼采。

今天是星期六。我在学校听着修身的课，茫然地望着窗外。窗外一片曾开得争奇斗艳的樱花也大都凋谢了，现在只有红黑色的花萼嘲弄人一般剩在那里。我心里千头万绪，昨天我说"有很多深奥的人生问题"，然后顺嘴说出"比如对考试制度——"被哥哥看穿，我最近的忧郁啥来由也没有，只是起因于来年的投考一高 [1]，啊！考试真烦人啊！人的价值用一两个小时的考试无情地决定，真是可怕！这是冒犯神明的做法，考官都要下地狱的吧！哥哥高估了我，说："没问题！四年去考 [2] 能考上的。"但我完全没有信心。不过我实在太讨厌中学生活了，所以来年即便投考一高失败，我也打算立即上个好大学的预科。接下来，我必须梳理一个一生的目标来前进，这，是个很难的问题。究竟怎样办才好？我全然不知，只是困惑而一味地哭鼻子。"成为了不起的人物！"从小学时代，老师们就这样对我说，再没有比那种话更敷衍塞责的了。是怎么回事我完全摸不着头脑，就是完全不负责任的话，愚弄人。我已经不是小孩子了，对世间生活的艰辛也

---

1. 一高："第一高等学校"的简称，位于东京都驹场，是原东京帝国大学预备校，现为东京大学教养学部。

2. 四年去考：即所谓"4 修"。昭和初期的学制为小学 6 年、初中 5 年、高中 3 年即可投考国立大学。但有一种制度规定，小学可在 5 年内修完即投考初中，称"5 年修了"（简称"5 修"）；初中可以在 4 年内修完即投考高中，简称"4 修"。

一点点开始明白了。比如，即使中学老师，其背后的生活也极其意外地惨。漱石[1]的作品《哥儿》[2]里面不都写着吗？既有受高利贷者照顾的，也有挨太太骂的吧？甚至好像还有的老师给人的感觉是人生的失败者、可怜虫。便是学问，看起来也不是太出色。那种无聊的人总是一样，没有任何确信地罗列一些对谁都无妨碍的看似深刻的教训，让我们深切地讨厌学校。如果能至少教给我们一点更具体、触手可及的方针的话，我们不知有多么受益，即便是老师自己的"走麦城"的故事毫不掩饰地说给我们听听，我们心中也会有所触动，但偏偏总是千篇一律，权利和义务的定义呀，大我和小我的区别呀，一味絮絮叨叨地重复这些明摆着的道理。今天的修身课简直无聊透顶，是英雄与小人这个题目，金子老师只是胡乱地赞扬拿破仑呀苏格拉底呀，臭骂一通市井小人的悲惨，那样毫无作用吧。人，不是都能成为拿破仑和米开朗琪罗，小人物的日常生活中的苦斗也有宝贵的东西。金子老师的话总是如此概念化，很不像话。这种人才叫俗物。脑筋旧吧？已经年过五十了，也是没办法。啊！老师要是受到学生同情的话，那就完了。真的，这些人迄今为止什么也没有教给

---

1. 漱石：指日本近代大文豪夏目漱石（1867—1916），本名金之助。主要作品有《我是猫》《哥儿》《心》等。

2. 《哥儿》：原文作"坊ちゃん"，夏目漱石的短篇小说，通过一个不谙世故、坦率正直的鲁莽少爷到四国某地中学赴任后，同学校的几个恶棍老师展开的种种斗争，鞭挞了卑鄙和虚伪，赞美了正义和纯真。

我。我来年是报理科还是文科？必须决定性地二者择一。事态紧急，又实在是个严重问题。如何是好呢？唯有迷茫。在学校茫然地听金子老师言之无物的讲课期间，我异乎寻常地怀恋起去年告别的黑田老师，好想粘到他身上一样地怀恋他。那位老师确实肚里有货。别的不说，头一桩他聪明、干脆利落，像个男子汉。可以说是全校老师尊敬的对象。有一次上英语课，黑田老师静静地翻译完《李尔王》那一章，然后冷不丁地打开了话匣子，语调突然改变。所谓粗鲁生硬语调，大概就是指那种说法吗？总之，变得冷峻粗俗，那也是突如其来毫无任何预告地开说，因此，我们都被吓了一跳。

"这就要和大家分别了。真是短暂啊！实际上老师和学生的关系是漫不经心的。老师退职了，就此变成了路人。你们不坏，老师坏。实际上，所谓老师全是混蛋啊！全是连男女都不辨的混蛋。对你们说这些很不好，但我已经无法忍耐了。教研室里的空气，嘻！整个就是个不学无术！就是自私，并不爱学生。我在教研室坚持了两年之久，已经干不下去了。我在被炒鱿鱼之前主动辞职了。今天，唯有这节课是最后一课，以后说不定见不到你们了。不过，今后双方都彼此拼命用功学习吧！学习这东西是个好东西。似乎有人以为，代数几何的学习毕了业已没有任何作用，这是大错特错！植物，动物，物理，化学，只要时间允许，这些都应该学。唯有对日常生活不起直接作用的学习，将来才能让你们完成人格。也没必要夸耀自己的知识。学了，然后忘个一干二净也没关系。学，并不重要，重要的是加强教养。所谓教养并不是背下来很多公式和单词，而是要有宽广的心胸，也就是说，要懂得爱。学生时代不用功的人，到社会上以后也必然是个凄惨的利己主义者。学问这玩意学的同时可以忘却，但即便全部忘却了，在那学习训练的根基里剩下了一小撮砂金，就是它，这东西才金贵。必须用功学习，而又不要急着试图让那学问硬是直接对生活起作用。要从容地成为一个有教养的人！我要说的，仅此而已。和你们已经不能在这个教室一起学习啦！但是，你们的名字我将铭记一生永不忘记哟。你们也要偶尔回忆一下老师我呀！很没劲的分别，但是男子汉与男子汉，干脆地走吧！最后为大家的健康祝福！"他铁青着脸毫无一丝笑容，主动向我们鞠了一躬。

我想扑到老师身上去哭。

"敬礼！"级长矢村用半哭的声音发出号令，六十个人严肃地站起身来向老师做了发自内心的敬礼。

"下次考试的事不要担心啊！"说完，老师才微笑了一下。

"老师，再见！"留级生志田小声一说，紧接着六十个学生异口同声地喊道："老师，再见！"

我真想放声大哭。

黑田老师如今怎样了？或许出征了，按说才三十岁左右。

这样一写起黑田老师，真的忘了时间的流逝，已经接近深夜十二点。哥哥在隔壁悄悄地写着小说，好像是长篇小说，据说已写了两百页以上了。哥哥是昼夜颠倒，每天下午四点左右起床，然后必定通宵工作，说不定会对身体有害。我已经困得不行，打算现在开始读点芦花的回想日记再睡。明天是星期天，可以从容地睡早觉。星期天的乐趣仅此而已。

四月十八日　星期日

天气忽晴忽阴。我今天上午十一点起床。一如既往，别无变化，这是理所当然的。以为因是星期天就有什么好事那就错了。人生是平凡的，明天又是一个星期一，从明天开始又要上学一周。我好像是天性爱吃亏，现在这个星期天我不能作为星期天来消遣。我惧怕躲在星期天背后的星期一那嘲弄人般的表情。星期一是黑，星期二是血，星期三是白，星期四是茶，星期五是光，星期六是鼠。如此，星期天就是红色的危险信号，理应寂寞惆怅。

今天我从中午开始就不顾一切地复习英语单词和代数。天气闷热暑气熏蒸。我裹了一条毛巾睡衣毫不讲究穿衣打扮地学习。晚饭后的茶很好喝，哥哥也说好喝。我就想，所谓酒这东西，是不是就是这个味道？

接下来，今晚要不要写点什么？没什么可写的，那就写写我的家人吧。我的家庭现有七口人，有母亲、姐姐、哥哥、我、书生[1]木岛、女佣梅哉，还有上个月来家的护士杉

---

1. 住到别人家里一面帮忙家务一面上学的工读生。

野小姐。

父亲在我八岁时就故去了，他生前好像是有点知名度的人，毕业于美国的大学，是个基督徒，似乎是当时的新派知识分子，与其说是政治家，莫如说是个实业家更确切。晚年进入政界为政友会[1]工作，那也就只有短短四五年时间，此前本是民间实业家。据说进入政界后五六年期间，就把家里大部分财产败完了。我来谈财产有点可笑，但母亲当时好像相当操劳。家，也从远在牛込的大房子搬到现在麹町这个家来了。就这样，母亲一病不起，直到如今还在卧床。不过我一点也不恨我父亲，父亲管我叫"秃小子、秃小子"，关于父亲的记忆留下的很少，唯独清晰地记得他每天清晨用牛奶洗脸，他好像是相当喜欢修饰打扮的人。即便客厅装饰的照片，也是一张表情端庄神采奕奕的脸。据说姐姐的脸最像父亲。我姐是个可怜人，今年二十六岁。本月二十八日就要出嫁了。她是因为长期照顾母亲的病和照顾我们两个弟弟而没能出嫁。母亲在父亲去世后一直卧床不起，是脊椎骨坏死，已卧床近十年了。虽然是个病人，嘴倒是厉害，而且任性，雇来的护士马上就给赶走。看护她非得姐姐不可。不过，今年新年时哥哥严厉地批评了母亲，终于让她答应姐姐出嫁了。哥哥发怒时很可怕。姐姐的结婚也

---

1. 政友会：明治三十三年（1900）伊藤博文由原自由党吸收宪政党而结成的政党，原敬任总裁时组织了真正的政党内阁，其后和立宪民主党一起开启了日本的政党政治时代，"五一五"事件（1932）后没落，最后解散。

近在眼前了，所以，上个月开始护士杉野小姐来了，开始在姐姐的指导下照顾母亲。母亲虽然嘟嘟囔囔发怨言，但似乎对姐姐断了念，现在接受着杉野小姐的照顾。看样子，母亲也敌不过哥哥。母亲！即便姐姐不在了，您也不要泄气，为了哥哥还有我，请您打起精神来！姐姐已经二十六啦！可怜啊！哇！不好！说了大人的话了。不过，结婚是人生大事，特别是对于女人来说，或许可以说是唯一的大事。不要害羞，我们都来认真地考虑考虑吧！

姐姐是个高贵的牺牲者。即使说姐姐的青春被家务事，还有照顾母亲的病而毁掉了也不过分。然而我认为，这漫长的吃苦耐劳对姐姐来说，绝不是白费。姐姐肯定万分懂事，我们和她没法比。吃苦耐劳能磨砺人的理性。姐姐的眼珠近来分外清澈美丽。即便结婚近在眼前，也既不装腔作势又不得意忘形，很了不起。看样子是要以平静的心情步入婚姻生活。对象铃冈先生也是个年近四十的担任重要职位者，据说是柔道四段。鼻子又圆又红是他的欠缺，但看样子是个和蔼的人，我对他是既不喜欢也不讨厌，反正是个外人。不过哥哥说有个这样的姐夫，碰到什么事心里有底气，或许是那样。不过我呢，不打算受姐夫的照顾。我只是一门心思祈望姐姐幸福。如果姐姐不在了的话，家中会变得很冷清，说不定会变得像火灭掉了一样，但我们要忍耐。只要姐姐幸福就行了。姐姐将会成为出色的妻子的。这一点我可以作为一母同胞之一清楚而负责地保证，她可以作为最好的新媳妇加以推荐。我们真的给姐姐添了麻烦，如果没有姐姐，真不知我们会变成什么样，我说不定成了小流氓。姐姐看穿了弟弟们的个性，对症下药，温柔地培育我们成长。姐姐、哥哥和我三人有纯精神的完美结合，有神圣同盟。而且，姐姐在理性上比我们优秀，所以，总是自然而然地领导着我们。我相信，姐姐即便在婚姻生活中也一定会产生静好的幸福。即使黑暗的灾难袭来，姐姐也有着绝不让夫妇的幸福受到伤害的高贵力量。姐姐！祝贺你！姐姐今后会幸福的。说过于深入的事有点失礼，不过，恐怕姐姐还不知道什么叫夫妇之爱吧？（不过，便是我也是全然不知。甚至连估计也估计不出，说不定意料之外很无聊也未可知。）但是，如果说这个世上存在夫妇之爱的话，姐姐会将其达到最高水平吧。姐姐！请不要毁坏了我这美丽的"梦幻"！

再见，去吧！平安地生活！如果这是永远的分别的话，那就请永远平安地过日子！

以上是以单独和姐姐说悄悄话的心情写的，或许姐姐永远也发现不了我这悄悄的告别词，因为这是我个人的秘密日记。不过，如果姐姐看到了这个的话，会笑的吧？

我没勇气把这番告别的话直接说给姐姐听，是我窝囊，是件悲哀的事。

明天星期一，黑日子。我要睡觉了。神明啊！不要将我忘怀啊！

四月十九日　星期一

大致晴天。今天实在是不痛快。我已经想退出足球部了。即便不退出，我也讨厌体育运动了。今后和他们交往就马马虎虎的吧。他们漫不经心的，没办法。今天我揍了梶队长一拳，他很粗鄙。

今天放学后，足球部队员全部在操场集合，开始本学年首次练球。比起去年的球队，今年球队无论气魄还是技术，都骤然下降。这样，本学期能否和外校球队比赛就是个问题了。成员倒是齐了，不过队员之间的配合根本不行，是因为队长不行，梶没资格当队长。他今年本该毕业，但因为留级了，靠年功当了队长。要统帅好一个球队，人格魅力比高超的球技更重要。梶人格低劣，练球过程中也一味到处开玩笑乱说下流话。不仅梶打打闹闹，所有成员都在打打闹闹，吊儿郎当，我真想一个个抓住他们的脖领子把他们按到水里。一练完球，全员依惯例到附近的"桃之汤"公共浴池去洗身体。在脱衣场，梶突然说起下流话，而且说的是我的身体。那是无论如何也不想写的语言。我一丝不挂地站在梶的面前，问道："你是体育运动员吗？"

有人说："算了算了。"

梶重新穿起脱了一半的衬衣："想练练吗？喂！"他扬起下巴，露出一口白牙笑了。

我对着他的脸啪地就是一拳，并说："如果你是个体育运动员的话，你就知耻吧！"

梶咚咚地踢地板，"畜生！"他骂了一句就哭起来。

实在是意料之外，没骨气的家伙。我快速地到冲洗场洗了身体。

光屁股打架，不是值得夸耀的事。我已经厌烦体育运动。有句谚语说：健全的肉体里蕴藏着健全的精神，据说其希腊语原文是：如果健全的精神寓于健全的肉体里的话！其中包含着愿望与叹息之意。哥哥有一次那样说过，如果健全的肉体里蕴藏着健全的精神，那该是多么绝妙啊！而现实却相当不尽人意啊——似乎是这样一种意思。便是梶，也是相当魁梧的男子汉体格，但太可惜了。我要说的是：假如那健全的体格里蕴藏着健全的精神！

晚上，收听海伦·凯勒[1]女士的讲座，想让梶听一听。盲人，哑巴，虽然她的身体不健全而让人绝望，但依靠自己的努力，既能开口说话，还能听懂秘书的话，并且能著书立说，最后终于获得博士学位。我们真应该向这位女性致以无限的敬意。在听讲过程中，不时有暴风雨般的掌声传来，听众的感动直接打动了我的心，让我热泪盈眶了。凯勒女士的作品我也读了一点，有很多宗教诗。或许是信仰让女士新生了。我深切地感受到信仰的力量。所谓宗教，就是相信奇迹

---

1. 海伦·凯勒（Helen Adams Keller，1880—1968），美国女作家、教育家、慈善家、社会活动家。主要著作有《假如给我三天光明》等。

之力。合理主义者不懂宗教，所谓宗教是相信不合理之力。因为不合理的缘故，"信仰"的特殊力量——啊！不行，糊涂起来了。再向哥哥请教一次吧。

明天是星期二，讨厌，讨厌！俗话说男人跨出门槛外就有七个敌人，说得完全正确，麻痹大意不得。去上学，等同于进入一百个敌人的敌阵，不想输给别人，而为了赢就要付出拼死的努力，实在讨厌。这是胜利者的悲哀吗？不会吧。梶呀！明天我们互相微笑握手言和吧！完全像你在公共浴池所说，我的身体是过于白皙了。我很不愿意，受不了。不过，特殊地方我是没有擦什么白粉呀！你小看人了！今晚读了《圣经》就睡觉吧。

"你们放心，是我，不要怕！"[1]

四月二十日　星期二

天气晴，虽说是晴，但不是日本式的晴，是一种大致晴天的模样。今天忙不迭地去和梶和解了。因为我不愿意心里总是惴惴不安，便到了梶的教室坦率地道了歉。看样子梶很高兴。

---

1. 引自《圣经·新约·马太福音》第 14 章第 27 节。

　　我友笑颜背后隐藏着孤寂无聊，

　　我也笑着回以孤寂无聊。[1]

　　然而，我还和从前一样轻蔑梶，这是无可奈何的。梶用带有深深的忧虑而又十分信赖我的语气低声地说："我正想和你商量一件事呢，这次足球部一年级新人有十五个之多！全都不成样子。即便不三不四地引进很多，也会降低足球部的素质啊！就连我，也没劲了。请你替我想想主意！"

　　在我听来很滑稽。梶是在自我辩解，想把自己的散漫放荡归罪于新生。真是越发卑鄙无耻了。

　　"多点也无妨嘛！鼓足干劲练球，不行的累垮，好的就剩下了嘛！"我一说这话，他便高声地说道："那也不行。"说完空虚地傻笑了一下。

　　我不懂为什么那也不行。不管怎样，我对足球部已没有了从前那样的热情，爱怎么搞怎么搞去吧！恐怕要出现一支鬼芋球队了吧。

　　放学路上，顺便到了目黑[2]的电影院，看了电影《前进！轻骑兵！》[3]，很没意思，实在是部劣作，白白糟蹋了三角钱，

1. 此段为太宰治的名言。

2. 目黑：东京都的一个区名和地名，位于东京都西南部。

3. 《前进！轻骑兵！》：1936 年的美国电影，英文名为 *Charge of the Light Brigade*；日文原文译名为"竜騎兵"；中文译名《英烈传》(1968 年重拍)，另有译名《轻骑兵的冲锋》。内容系描写 1854 年 10 月的克里米亚战争巴拉克拉瓦战役中，由卡迪根伯爵带领英军轻骑兵向俄军发起冲锋的故事。

还浪费了时间。小流氓木村胡吹说："极棒的杰作，去看吧!"怀着期待去看了，这算怎么回事!如果加上个口琴伴奏的话，倒很搭配，像极了散发着廉价发蜡油味的电影。木村究竟又是对哪里如何佩服的呢?不可理喻。那小子意料之外还是个小孩子呀!马一跑起来，就这他也会兴高采烈的吧!那小子的尼采，也有点不靠谱了。说不定是尼采牌口香糖呢!

姐姐今晚接到铃冈先生来的电话，要去银座进行婚前应酬。两个人分外一本正经地走在银座街上，在资生堂是不是要了冰淇淋、汽水啊?或许意料之外看了《前进!轻骑兵!》电影之后佩服不已。结婚典礼已经近在眼前，两个人真悠闲，还是适可而止为妙。母亲就在刚才还发火了呢，说是嫌洗身铜盆里的热水太烫，把铜盆打翻了。护士杉野在哭。梅哉呱嗒呱嗒到处跑来跑去，真是闹得鸡犬不宁。哥哥视而不见地继续学他的习。我焦急万分。如果姐姐在场的话，就是小事一桩，会风平浪静，而看到杉野在楼梯下一直哭，书生木岛用哲学家那种庄重的口吻在说着什么安慰话，很滑稽。据说木岛是母亲的远房亲戚，五六年前从乡下的小学毕业后来到我家，为征兵检查回去过一次，不久又回来了。因为近视很严重，检查结果是"丙种"。虽然脸上痤疮很严重，但脸孔长得并不难看。好像当政治家是他的理想，但是他一点也不用功，恐怕当不成吧。据说他在外面叫我父亲为"伯父"，是个温厚而干脆的人。不过，又是个仅此而已的人，或许一生都会待在我家。

姐姐现在总算回来了，十点零八分。

我现在要做大约三十道代数题，累得都想哭。有个叫什么罗伯特氏的曰："一个妨碍者经常缠在我身上，其名曰'正直'。"芹川进氏曰："一个妨碍者经常缠在我身上，其名曰'考试'。"

我想进没有考试的学校。

四月二十一日　星期三

天气阴，夜里转雨。持续的阴雨没完没了。写日记也写厌烦了。今天数学课上，狸子老师穿着脏兮兮的橡胶长筒靴来了，说道："四年准备应考的有几名？把手举起来！"我一愣神，不由自主地举了手，原来只有我一个人。就连级长矢村都小心翼翼地没有举手，他低着头，有点不好意思。胆小鬼！狸子老师说："咦？芹川啊！"抿嘴一笑。一瞬间，整个世界漆黑一片了。

"你报考哪里呀？"狸子的口气极为轻蔑。

"还没有确定。"我回答，毕竟我没有勇气说出"一高"，内心悲哀。

狸子用一只手按住胡须窃笑，实在讨厌。

"但是，大家都……"狸子改成郑重的语气扫视了大家一圈，说道，"四年应考的话，不要抱着半开玩笑的态度说什么考一下试试，而必须以必胜的决心去考。犹犹豫豫地去考，一旦名落孙山就成了痼癖，五年后再考也往往会落第。希望你们慎重地考虑好再决定。"他这个说法完全无视了我的存在。

我真想是不是把狸子杀掉！有这样没礼貌的老师的学校，我想，索性来场火灾把它烧掉了事。我无论如何从四年级开始要转到别的学校。怎能在这儿留五年？那样的话，我的身体要烂掉了。比起语言学科，我的数学成绩不太好，所以呢，每天每夜都在用功。啊！我真想进了一高让狸子老师惊个跟斗。不过，或许办不到。对学习，我也有点厌烦了。

放学路上，到武藏野电影院看了场电影《罪与罚》，伴奏的音乐非常好听。我闭上眼睛光听音乐，眼泪夺眶而出。我想堕落。

回家后我什么也没有学，作了一首长诗。诗的大意写的是：

自己现在正在漆黑的最底层四处爬行，然而没有绝望。从不知为何处的地方射出朦胧的光。不过，我不知道那光究竟为何物。自己手掌上受着光的照射，但我却不能解释光的意义。自己只是一味地焦躁。奇异的光哟！

我想找个时间请哥哥给看看，哥哥说："好啊！你很有才的。"据哥哥说，所谓才能就是对某种事物有异乎寻常的兴趣而到了痴迷时才出现云云，本来是那么回事，但像我这样每天又是愤恨，又是发怒，又是哭泣，痴迷过度了也只是乱七八糟，恐怕没有出现才能的机会，反倒是无能的标志。啊！谁能清楚地给我判断一下呀？是傻瓜？还是聪明人？是扯谎者？还是天使？恶魔？还是俗物？会成个殉道者？学者？大艺术家？还是自杀？真的，有了一死了之的想法。没有父亲这件事，我从来没有像今晚这样有真情实感。平常总是干干净净地忘之脑后，但是很奇怪，"父亲"这样一个人物总觉得非常之高大，又很温情。我感到也能理解基督在极度悲伤的时候高呼"阿爸，父啊[1]"的心情。

> 比起母爱更厚重，
> 比地基更深沉，
> 耸立在人们的思想之上，
> 比天空更广阔。
>
> ——赞美诗第五十二首[2]

四月二十二日　星期日

天气阴。没什么特殊的事，所以不写了。今天上学迟到了。

---

1. 引自《圣经·新约·马可福音》第14章第36节。英语原文为"Abba. Father"，其中的"Abba"源于塞姆语"阿爸"的意思。
2. 此赞美诗序号仍与卷首卷尾赞美诗一样，是与警醒社明治三十六年刊的赞美诗第1、2篇中序号相符，是第52首的第三段。此赞美诗系根据《圣经·新约·罗马书》第5章第8节汉译为"唯有基督在我们还作罪人的时候，为我们死，神的爱就在此向我们显明了"（引自前述《圣经》，第172页）；赞美诗汉译为本书译者试译。

四月二十三日　星期五

天气雨。晚上，木村带着吉他来我家玩，我就说："你弹一个吧！"他弹琴技术极其低劣。因我一直沉默不语，木村就说了声："对不起，告辞！"回去了。

冒雨抱着吉他来的家伙真是个傻蛋。我感到疲劳，早早睡了。就寝，九点半。

四月二十四日　星期六

天气晴。今天从早晨旷了一整天课。这样的好天去上学可惜了。去了上野公园，在公园的长椅上吃了便当，下午一直在图书馆。借出了正冈子规全集的一到四卷，有选择地读了一些。天黑之后回家了。

四月二十七日　星期二

天气雨。心情焦躁难以入睡。深夜一点，听得到工人们开夜工的轻微响声，只有铁锹和沙子的声音传来，连一声号子也没听见。明天是姐姐的婚礼，今晚就是姐姐睡在这个家最后一夜了。什么心情呢？别人的事，爱咋咋地吧！完。

四月二十八日　星期三

天气晴好。坐着给姐姐鞠了个躬，然后立刻去上学。我行礼时姐姐喊了声"小进"哭起来了。母亲好像在屋里面喊"阿进""阿进"，我连鞋带都没有系就从玄关跑出去了。

五月一日　星期六

大致晴天。写日记有些怠惰了，没有任何理由，只是因为不想写。现在突然起了想写的念头，就写。今天哥哥给我买了吉他。晚饭后，和哥哥到银座散步，途中我往乐器店的橱窗里瞧了一眼，随意地说了一句："木村也有跟那个一样的乐器呀！"于是哥哥便说："想要吗？"

"真给我买？"

我感到害怕，窥视了一下哥哥的脸色，哥哥默默地进到店里给我买了。

哥哥的惆怅是我的十倍。

五月二日　星期日

雨转晴。虽然是星期天，我却罕见地八点就起了床。起来后立刻用布擦拭吉他。表兄弟小庆来玩了，他是成了商科大学生后首次来家。新做的西装简直晃眼。

"人种不同啊!"我奉承他一句,他嘿嘿地笑了。因为进了商科大学人种就变了,怎么可能?他穿着红色条纹衬衣,怪模怪样地装腔作势。没读过"身体不胜于衣裳吗"[1]?

他说:"德语很难啊!"嘿嘿,是那样吗?一旦成了大学生,还是不一样了啊!心烦意乱起来,我一味地弹着吉他,他邀请我去银座,我谢绝了。

我现在一点也不学习,无所事事。Doing nothing is doing ill(小人闲居为不善),无所事事乃正在犯罪也。或许我嫉妒小庆,品位低下,我要好好思考一下!

五月四日　星期二

天气晴。今天足球部迎新会在学校大礼堂召开,我稍微去偷偷瞄了一眼,便立刻回家了。

近来,我的生活里连悲剧都没有。

五月七日　星期五

天气阴,夜间转雨,是一种温暖的雨。深夜,打着伞出去吃寿司。碰见一个喝醉酒的女招待和没喝醉的女招待在闭着嘴咀嚼寿司。醉酒那个对我说了些失礼的话,我连气也没

---

1. 此段引自《圣经·新约·马太福音》第 6 章第 25 节。

生，只是苦笑了一下。

五月十二日　星期三

天气晴。今天数学课上狸子老师出了一道应用题，时间限二十分钟。

"有没有做好了的同学？"

谁也没有举手。我虽然感觉做好了，但不愿意像三周前的星期三那样丢丑，就佯装不会。

"怎么搞的？谁也不会吗？"狸子老师嘲笑道，"芹川，你来做做看！"

为什么要点名让我来做呢？我愣了一下，便站起身来走到前面在黑板上写。两边开平方的话极其简单。答案是0，我写上了"0"，但又想到如果错了又会像上次那样受到侮辱，所以，答案写的是：可能是0吧？于是，狸子老师哈哈大笑："实际上，敌不过芹川啊！"一面摇头一面说，我回到座位去后他还凝视着我的脸说出"在教研室，大家也都说你可爱呢"这样旁若无人的话，引起全班人哄堂大笑。

我真是觉得讨厌。比上个星期三更不痛快，感到没脸跟全班同学见面，觉得狸子老师的神经也罢，教研室的氛围也罢，失礼和庸俗到了极点，让我已无论如何再不能忍受。我在放学回家途中下了决心干脆退学。我想离开家当个电影演员自谋生路。哥哥有一次说过，小进好像有当演员的天分嘛！我清楚地回忆起了这句话。

然而，晚饭时情况如下，闹了个一切照旧，白折腾一场。

"讨厌学校，实在不行啦！我想自谋生路啊！"

"所谓学校，本来就是个讨厌的地方嘛！不过，心里想着讨厌讨厌，还在上学，这里就有学生生活的可贵之处。虽然有点像悖论，但设立学校的目的就是为了让人讨厌。便是我，也特别讨厌学校，不过我可没想读到初中就辍学……"

"是啊！"

一瞬间即被驳倒。啊！人生，太单调啦！

五月十七日　星期日

天气晴。又开始练足球了。今天和二中比赛。我前半场射入两个球，后半场射入一个球。三比三。比赛结束后我和学兄在目黑喝了啤酒。

开始觉得自己有些低能。

五月三十日　星期日

天气晴。明明是星期天却心情暗淡。春天也将过去。早晨，木村来电话邀请我去横滨，谢绝了。下午，到神田把应考的参考书全部买齐。到暑假为止，我要学习《代数研究》(上下册)，暑假时进行平面几何的总复习。晚上整理了书橱。

沉闷，抑郁。"我要向山举目，我的帮助自何而来？"[1]

六月三日　星期四

天气晴。真的，今天开始四年级为期六天的修学旅行。在客栈和很多人挤在一起胡乱睡，或者慢悠悠地排队观光，实在讨厌，所以不参加。

我打算看小说度过六天。今天开始读漱石的《明暗》[2]，灰暗，灰暗的小说。这种灰暗只有东京生东京长的人才能懂得，是一种无奈的地狱。班里同学们这会儿可能在夜间火车上熟睡着吧？真是天真无邪。

勇敢者在独立时最强而有力。——这是席勒[3]说的吧？

六月十三日　星期日

天气阴。足球部的前辈大泽先生和松村先生大大咧咧地驾到，接待他们简直荒唐至极。他们说足球部暑假集训可能

---

1. 引自《圣经·旧约·诗篇》第 121 章第 1 节，其后半句为：从造天地的耶和华而来。
2. 《明暗》：夏目漱石的小说，以主人公津田由雄和妻子阿延的不安定生活为主线，尖锐地深挖人的利己主义。因作者亡故而中断。
3. 席勒：约翰·克里斯托弗·弗里德里希·冯·席勒（Johann Christoph Friedrich von Schiller，1759—1805），18 世纪德国诗人、哲学家、剧作家等，德国启蒙文学的代表人物之一，早期写有剧本《强盗》。《阴谋与爱情》被恩格斯称为"是德国第一部有政治倾向的戏剧"。

要流产，这是个大事，所以很激动。我呢，本不打算参加今夏的集训，所以流产了反而正中我下怀。可是对大泽、松村两前辈来说，就少了一个乐趣，所以他俩满腹牢骚。据说因梶队长财务账目上的差错，校方不给出集训经费了。松村先生慷慨激昂地说："必须撤销梶的队长职务！"总之，全是混蛋。我想尽早让我回家。

晚上，久违地给母亲按摩腿脚。

"任何事都要忍耐——"

"是！"

"兄弟姐妹和睦相处——"

"是！"

母亲一开口说话就是"忍耐"，还有"兄弟姐妹和睦相处"。

七月十四日　星期三

天气晴。从七月十号开始，一学期的真正考试就开始了，明天一天即告结束。然后过一周公布成绩，接着就要放暑假了。高兴，仍然是高兴。自然而然地喊出一声"啊"。成绩之类根本无所谓。本学期思想上也相当地迷茫，所以或许成绩也要大幅度下降。不过，我估摸着只有国语、汉文、英文、数学能有进步，但未公布之前不能确定。啊！已到暑假了。思想及此就免不了眉开眼笑。分明明天也有考试，可我实在想写日记。最近这段好久懒于写日记了，因为生活没劲，我本身就是个空壳啊！不，因为有一种深深的绝望。我变得很狡猾了，自己所想不愿意随便告诉别人。我现在怀着怎样的思想，不太想被别人知道。只有一句话可以说："我将来的目标不知不觉之中定了。"下面的话不说了。明天也有考试，用功，用功。

一月四日　星期三

天气晴。元旦、二号、三号、四号，都玩着过完了。白天黑夜悉数游玩，即便是在游玩，也并非是忘掉一切，而是心里想着"啊！讨厌啊！没意思啊"又被拉过去游玩，要说玩完后的落寞则尤甚，是一种极度的落寞。痛切地感到要学习啊，感到自己这个月没有任何进步，是一种难以忍受的焦躁。今年才真正要成绩均衡地用功，去年每天都像骑在一辆嘎哒嘎哒作响的破自行车上一样，心神不定地度过了，而到了今年，则感到似乎产生了一种欢乐的希望，总感到就在自己身边，自己一伸手好东西即唾手可得。

十七岁，是个可憎的年龄。我有一种越来越认真的心情，也感到自己突然变成了平凡的人，已成了大人。

因为今年三月有入学考试，必须紧张起来。仍准备投考一高，并坚决报文科！去年被狸子老师整过几次后，断然放弃理科，哥哥也赞成。"芹川家没有科学家的基因啊！"他笑着说。虽然我选了文科，但是否有哥哥那样文科的才能是个疑问。别的不说，首先报考一高英文科就没有考上的把握。哥哥轻松地说着"没问题""没问题"，哥哥自己倒是轻轻松松考上的，所以他似乎以为别人也能轻轻松松考上。因此，也经常满不在乎地吩咐让我做我根本做不到的事情，无意识地说一些残酷的话，或许他仍旧是个公子哥。而我，对考一高实在犯难，恐怕要落榜。落榜的话，就打算进私立的R大学而不想留下念五年级。与其再受狸子老师一年的嘲弄，还不如死了好呢。R大学是基督教学校，我想能深入学习《圣经》会很快乐吧，感到那是一所有前途的学校。

一号、二号玩动作猜谜[1]，开头还挺有意思，二号就完全厌了。镰仓的小圭提出由哥哥、新宿的小豆豆、我和他四人朗读《父归》[2]。还是我演得最精彩。哥哥扮演的"父亲"过于深沉、拙劣。三号，以上四人决定去高尾山[3]进行冬季郊游，冷得都受不住了。我疲劳过度，归途中竟然靠着哥哥肩膀睡着了。小圭、小豆豆二位昨晚也都住在我家了。

今天，在小圭、小豆豆二位回去后，木村和佐伯来玩了。虽然我决心不再和这种无聊的中学生玩了，但还是玩上了。

---

1. 动作猜谜：仅仅用身体或器官的动作来表现某个词或某句话，一般分两组，以答案正确数定输赢。
2. 《父归》：日本著名通俗文学作家菊池宽写的短篇独幕脚本，发表于1917年，描写一个父亲抛妻弃子出去玩票，二十年后老来落魄回到家乡想归家，表现了几个家庭成员各自不同的复杂情感和态度，当时曾轰动一时。
3. 高尾山：东京都八王子市的一座山，这里有国家公园，动植物都很多。

打扑克，玩"二、十、勾"[1]，木村的玩法很赖皮，让我目瞪口呆。木村去年岁暮从家里拿了二百日元到横滨、热海转了个遍，把钱花光后呆呆地来到我家，之后，我马上给他家打电话告诉了他们。据说木村家当时曾向警察局报警要求寻人来着。据说他家现在还说我是大恩人呢！木村家似乎也不怎么样，木村也是个混蛋，只是个一般小流氓而已，尼采知道也要气哭的。便是佐伯，也是个混蛋。最近我烦透他了。大资产阶级家的孩子，身高六尺，身体很弱，一步三摇，听说只是念到初中便要不念了。起初和我谈种种外国文学的话，所以我也像当初听到木村的尼采一样万分激动，认为我的朋友就唯有佐伯一人，主动到他家去玩。然而，他实在太柔弱了，不能成事。在家时，他穿着五六岁孩子穿的大块飞白花样的和服，竟然把"吃饭"叫"饭饭"，真让我脊背发凉。随着交往，渐渐感到话不投机，连他是男是女也分不清了，他喜欢伸舌头舔物，一副就要淌哈喇子的面孔。上次也是一本正经地说，因为体弱大学就不上了，在家一面安静地和芹川君交往，一面学文学。我可是够了，就说："哎呀！还是考虑考虑为佳。"

和木村、佐伯一起玩的工夫，天已经黑了。一起吃了年糕。二人一走，这回"一小点"女士驾到，她瘦得惊人。该

---

1. "二、十、勾"：日本人扑克牌的一种玩法，以手中牌总分定输赢，"2""10""J"
为最高分。

女士是父亲的妹妹，所以是我们的姑妈。芳龄四十五六岁，总之一把年纪了，未婚。是插花大师，还担任着什么妇女会的干事。哥哥说："'一小点'女士是芹川家的耻辱。"虽然并不是坏人，但实在是有点"一小点"。"一小点"这个绰号是哥哥去年给起的。那是在姐姐的公开婚礼上，这位姑妈和哥哥并排而坐，别处的绅士向姑妈劝酒，她忸怩作态地说："那个，我不会喝呀！"

"不过，就一杯。"

"哦呵呵！那么，啊呀！我就喝一小点！"

真令人作呕！据说因羞耻之余，哥哥踢了下席子都想离席了。管中窥豹，以一知万。实在是讨厌得让人受不了。今晚看到我的脸便说："哎呀呀！小进！鼻下都长出黑毛来啦！要努力哟！"真是蠢话，实在是龌龊、粗鲁、丑陋。真是全家之耻，不想和她坐在一起吃饭。悄悄和哥哥互相点点头，一起到了外面。银座大街上人很多，难道都是像我们一样在家里感到压抑而来银座的吗？这样一想感到可怕。在资生堂，哥哥一面喝咖啡一面嘟嘟囔囔："芹川家族好像流淌着淫荡的血液。"我吓了一跳。在回家的巴士里，哥俩就"诚实"问题交谈了一会儿。哥哥最近也有些消沉的样子，姐姐不在以后哥哥也必须做家务，小说的进展似乎不尽如人意。

到家时十一点了，"一小点"女士已经撤走。

接下来，就要怀着高迈的精神和新鲜的希望前进了。十七岁了。我向上帝起誓，明天六点起床，肯定要用功学习！

一月五日　星期四

天气阴，风很大。今天无所作为。风大的日子实在不行。起床就已是下午一点了，感到比去年更加懒散了。起床后正在磨磨蹭蹭，现在在下谷有家的姐姐给我来电话了，说是"请过来玩"，我困惑了。出于我那优柔寡断的性格答了一声"嗯"。我真的讨厌铃冈先生家，觉得实在庸俗。姐姐也变了，婚后不久来家里玩时就已经变了，变得干巴巴的，普通家庭主妇一个，毫无任何雍容华贵气派，我吃了一惊。那是出嫁还不到十天时候的事，手背脏得要命。还有，变得异乎寻常地精明，甚至变得很自私。姐姐竭力要掩饰这一点，但对我来说简直是洞若观火。现在已经完全是铃冈的人了，甚至连脸孔似乎也开始变得像铃冈了。说起脸孔，我每逢想到俊雄君的脸孔，就变得语无伦次。俊雄君是铃冈先生的亲弟弟，去年从乡下的初中毕业，现在和我姐他们住在一起，在庆应大学[1]文科走读。我说这种话实在是不应该，不过这位俊雄君是我迄今为止从未见过的丑男，实在丑得厉害。便是我，长得一点都不漂亮，而且真不想对别人的长相说三道四。然而，俊雄君的脸孔实在是丑得太离谱，所以我就语无伦次了。并不是说鼻子长得怎样嘴长得怎样，而是整

---

1. 庆应大学：现全名为"庆应义塾大学"，现主校区位于港区三田，为日本私立大学中数一数二的高等学府。

个脸长得七零八落，又毫无任何幽默之处。我和他一打照面，总是奇怪地陷入沉思。就是万里挑一。我自己对这种说法也很不愉快，是不可以说的，但因为是事实，实属无奈，那种脸孔我生来首次见到。我相信，男人脸长得如何本不是问题，只要精神纯洁无瑕就没问题，可以出色地进入社会生活。但我想，像俊雄君那样又年轻，而且还在庆应文科那样的名牌学府学习的身份，长那种面孔的话，恐怕是相当痛苦的事了。实际上，只要一打照面，我都到了厌恶人生的地步，真的太离谱了。他在今后漫长的人生中，会多次被人所指，遭到背后议论，被别人敬而远之的吧？我一想到这，便开始怀疑现代社会机构，怨恨这个世道了。讨厌世间人们的冷酷，又自然而然地感到义愤。俊雄君将来如果能得到与身份相当的职业，过上衣食无忧的生活，那真是很理想很值得祝福的事情。然而，结婚问题怎么样呢？即便有合适的女人也因为自己的面孔丑陋而不能结婚时，那该是多么痛心疾首啊！或许会大声呻吟吧？啊！我考虑到俊雄君就感到忧郁。虽然发自心底同情他，但实在是不愿意看他，太离谱了，无以言状，尽量不想看。或许我也有一种和世人一样冷酷而沾沾自喜的心情，越想越感到语无伦次。我从去年到下谷的姐姐家去过两次。虽然想见姐姐，但她的先生铃冈氏又趾高气扬地以老大哥自居，把我叫成"小宝""小宝"，我有点受不了。是不是可以叫作豪杰气质啊，不过我认为称呼我为"小宝"也有点太离谱了。我已十七岁，被称呼"小宝"，我不愿意答应一声"哈依!",也想不回答并表现出怒气冲冲,但无论怎么说,听说对方是柔道四段还是有点怕,我就自然变得委曲求全。和俊雄君见面我就语无伦次,对铃冈氏我又战战兢兢,所以,我去下谷那个家就不成。今天也是,姐姐说"请来玩吧",我随口答了个"嗯",然后又相当地茫然若失,无论如何也不想去。到头来找了哥哥商量。

"下谷来电话让我去玩,可我不想去。这么大的风,真够呛!"

"可你不是答应了说去的吗?"哥哥捉弄人地说。他是看透了我的优柔寡断了。"不去不行!"

"啊!好痛!我突发肚子痛了。"

哥哥笑了起来。

"既然那么不想去,开头清楚地谢绝就好了。人家还在等着呢!你想当八面玲珑的好孩子,那可难办。"

我终于受到一顿教训。我讨厌教训,即便是哥哥的教训我也讨厌。我过去受到教训还一次也没有悔改过。教训之类,都是自我陶醉、任性的装腔作势。真正了不起的人只是微笑地看着你失败,不过那个微笑实在是深邃而清澈,他什么都不说,就能强烈地震撼你的心灵,令你猛醒,当即让你恍然大悟,也就能真正做到改正了。教训,实在是讨厌。即便是哥哥的教训我也讨厌。我绷起脸赌气:"清楚地谢绝,好吗?"我说着,极度紧张地往下谷打了电话。糟糕!是铃冈氏接的电话:"是小宝吗?新年好!"

"是的。新年好！"无论怎么说，人家是柔道四段啊！

"你小阿姐等着呢！快点过来呀！"竟然使用"小阿姐"这种小孩话。

"那什么，我肚子疼了。"我自己都感到没出息。"请给俊雄君也带个好！"甚至添加了一句没必要的奉承话。

我没脸见哥哥，便就那样猫在屋里待到天黑，滥读克尔恺郭尔[1]的《基督教训练》，却一行也没有理解。只是到处浏览铅字，心里想着另外一些杂七杂八的事情。

今天，是傻瓜的一天。下谷的家实在难以应付。那个家里有姐姐，全然不知她是不是颇为幸福地笑着呢？晚饭时，我说："所谓夫妇，都说些什么样的话呢？"

哥哥用一种无聊的口气答道："切！恐怕什么也不说吧！"

"恐怕是那样吧？"

还是哥哥聪明，他了解下谷的无聊。

入夜，嗓子疼，早睡了。晚八点，躺着写日记。这段时间母亲精神很好。如果顺利地过了这个冬天的话，说不定会向痊愈发展呢。那是个很麻烦的病。那话题先打住，能不能搞到五日元啊？我必须还给佐伯，还清以后就绝交。跟别人借了钱就变得失去自尊，这可不行。是卖旧书来凑钱？还是

---

1. 索伦·克尔恺郭尔（Soren Aabye Kierkegaard，1813—1855），丹麦宗教哲学心理学家、诗人，现代存在主义哲学的创始人，后现代主义的先驱，也是现代人本心理学的先驱。主要著作有《非此即彼》《恐惧与战栗》《人生道路的阶段》等。

和哥哥商议一下？

《申命记》里有之："只是借给你弟兄不可取利。"[1]看来还是拜托哥哥安全，我似乎有度量狭小的毛病。

风，还很大。

一月六日 星期五

天气晴。寒气逼人。每天光下决心却无所事事，感到很羞耻。吉他，我是弹得越来越好了，不过这也没有什么可夸耀的。啊！我想过没有悔恨的日子。新年，我已经讨厌了。嗓子虽然好了，可是这次头又疼起来，什么也不想写。

一月七日 星期六

天气阴。终于，一周了，无所作为。从早晨开始几乎独自吃了一箱蜜橘，吃得手心似乎都变成了黄色。

知耻吧！芹川进。你的日记近来懒散得过分咯！没有一点知识分子的面影。你必须努力！难道忘记你的大志了吗？你已经十七岁了，马上就要成为一个有知识的成人了。你是何等地懒散啊！你小学时代每周由哥哥带领去教会学习《圣经》，难道你忘了吗？耶稣的悲愿你理应完全领会。你忘了

---

1. 此句引自《圣经·旧约·申命记》第23章第19节。

和哥哥约定要成为耶稣那样的人了吗？读到"耶路撒冷啊，耶路撒冷啊！你常杀害先知，又用石头打死那奉差遣到你这里来的人。我多次愿意聚集你的儿女，好像母鸡把小鸡聚集在翅膀底下"[1]之处，不由得放声大哭那个夜晚，你忘了吗？每天每天都光下决心，到头来整整一周傻子一般玩掉了。

今年三月，还有升学考试。虽然参加考试不是人生的最终目的，但正如哥哥所言，与此斗争之中有着学生生活的宝贵之处。便是基督也用功学习了，当时对圣典进行了详尽的研究，没有遗漏。自古以来天才的用功都是别人的十倍。

芹川进哟！你是个大混蛋！什么日记之类不要再写了！混蛋撒娇写的又臭又长的日记之类猪都不吃。你是为记日记而生活的吗？自命不凡、又臭又长的日记打住吧！空空如也的生活再反思，再整顿，还是空空如也。啰里吧嗦地写那么多，实在滑稽。你的日记已经没有意义咯！

"吾人忏悔小的过失，只为令世人相信乃无其他大过失耳。"——拉罗什富科[2]

活该！

---

1. 引自《圣经·新约·马太福音》第 23 章第 37 节。

2. 拉罗什富科（François de La Rochefoucauld，1613—1680），中文译名一般通译为"弗朗索瓦·德·拉罗什富科"。法国公爵，又称马西亚克亲王，17 世纪法国古典作家、道德家。主要著作有《箴言集》等。

第三学期从后天起即将开始。

加把劲，奋进！

四月一日　星期六

天气微阴，风很大。决定命运的日子，一生不可忘记的日子。去一高看榜了。名落孙山！感觉我的胃肠忽地消失了，体内变成了空壳。不是遗憾的感觉，只是想流泪。进，好可怜。不过也感觉落榜理所当然。

不想回家。头重耳鸣嗓子干得要命。来到银座。站在四丁目的街角，被大风吹着等绿灯时才流下眼泪。好想喊叫，难怪呀，有生以来首次名落孙山，这样一想，无论如何也忍不住了。不知道怎么走的，有两人回头看我。上了地铁，来到了浅草雷门[1]。浅草的人们熙熙攘攘。我已经不哭了，感觉自己就像拉斯柯尼科夫[2]。

进了牛奶咖啡店，桌上落着灰尘，一片白。我的舌头也因为尘土而硌得慌，呼吸很困难。落榜生！可不是什么好模

---

1. 浅草雷门：浅草，东京都台东区一地名；雷门为浅草寺安放风神、雷神之处，现为旅游观光名胜。

2. 拉斯柯尼科夫：俄国著名小说家陀思妥耶夫斯基的著名长篇小说《罪与罚》的男主人公的名字。他本是个寒门大学生，出于超群的强者有无视凡人法律的权利之思想，杀害了当铺老太婆及其表妹，后又受良心责备，万般痛苦。为生活沦为妓女的索尼娅送给了他《新约全书》，在索的劝告下他终于前去自首，被判八年苦役流放西伯利亚。索也陪他而去，最后主人公爱上了索并决定皈依基督教。

样哟！两腿倦怠，有点恍惚。眼前清晰地出现了幻影：罗马的废墟沐浴着夕阳残照，显得不胜悲催。裹着白衣的女人低着头消失在石门里。

我的额头冒出冷汗。R大学预科我也报考了，不可能也落榜吧——不过，不管它，无所谓啦！就是考上了，也就仅仅上个名册而已，没打算念到毕业，我从明天开始自谋生路。去年临放暑假前我就有了思想准备。我已经讨厌有闲阶级，我紧紧依靠有闲阶级混饭吃，啊呀，本是个多么悲惨的混蛋啊！"骆驼穿过针的眼，比财主进神的国还容易呢！"[1]这不正是个好机会吗？从明天开始不再依赖家庭。啊！暴风雨哟！灵魂哟！从明天开始我要闯社会啦！眼前又飘浮起了幻影。

我的邻桌，面貌丑陋的洋装姑娘，面前放着空了的咖啡杯茫然地坐着。她拿出带小镜子的小化妆盒，在敲打鼻头，当时的表情就像个白痴。但是腿却细长，丝袜薄得要命。男子来了，发蜡似乎都涂到脸上了似的。女人微微一笑站起身来，我背过脸去。难道基督也爱这种女人吗？难道离家出走的我也要满不在乎地和这种女人谈笑风生吗？真是目睹了令人厌恶的东西，嗓子发干，再来杯牛奶吧。我未来的新娘乃是那个尖嘴猴腮的女人，我未来的好友乃是那个全身散发着发蜡油臭味的绅士也！该预言将命中。外面是络绎不绝的人流，他们全都有个可归之巢吧。

---

1. 引自《圣经·新约·马太福音》第19章第24节。

"呀呵！回来啦！今天很早嘛！"

"嗯，工作顺利，结束得快呗。"

"那太好啦！要不要洗个澡呀？"

可以想象到平凡而宁静的休憩之巢。

我没有可回的地方，落榜小子！是多么的惭愧！我以前曾不知多么强烈地轻蔑落榜生，认为全是由于人种不同。孰料我自己的额头也清晰地烙上了落榜生的烙印。我是新入伙的，请多多关照！

诸位在四月一日夜晚，没看见一个少年吗？他像野狗一样在街上徘徊。看见了吗？如果看见了，那么，为什么当时不喊一声"喂！小子"来和我搭话呢？我一定会抬头仰视你的脸拜托道："请交个朋友吧！"于是，我们俩一定一起在烈风中彷徨而行，几度相互盟誓：去救助穷人去吧！在偌大的世界上，得到意想不到的志同道合之友，无论对您来说还是对我来说，都是多么幸运的事情啊！然而，没有任何人跟我搭话，我是步履蹒跚地回到麴町的家中的。

写接下来的事情就更加苦不堪言了。我向上帝盟誓：在我的一生中，绝不再干这种坏事。我殴打了哥哥。晚十点左右我悄悄归家，在漆黑的玄关解鞋带时，啪的一声电灯亮了，哥哥出来了。

"怎么样啊？没考上吗？"悠闲的声音。我默不作声，脱了鞋子，站到门口的地板上勉强冷笑一声后回答道："不是笃定的事吗？"我的声音卡在嗓子眼。

“咦？”哥哥眼睛瞪得溜圆，“真的么？”

“都是你不好！”我猛然殴打了哥哥的面颊。啊！这只手，烂掉吧！完全无理由的愤怒。我羞愧交加得要死，你们却故作文雅，一副若无其事的面孔活着，去死吧！——被这样一种狂暴的发作所驱使殴打了哥哥。哥哥像小孩子一样哭鼻子了。

“对不起！对不起！对不起！”我抱住哥哥的脖子嚎啕大哭起来。

书生木岛把我扛进屋里，一面给我脱下西装一面小声说道：“太勉强啦！是不？才十七岁，太勉强了。要是令尊在世，是不是？”他似乎产生了某种误解。

“不是打架呀！傻蛋，不是打架呀！”我一面抽抽噎噎一面多次解释。木岛这种人是不理解的。木岛给我盖上被子，睡下了。

我现在匍匐在被窝里写“最后的”日记。已经行了。我要离家出走，明天开始自谋生路。这个日记本就当作我的纪念，留在家里吧！哥哥读了它会哭泣的吧？是我的好哥哥，他从我八岁时就代替父亲疼爱我，引导我。如果没有哥哥，我现在或许成了个小流氓。哥哥很踏实，所以父亲在九泉之下也会放心吧？母亲最近病状也向好，甚至让人觉得好像马上就要痊愈了，这是令人高兴的事。即使我不在了，也不要泄气，请相信小进一定会成功而感到轻松愉快吧！我绝不会堕落，一定战胜社会，不久就会让母亲高兴得心花怒放。

再见！桌子哟！窗帘哟！吉他哟！圣母怜子图 [1] 哟！全都再见！不要哭泣，要笑着为我走上社会祝福啊！

再见啦！

四月四日　星期二

天气晴。我现在在九十九里滨 [2] 别墅非常幸福地生活着。是哥哥昨天带我来的。乘昨天下午一点二十三分的火车从两国 [3] 车站出发，宛如生来首次旅行似的，心情激动地不断东张西望窗外的风景。离开两国站不久，两侧除了工厂还是工厂，可是其间也有贫穷寒酸的小房子，好像无数蚜虫一样挤在一起，忽而又豁然开朗，出现一点绿地，还看得到好像上班族住宅似的稀稀落落的红砖小屋顶。我想了一下住在这尘土飞扬的郊外人们的生活，啊！所谓民众的生活让人异常眷恋而又悲戚。我想，我吃苦耐劳还远远不够。在千叶车站等了一刻钟，接着换乘开往胜浦 [4] 的火车，傍晚抵达片贝 [5]。但没有巴士了，说是末班巴士已在半小时之前开走了。交涉了一下出租车，说是司机病了，真是不像话。

---

1. 圣母怜子图：意大利语 Pieta，指圣母马利亚抱着耶稣的美术作品，人们将其译为"圣母怜子图""圣殇""虔敬的心"等。
2. 九十九里滨：日本千叶县东部的弧状海滨沙地，长达四五十公里。
3. 两国：日本东京都墨田区西南部的一个地名，也是车站名。
4. 胜浦：日本千叶县东南部的一个沿海市。
5. 片贝：即地名"九十九里"的另外名称。

"走着去吧？"哥哥冷得缩着脖子说。

"好呀！行李我拿吧！"

"算了。"哥哥笑起来。

二人首先来到海岸，沿着岩岸走的话比较近。夕阳淡照，沙子呈黄色很好看。但风很硬地吹打着脸，很冷。九十九里的别墅近四五年没来了。离东京太远，那里又过于僻静，所以，暑假十有八九要到母亲娘家那边去。不过，很久没来后这次过来一看，九十九里的大海依旧像从前一样广袤并呈蓝色。汹涌的浪涛不断涌来，又破碎，反反复复。儿时每年都来的。别墅被称为松风园，曾经是九十九里的名胜，很多避暑客来参观别墅的庭院，不管谁来，父亲似乎都是热情接待，然后避暑客都尽兴而归。父亲好像真是喜欢让人开心。如今，有位名叫川越一太郎的上了年纪的巡警和他的老妻阿金住在别墅看家，我家人也不大过来，只有"一小点"女士偶尔带着弟子啦朋友啦过来住住，几乎差不多变成废墟了。庭院也任其荒芜不堪，现如今松风园也破败了。便是九十九里的避暑客，恐怕也已忘记松风园了吧？也没有到院里来耍酒疯的了。心里千愁万绪，跟在哥哥身后沙沙地踩着沙子走着。两个黑影长长地落在沙地上。两个人。我痛切感到芹川家这里只有哥哥和我，要和睦地互相帮助吧！

到别墅时天已大黑。因事先打了电报，阿金老太婆已准备好，正在等着我们。立刻洗澡，吃了有美味海鲜的晚饭，仰卧在客厅中，从心底呼地发出一声重重的叹息。

　　一号和二号那种地狱般的慌乱现在宛如梦境。二号早晨，我天没亮就起床了，将身边杂物塞进皮箱，悄悄溜出家门。钱，就是一号早晨领的四月份零花钱，二十日元还剩一半，尽管如此仍然心中无底，便没有忘记将从哥哥那借来的秒表和我的手表带走。两只表一起也许能卖一百日元左右。外面浓雾弥漫。来到四谷见附[1]时，天空已开始现出鱼肚白。乘上了省线电车到达横滨。为什么买了来横滨的车票，我自己也没法自圆其说。总之，感觉到了那里，似乎有好运在等着我。然而，一切皆无。我在公园的长椅上一直坐到中午时分。眺望着港口的轮船，海鸥在飞翔。从公园的商店买了面包吃了。然后又提着皮箱去了樱木町[2]车站，买了去大船[3]的车票。活不下去了，就去当电影演员。我去年受到叫狸子的数学老师侮辱就想辍学的，当时就下了决心：也罢，那就当电影演员自谋生路。不知什么缘故，我有一种奇怪的自命不凡，觉得只要当演员便能获得圆满的成功。并不是关于长相的自命不凡，而是关于教养和演艺的自命不凡。我并不憧憬当电影演员，甚至觉得那是个又苦又惨的职业。但是，除了这个职业，我想不出自己还能干什么。当送牛奶的，我没有

---

1. 四谷见附：德川幕府在江户城所设"江户城三十六见附"之一。

2. 樱木町：横跨横滨市中区西区的地名，1872年日本最早开通铁路的横滨站所在地，现为JR线及地铁线的站名。

3. 大船：位于日本神奈川县镰仓市的一个地名、车站名。日本松竹电影公司于1936年由蒲田迁往这里至今。本《太宰治全集》第5卷为1942年左右作品，此时松竹公司已迁至大船。本书中主人公因怀揣当电影演员的梦想，故懵懵懂懂地来到这里。

信心。我在大船站下了车，打算无论如何也一定要磨到见着一位导演。这件事是投考一高落榜后突然决定的，决心最后走这条路。我满怀着异乎寻常的信心直奔制片厂大门，但这却以无奈的苦笑而告终。原来今天是星期天！我是一个多么粗心大意的孩子啊！或许任何事都是神的意旨，只因为是星期天，我的命运又发生了一百八十度的逆转。我提着皮箱又回了东京。东京的黄昏很美。我坐在有乐町车站月台的长椅上，望着大楼里闪亮的灯火，直到因眼泪模糊而无法再看。这时，一位绅士拍拍我的肩膀。哭泣是要不得的，我被带到警察岗亭，不过人们对我很亲切。看样子是父亲的名字起了作用。哥哥和木岛君来接我了。三人坐上汽车，良久，木岛冷不防地说了一句："不过，日本的警察难道不是世界第一吗？"

哥哥一言没发。

在家门口下汽车时，哥哥并不是专门对着谁，快速地说："跟母亲什么也别说啊！"

那天夜里，我因疲劳，死了一般地睡了。就这样，次日哥哥就带我来九十九里滨了，也就是昨天的事。我们沿着岩岸走路，到日落时分到达这所别墅。洗了澡，吃了美味的晚饭，仰卧在客厅，从心底发出一声长长的叹息。夜里，我和哥哥并排而睡，很久没和他一起睡了。

"让你考什么一高，对不起，是哥哥我错了。"

我回答什么才好呢？我不会那种勾当，不会轻松地说一句"不，是我不好"来装作无意地打圆场，也不会那种睁着眼睛说瞎话的虚套。我只有负疚地在内心深处暗暗地请求上帝和哥哥原谅。我在被窝里蜷曲着自己的大块头身体，感觉无处可放。

"看了你的日记啦！看了那个，哥哥我也想和你一起离家出走了。"哥哥说完这话低声笑了，"不过，那也太滑稽了。也难怪，这算什么事，即便连我也变了脸色，慌慌张张地离家出走，那也毫无意义。木岛也会大吃一惊的。于是，他也看了那个日记，也离家出走。这样一来，母亲和梅哉也都出走，再重新租个房子……"

我也不由得笑了起来。哥哥是为了不让我感到尴尬，才说这种笑话的。哥哥总是这样，他是个比我更懦弱的人。

"R大学的发榜是什么时候？"

"六号。"

"R大学我想能考上吧，怎么样？如考上了，想一直念下去吗？"

"念下去倒也可以，不过——"

"说个痛快话！不想念下去是吧？"

"不想。"

二人都笑了。

"咱们放轻松点谈吧！其实呢，哥哥我上个月也从大学中退了。再说，永远这样白白交学费也没什么意义。我是做了今后十年的计划，要想方设法写出优秀小说，过去写的全都不行，都是些天真和自以为是的东西，完全不成样子。生活也懒散邋遢，刚愎自用，装做大师彻夜地写。从今年开始，打算重打鼓另开张。怎么样？小进要不要从今年起和我一起学习呀？"

"学习？你是说再考一次一高吗？"

"哪里话！那种逞强的事不要再说啦！不仅仅应考是学习，你的日记里不是写了吗？写着'将来的目标不知不觉地定了'，那是假话吗？"

"不是假话，不过，我真的也不明白。感觉是清楚地定了，但具体是什么，不清楚。"

"电影演员。"

"不可能吧？"我极为狼狈。

"是的呀！你是想当电影演员的呀！这也不是什么坏事，如果是全日本首屈一指的电影演员，那多优秀啊！母亲也会高兴的吧？"

"哥哥，你生气了？"

"生什么气？不过我担心，非常担心。小进，你十七岁了呀！不管当什么，你还须多多地学习。这一点，你明白吗？"

"我和哥哥不一样，我脑子笨，做其他的我根本不会。所以才考虑演员这个行当——"

"都是我不好，我不该不负责任地把你卷进艺术的圈子里，我太疏忽大意了。报应！"

"哥哥！"我有点不高兴，"所谓艺术，是那么坏的东西吗？"

"如果失败了会很惨啊！不过你既然打算今后拼命进行那方面的学习，便是哥哥我也没什么可反对的呀！不但不反对，而且还想和你互相帮助一起学习呢！啊呀！今后需要十年的苦练，你能干得下去吗？"

"我要干下去！"

"是吗？"哥哥叹了口气，"既然这样，那么 R 大学也得上！是否念到毕业另当别论，总之你要进 R 大学！大学生活也要尝试一下为佳呀！说定啦！还有，不要想立马就去参加电影类的工作，你要五六年乃至七八年每天跑某个一流剧团扎扎实实地练好基本功。进哪个剧团这事回头两个人再商量。到这个程度，你不会不服气吧？哥哥我困了，睡觉吧！我们有钱，再过十年也勉强够花，无需担心！"

我想把我将来幸福的一半，不，五分之四都给哥哥。因为我的幸福这么一来有点过大了。

今早七点起床的。如此神清气爽的早晨多年未见了。和哥哥两个人光着脚跑到沙滩，又是赛跑又是相扑，又是跳高又是三级跳远。过午之后，玩起了"高尔夫球"。虽说是高尔夫球，但并非真正的高尔夫球，而是将墨水瓶用布厚厚地包起来就算是球了。用棒球棍以打高尔夫球的姿势来打，将球打入对面距旱田大约百米的松树下球洞里。中间的旱田是相当大的难关，很有乐趣。我们大声笑着，砰的一声将墨水瓶打飞，心情十分畅快。阿金老太婆给我们送来了年糕和蜜橘，我们大大感谢一通，一面狼吞虎咽地吃着一面继续打高尔夫球。我打进六次，是今天的最高纪录保持者。海边的四个孩子不知不觉地跟着我们走了过来。

"我学会啦！"

"我也学会啦！往那个洞里打就好。"他们嘀嘀咕咕地在互相说着，看样子是想加入的样子。

"打打看！"哥哥说着伸出了球棒，那孩子果然高兴地一面嘴里不停地说着"我会了"，一面胡乱地挥舞着棒球棍，十分可爱。当我想到这些孩子每天都怎么玩的时候，不禁流下了眼泪。啊！愿世上所有人都同样幸福。孩子们那才叫"贪婪地"玩着。我们累了，躺在沙滩上。晚霞云蒸霞蔚，从云的缝隙中看到红光似火、宛若绯红的丝带。举头一看，环绕着别墅的松林在红光照射下熠熠生辉。大海——铫子[1]半岛也呈现出微微的紫色，地平线犹如镜子的边缘显出隐隐约约的绿光。海鸥显得很小，贴着海面飞翔。浪涛不断地涌起，又破碎。啊！人生还有这样一刻；啊！今天不必顾虑任何人，充分地玩味这美不胜收的幸福感吧！人，在幸福时哪怕成为傻瓜也未尝不可。上帝会饶恕的。这一天是我们俩的安息日。哥哥用铅笔在贝壳上写着诗。

"写什么呢？"

"写的是秘密的祷告啊！"他说着笑了，然后将贝壳抛入

---

1. 铫子：日本千叶县东北端的一个市，渔业发达。

大海。回到屋子里，洗了澡，吃完晚饭时已经困了。哥哥首先钻进被窝，鼾声大作睡着了。我还没见过如此酣睡的哥哥。我睡了一觉后又起来，是为了写这个日记。打算把这三天发生的事真实地记下来。我一生，都不要忘了这三天！

四月五日　星期三

　　风很大。像今早这样凶猛的大风，城里人甚至都想象不到吧？太厉害了，凛冽的西风吹得地动山摇，以至于想叫它台风。而且房子西侧的松树都被吹断两三棵，实在受不了，发出咯吱咯吱的声音，其势头像要把这所房子吹垮。总之，风太厉害了，一步也不能外出，甚至刮得人心情畅快。到了下午，西风似乎变成了东北风。我把川越先生饲养的狗崽子搬到客厅玩了一上午。据说就在几天前刚刚出生的，实在是可爱。也是害怕大风吧？浑身发抖。跟它们一贴脸，一股奶味直冲鼻子，比任何香水的气味都高雅。我将五只全都抱在怀里，痒得我不由得"哇"地惊叫一声。

　　哥哥从下午开始就在桌前往稿纸上热心地写着什么。我躺卧在旁边接着读了一点《天亮之前》[1]，这是很难读的文章。

　　入夜后风势有所减弱，但还是将挡雨板窗吹得不断摇

---

1. 《天亮之前》：日本著名诗人、小说家岛崎藤村的长篇小说，发表于1929年到1935年间（连载两部）。其内容是以明治维新前后的动荡时代为背景，反映木曾马笼旅店旧家主青山半藏苦难的一生，其人物原型为作者之父。

动。可惜了外面皓月当空的朗朗月夜。大风哟！不管你吹得多么猛烈，唯独那皓月和繁星请不要给吹跑！哥哥夜间也还在继续写作；我在被窝里又继续读了一点《天亮之前》。

明天是 R 大学放榜。木岛桑会用电报通知我们结果，我有点牵挂。

四月六日　星期四

天气忽晴忽阴，早晨还下了点雨。海滨的雨，就是无声电影，即便下了也听不到任何声音，而是静静地被吸入沙中。风，全住了。我爬起来，眺望一会儿雨中的庭院，然后自言自语一句"欸！睡觉！"就又钻进被窝。哥哥一脸普希金[1]的模样香甜地睡着。哥哥经常自嘲脸黑，但我却喜欢哥哥那样浅黑而阴影多的脸。我的脸只是白，平板而无特色，加之脸蛋发红，毫无忧郁之处可言。听说让蚂蟥吸脸蛋子可以去掉脸上的红晕，但有点恶心，没敢下决心实践。即使鼻子，哥哥的也很骨感，这样，就显得鼻梁很高具有个性；而我的则只是大，鼻头圆而鼓。有一次我来劲了议论朋友的容貌时，哥哥突然从旁插了一句："你小子是美男子呀！"结果闹得满座扫兴。我可没有觉得唯有自己是美男子，其他人

---

1. 亚历山大·谢尔盖耶维奇·普希金（Aleksandr Sergeevich Pushkin，1799—1837），俄国诗人、小说家。主要作品有诗体小说《叶甫盖尼·奥涅金》、童话《渔夫和金鱼的故事》和小说《上尉的女儿》等。

都是丑男，无稽之谈。我想，如果自己是绝世美男子的话，恐怕对别人的容貌反而不关心了吧？对于长得丑的人，我要持颇为宽容的态度吧。然而，像我这样的对自己容貌甚为不满的人，却特别关心别人的容貌，是因为产生了一种感同身受的感觉，觉得想必很郁闷吧？不能坐视不理。比起哥哥，我的脸连百分之一的美都没有。我脸上没有任何气质可言，就像一只西红柿。哥哥自嘲脸黑，但不久后若因文笔而出名了的话，就要被人赞誉为小说界首屈一指的美男子了，到那时哥哥一定会不知所措的。是有点像普希金呀！我的脸则在《百人一首》[1]的纸牌中。我在半梦半醒之中睡着了，做了各种各样的梦，好像是在上野车站内，我被四面八方的火车围着，浸泡在澡盆中东张西望。突然，头上落雷般响起了贝多芬的第七交响曲[2]。我惊慌失措地站起身来，一丝不挂地举起双手开始指挥。交响乐猛然消失，火车的乘客们从众多车窗中冷静地注视着我。我感到害羞起来。我全身裸露，以扭动身躯的指挥姿势从澡盆中站了起来，这是无以言状的羞耻姿势。自己笑起来，醒了。短暂的梦。不过，很久没听到了，听到我想听的贝多芬第七交响曲很难得。接着又在半梦半醒中睡着了，这回是考试。正面有舞台，我正感叹考场很

---

1. 《百人一首》：主要指藤原定家编纂的从100名歌人中每人选一首的《小仓百人一首》，其后又出现多种模仿的和歌集，也叫《百人一首》。《小仓百人一首》被做到纸牌上，玩一种纸牌游戏，上面有该和歌作者画像，本小说主人公指的即是纸牌上的歌人画像。
2. 第七交响曲：指贝多芬A大调《第七交响曲》。

气派时，说是帝国大学的考试。不过作为考官赶来的却是狸子老师，令我很惊诧，考生也都是脸熟的四年生。说是英语考试，但考卷上却画着老虎。无论如何也不会答。狸子来到我的身旁，说："我教给你吧！"我说："讨厌！滚一边去！"他又说："不，我教给你。"说完狸子窃笑，我讨厌得不得了。我说："写个悲剧就行了吧？"狸子说："不，是羽衣呀！"我正想怎么说这种奇怪的话，铃响了。我把白卷递给狸子出到走廊。走廊里，大家在叽叽喳喳地喧闹。

"明天考什么科？"

"远足的考试，要吃力啦！"

"说是要注意带点心。"

"我呢，不是相扑部呀！"这个好像是木村。

"说是二十五日元的鞋子。"

"先喝酒，然后去看红叶呀！"这个好像也是木村。

"酒，已经喝够啦！"

"小进，考上啦！"这个是哥哥现实中的声音。他站在我枕边笑着。"木岛来电，说你顺利考中。"这一瞬间，我感到异常害羞，从哥哥手里接过电报一看，写着："'顺利考中'万岁！"更加害羞了。自己小小的成功被别人大肆吹捧，毫无理由地感到害羞，甚至觉得大家在笑话我。

"木岛也是发自内心的高兴吧？"哥哥用确认的语气说。

"对木岛来说，即便是 R 大学，也是让人眼花缭乱的好大学。另外，实际上哪所大学其内容都是一样的。"

我知道呀！哥哥。我从被窝里探出脸来，不由自主地莞尔一笑。笑脸已经不是中学生的笑脸了。盖着被子的中学生从被窝中悄悄探出脸来时，早已变成不折不扣的大学生了，这才是没有任何弄虚作假的魔术。啊！我写得有点过于张扬，不好意思。R大学，算什么！

今天不管在哪里走都感觉有点脚没落地似的，轻飘飘的。哥哥也说："我今天也有那种感觉。"晚上，两人到片贝街市上去看看，大吃一惊。简直判若两地，已不是从前片贝街市的模样。不会是我晨梦的继续吧？街上极度萧索，目不忍睹，到处都是漆黑一片，而且鸦雀无声，连人的影子都没有。五年前的夏天，避暑客还熙熙攘攘的片贝银座现在也是无一灯火，伸手不见五指。远方狗吠声凄厉得有点不对劲。不仅仅因为是淡季，片贝市镇本身确实已经荒废。

"好像上了狐狸的当一样啊！"我这么一说。

"不，说不定真的受了骗，实在是怪。"哥哥认真地说。

进了过去曾经熟悉的台球室，只亮着一只幽暗的电灯，里面空旷无人。最里的房间睡着一个不认识的老太婆。

"打台球么？"她用沙哑的声音说，"要打的话，可以自己到这里的壁橱里去拿球。"

我想要不要逃走？哥哥却满不在乎地进到最里的房间，跨过老太婆的被窝，打开壁橱门取出球，令我吃惊。哥哥今天也确实有点不对劲。说好打一局，可是慢吞吞地在黑乎乎的呢绒上滚动的球，总觉得有点像活物一样，阴森恐怖，所以一局还没分胜负我就说："算了吧！算啦！"到外面去了。走进荞麦面店，吃了不凉不热的天妇罗荞麦面，一面吃一面说："怎么搞的？今晚意志和行动好像完全脱节了。说不准我脑子不对头了。"我一说完，哥哥默默地笑笑说："总之，小进你成了大学生这档子事，感觉今天是个怪日子呀！"

"啊！不好！"我感到被人说中了要害。

今天奇怪的原因，说不定不在片贝市镇，仍然在于我有点被冲昏头脑。尽管如此，就连哥哥也赞成，说是和我一样感觉脚不着地，这就怪了。说不准哥哥也和我一样高兴糊涂了。真是个傻大哥啊！这么点小事就激动成那样。

不久我要让你更加高兴。今天全天宛在梦中。如果是个梦，请不要醒来！涛声刺耳，我难以入眠。不过，仅此，已清晰地感受到一条未来的路。我要感谢上帝！

四月七日　星期五

天气晴，和风从东方轻轻拂煦，已经想回东京了。九十九里也有点腻了。吃过早饭，二人立即到沙滩开打"高尔夫球"，然而，已经没意思了，上不来兴致。打高尔夫球期间，住在别墅的邻居、一位名叫生田繁夫的十八岁中学生说了句"你好"就过来了，我们也回礼说"你好"时，他立马说："请解答一下这道代数题！"说着，就把笔记本摆在我眼前。我认为这相当失礼了。甚至不由得怀疑是不是对我们抱有某种敌意。他的皮肤也变黑了，和以前判若两人，整个已变成一个海滨青年。

"根本就不可能会呀！"我连一眼也没好好看笔记本就说。这时，他马上追问："可是，你进大学了吧？"简直是吵架的口气，我感觉非常厌恶。

"从哪里听说的呀？"哥哥不慌不忙地询问道。

"听说昨天不是来电报了吗？"繁夫桑底气十足地说，"从川越阿姨那听说的呀！"

"哦，原来这样。"哥哥点点头，"总算考上了。小进好像连应考补习也没像样地做，你都不会解的难题，恐怕他也解不了吧！"哥哥微笑着一说，繁夫桑喜形于色："是吗？我还以为四年级能进大学水准的秀才，解这种问题不在话下呢！所以来拜托了，实在是失礼得很。这道因式分解题相当难啦！我也想明年投考高师。我不是秀才，所以五年级才考。哈哈哈哈！"留下一串空虚而卑劣的笑声回去了。真是个混账家伙！或许是环境将此人如此扭曲也未可知，不过，因为存在这种混蛋，世间会变得多么灰暗无意义啊！不必互相竞争处处挑我的毛病吧？虽说是进了 R 大学，但我既无一点骄傲自满的想法，更谈不到轻视别人。哥哥看到繁夫桑洋洋得意地离去也自语道："那种人也有啊！"说完叹了口气。

我们完全意气消沉了，还感觉好像在这种地方悠闲游玩就像是做了很坏的事似的。"是不是'狐狸有洞，天空的飞鸟有窝'[1]呀？"

"但日子将到，新郎要离开他们。[2]"

哥哥说完，笑了。我感觉这样的对话要是被繁夫他们听见了，想必会认为是目光短浅、装腔作势吧？那样一来，我们该怎么办才好呢？我们一点也没有翘尾巴，本来总是很谦卑的。啊！想回东京，在乡下很难。继续打高尔夫的气力也没有了，我们俩互相开着悲伤的玩笑回家了。

中午时，我又遭遇一次失败，这是次大失败。而且，从头到尾都是我一个人不好，所以难以忍受。

吃过中饭后，我将哥哥拉到院子里给他照相，这时，篱笆墙外传来了石塚老爷爷的孙子孙女二人的悄悄话："我三岁时，人家也给我照过相。"男孩得意地说。

"三岁时候？"妹妹的声音。

"是啊！我戴着帽子照的，可是我不记得了。"

哥哥和我都笑了起来。

"过来玩吧！"哥哥大声说，"给你们照相呀！"

篱笆墙外鸦雀无声。石塚老爷爷从前给我们别墅看过家，现在也仍然住在这附近。他的孙子辈，大的男孩十岁左右，

---

1. 引自《圣经·新约·马太福音》第 8 章第 20 节，下半句为"人子却没有枕头的地方"。
2. 引自《圣经·新约·马可福音》第 2 章第 20 节，下句为"那日他们就要禁食"。该句《新国际版圣经》原文为："But the time will come when the bridegroom will be taken from them, and on that day they will fast."大多数版本均有"But"，小说原文中所引"みよ"，英语原文和日、中文译文中均没查到，疑似作者记忆有误。

小的女孩七岁左右。过了一会儿，两人满脸通红，迈着小步进到院子里马上站定，两人的脸越发变得火红，害羞得一步也不往前走了。那种扭扭捏捏的样子相当文雅，讨人喜欢。

"到这边来吧！"哥哥招手，然后，唉，我说了句实在不得体的话："给你们点心呀！"

女孩猛地一抬头，接着急速转身后背朝我们啪嗒啪嗒地逃走了。看样子男孩没有女孩那么敏感，犹豫了一会儿也追在女孩后面逃掉了。

"冷不丁说出给人家点心的话，即便是孩子也觉得受到侮辱呀！他们有自尊，不是为那个而来的呀！"哥哥一脸遗憾地说，"你真混啊！繁夫桑也对你有反感呀！"

我无法辩解一句。还是我在身上某处表现出高傲的情绪了。无聊的冒失鬼呀！我是个。

乡下实在不行，我一再受挫，心情暗淡。本来想去石塚老爷爷那里向两个小兄妹好好赔礼道歉一番，可是没能去成。不好意思，感觉有点小题大做，怎么也没能去成。

我想明天回东京。跟哥哥一商量，哥哥说也正想回去了，就同意了我的动议。

傍晚，洗完澡一照镜子，发现鼻头晒得通红，好像漫画人物一样。眼皮呢，一会双眼皮，一会单眼皮，一会又三层眼皮，最后又变成单眼皮，每一眨眼就一变。说不定眼窝凹陷了，运动过度反而瘦了，感觉好像吃了大亏。想快回东京。我，仍然是个城市的孩子。

四月八日　星期六

　　九十九里天气晴，东京雨。到家已是晚上七点半了。姐姐在，我感到很怪。"刚刚来玩一会儿的。"姐姐若无其事地说。可是，其后木岛不小心向我们说漏了嘴，说是前天晚上就来了。姐姐为什么要扯那种不必要的谎呢？或许发生了什么事。总之，很疲劳，我们洗过澡后马上就寝了。

四月九日　星期日

　　天气阴。下午一点才起床。还是在自己家睡得香，或许是被褥的关系。哥哥好像比我早很多就起床了，而且似乎和姐姐争吵着什么。姐姐和哥哥都很傲气，一定是发生了什么。不久就会真相大白吧？姐姐也没和我说几句话，傍晚就回下谷去了。

　　晚上哥哥带我到神田去给我买大学生的制式帽和鞋子，我戴着那帽子回来的。在归途的巴士里，我问道："姐姐怎么了？"哥哥哼了一声咂了咂嘴说："说混账话，是个傻蛋呀！她。"说完，就沉默不语了，愁眉苦脸又怒不可遏的样子。

　　一定是发生了什么状况。但是我一无所知，也不能开口插话。

　　明天裁缝该来量尺寸，哥哥说还要给我买雨衣，渐渐名副其实像个大学生了，真是流年似水哟！今晚我深切地感受到被 R 大学录取还是太好啦！我打算再过一段，就开始正式地学习演艺。哥哥说首先给我介绍演艺界知名的老师，或许是斋藤氏。斋藤市藏氏的作品在日本已成为经典，我辈连评论的资格都没有，不过内容尚嫌不足，大多为常识性的。但是能力很强，做老师那样的人或许最合适。哥哥说从艺之路很难，但是可以学习。只要用功学习就没有不安。我能这样走上自己想走的路并走下去，多亏哥哥。我们俩要一生互相帮助，努力争取成功。便是母亲，也经常把兄弟要和睦相处挂在嘴上。母亲也一定会为我高兴的吧？哥哥从刚才就一直在母亲房间里说着什么，待的时间相当长，更加证实一定是出了事，我很焦躁。

四月十日　星期一

天气晴。学校的正式录取通知来了，开学典礼是二十号。西装在那之前做好就来得及。今天裁缝来量尺寸了，定做的不是流行款式，而是保守款式。如果穿着流行款式的学生装在街上走，看起来好像脑子不太灵，所以不要。穿着款式朴素的西装在街上走，看起来很像秀才。哥哥也穿着没什么款式的普通学生装。这样，看起来就很像秀才的样子。

傍晚，小芳来玩了。她是商业大学学生小庆的妹妹。还是个女学生，但相当不知天高地厚。

"听说你考上 R 大了？要是不去考就好了。"好厉害的寒暄。

"因为商业大学好啊！"我对她这样一说，她却说："那种大学也无聊！"我就问她："什么大学好呢？"她回答："中学生可爱，最好。"真是不像话。

她是来让梅哉给缝补裙子的破绽，缝完就急忙回去了。又是西装的事，女学生的制服为什么那么俗气又邋邋遢遢呢？不能做得再小巧精干点儿吗？我即便走在街上，连一种满意的都没有见到过，全都像灰老鼠似的。因为服装是那个德行，内心也像灰老鼠一样到处乱窜。从根上说，全然缺乏尊重男子的精神，令人吃惊。

今天，哥哥午后外出了，现在是晚上十点了，还没有回来，事情的概略我也大致明白了。

四月二十四日　星期一

天气晴。我对大学幻灭了。从开学典礼那天开始就厌恶了，和中学毫无二致。无处寻觅所期待的宗教式的清纯氛围。班里有七十名左右学生，看样子明明都是些二十岁光景的青年，但在智力上好像还是淌哈喇子的秃小子。只是已开始叽叽喳喳地喧闹了，使人不禁怀疑是不是白痴。我的那所中学只来了一个姓赤泽的，他是五年级考入的，所以和我不太亲，也就是互相交换个注目礼的程度。因此，我在班里完全是孤立的。我在开学典礼时就把班里学生进行了分类：白痴五十名，分数迷十名，机会主义者五名，暴力派五名。我认为这个分类很正确。我认为我的观察万无一失。天才一个都没有找到，真让人失望。这一来，我呢，似乎就成了班里首屈一指的人物了。没劲的事太多了。本来以为班里会云集可以谈谈互相激励的优秀竞争对手，可这样一来，就好像重新上一回中学一年级。还有把口琴带到教室的学生之类，真让人受不了。二十号、二十一号、二十二号，上了三天学就已经腻歪了，想从大学中退早点进入某个剧团，着手开始严格的正规演练。我感觉学校这玩意完全没用。昨天在家待了一天，读完《缀方教室》[1]思绪万千，夜里也很难入睡。《缀方教室》的作者和我同岁，我想我实在不能这样磨蹭下去了。就连贫穷又没受过一点教育的少女都能做出如此成绩。我想，对艺术家来说，优渥的环境反而是不幸吧？我也想早点脱离现在的环境，作为剧团里一个清贫的研修生，忘掉一切，一门心思学戏剧。早晨四点多，我迷迷糊糊睡着了，今早七点被闹钟闹醒，一起床，发生了眩晕。尽管如此，因为是艰苦的义务，还得拖着沉重的脚步去学校。

　　校舍太安静了，心里想着：怪了！到系部一看，这里连个人影都没有。我猛然想起，今天是靖国神社的重大祭祀日，学校放假。孤立派的失败。早知今天放假，便是昨晚也能过得更快乐些。真荒唐。

---

1. 《缀方教室》："缀方"在日语中是"作文"的意思。该书是东京平民区少女丰田正子所写的作文集。

　　不过，今天风和日丽。归途中我到高田马场¹的吉田书店，从容地淘了旧书。不时发生眩晕。《剧场》²杂志数册，科格兰³的《演员艺术论》，泰洛夫⁴的《被解放了的戏剧》，挑选了这么多，请他们给包起来。实在是眩晕，立刻回家，马上上床躺下，好像还有点发烧。一面躺着一面浏览今天买来的书的目录。有关戏剧的书，书店里也极少，很难办。要是洋书，哥哥好像有一点有关戏剧方面的，但我读不了。今后还得充分地学习外语。语言方面掌握不全实在是不便。

　　睡了一觉，起床已经是下午三点。请梅哉给我做了饭团独自吃了。然而，吃了一个的时候，胃里有点难受，有一种怪怪的发冷感觉，就又钻进被窝。杉野小姐担心，给我量了体温，三十七度八，她说要不要请香川大夫过来一下，我谢绝说："不需要。"香川大夫是母亲的主治医生，喜欢溜须拍马，我不中意。跟杉野小姐要了点阿司匹林片吃了。迷迷糊糊之间出了一身大汗，精神也马上清爽了。我想，没问题了。说是哥哥为了那件事从早晨就到下谷去了，还没回来。

---

1. 高田马场：东京都新宿区的一个地名。

2. 《剧场》：原文"テアトロ"，由意大利文"teatro"音译，"剧场""戏剧"的意思。这里指 1934 年 5 月由日本的"テアトロ社"创刊的月刊，是进步的新剧运动理论及启蒙刊物，1940 年停刊。

3. 科格兰（Constant Coquelin Aine，1841—1909），也有译名为科克兰、哥格兰等，法国著名男演员，艺术大师，22 岁参演过《费加罗的婚礼》，著名专著有《演员艺术论》等。

4. 亚历山大·雅科夫列维奇·泰洛夫（Alexander Yakovlevich Tairov，1885—1950），苏联著名戏剧导演，也是戏剧艺术的主要改革者之一。

看样子问题不会那么简单地平息。哥哥一不在，我就总感觉心中没底。再请杉野小姐给量量体温，三十六度九。拿出勇气匍匐在被窝里写日记。我，对大学幻灭了。无论如何也想写。手腕子发酸。现在是晚八点。头脑清醒，毫无困意。

四月二十五日　星期二

天气晴，风很大。今天学校放假。哥哥说："还是休息为好。"烧已经全退了，一会儿躺下一会儿起来的。

所谓出事，是姐姐向铃冈先生提出要分手。似乎没有任何原因，只说是讨厌了。

当然，也不能否认"讨厌了"才是最大的理由，不过，似乎没有具体拿得出手的理由，所以哥哥才分外生气，是嫌姐姐任性而生气的。恐怕觉得对不起铃冈先生吧？便是我，也不喜欢铃冈先生，不过，我也觉得这次姐姐是有点任性了，难怪哥哥发怒。姐姐现在在目黑的"一小点"那里。哥哥好像断然拒绝她来麹町的家里。于是乎，她就马上带着行李到"一小点"那里落下脚来。我不由得感到这次事件是"一小点"姑妈在背后操纵，这种想法十分强烈。铃冈先生似乎相当困惑。就连那么有办法的哥哥也苦笑着说，铃冈先生打扫房间，俊雄烧饭，其境况相当凄凉，委实可怜。但这实在有点离奇，说是不由得让人忍不住笑起来。柔道四段的人将和服下摆撩起来掖进和服带里，手拿掸子清扫拉窗，俊雄君罕见地满脸落寞，双眉紧蹙在烤鱼，这场景虽然不该提起，甚至想象一下也够可以的了。可怜。必须让姐姐回家。说是没有任何原因，但或许有某种具体的重要原因。倘若如此，大家探讨其原因，该改正的改正，谋求圆满解决才好。似乎谁也不和我来商量，我实在是坐立不安，心焦如火。就连事情的真相也对我滴水不漏。我想，对这次事件我就暂时采取旁观者立场，努力在暗中秘密侦察其真相吧。我认为，"一小点"女士实在可疑。如果将她痛斥一顿，说不定她会坦白真相。改天我到"一小口"女士家装作若无其事去侦察一下吧！肯定是因为她自己是个独身者，也就唆使姐姐，千方百计企图把姐姐也变成独身者。便是铃冈先生好像也不是坏人，而姐姐则精神正常，一定有个可恶的第三者。总之，必须更清楚地密查到事情的真相。母亲好像坚决地站在姐姐一边，似乎想永远把姐姐放在自己身旁。这次事件其他亲戚好像还不知晓。眼下，姐姐的同伙有母亲、"一小口"女士，而铃冈先生的同伙只有哥哥一个人，哥哥是孤军奋战的态势。哥哥最近情绪相当坏，深夜喝得烂醉回家的事有两三次了。哥哥比姐姐小一岁，所以姐姐对哥哥的话完全是当作马耳东风。不过，哥哥现在是家长，有命令姐姐的权力。这些事都很难处理，对这次事件，看样子哥哥也相当固执己见，而姐姐也是寸步不让。有"一小点"女士从旁操控的话是不行的。总之，我也要加大一点暗中侦察的力度。究竟是怎么一回事呢？

今天，我被哥哥训了。晚饭后，我装作若无其事地小声自语道："去年的这个时节呀！从那时起，已有一年了嘛！"我是企图引出哥哥说出点事件的信息，但被哥哥看穿了。

"一年也罢，一个月也罢，一旦出嫁，没有毫无理由回来这一说。小进你对此事好像格外感兴趣嘛！一点也不像个高尚的艺术家哟！"

我哑口无言，认输。不过，我并不是出于卑劣的好奇心来密查这个问题的。因为我是希望家和。另外也因为我看不下去哥哥的苦楚，想帮他一把。然而，一说出那种话，这回可好，差点被叫骂：别说大话！所以我沉默不语了。最近哥哥真的可怕。

晚上，躺着浏览了《剧场》杂志。

四月二十六日　星期三

天气晴，从傍晚开始下起小雨。一到学校，听说昨天也是因靖国神社大型祭祀放假，我"哎呀"一声，也就是说昨天和前天是两天连休。早知这样我就更放心地睡大觉了，真是的！孤立派这种时候似乎比较吃亏。不过，唉，当前么，孤立派还是先当下去吧！哥哥在大学好像也曾是孤立派，几乎没有朋友。也就是岛村桑、小早川桑偶尔来玩的程度。有高迈理想的人物似乎都不得不一时处于孤立状态。不能说因为孤独寂寞而不便，就向世间的低级庸俗低头。

今天的汉文课有点意思。因和中学教科书没什么大变化，正以为又是老调重弹而感到腻歪时，讲课的内容竟然有所不同。仅仅"有朋自远方来，不亦说乎？"这一句就讲了足足一小时，对此我深感佩服。中学时老师教我们说，这句话只是亲密的朋友突然从远方来拜访感到高兴之意。蛤蟆仙[1]老师的确是那样教的。而且，蛤蟆仙一面奸笑一面自得其乐地说："因为正当你百无聊赖之时，朋友提着一升好酒一只野鸭等土特产从庭前'噢'的一声出现时，你高兴呀！这说不定是人生真正快乐的瞬间。"然而，这是大错。据今天矢部一太氏的讲解，这个句子绝不是在说那种一升好酒一只野鸭等庸俗的现实生活中的乐趣，而全然是形而上学的语句。也就是说，其意是："我的思想纵然不为世间所容，但听到意想不到的远方来人的支持之声，不也是一大快事吗？"据说是一种切身微微感到所言应验的氛围，从而吟诵出当时的喜悦，说是理想主义者的最高愿望都在被吟诵的这句中了。绝不是其主人无聊地胡乱躺在榻榻米上，而是一种向着自己的理想勇往直前的姿态。"不亦说乎"的"亦"字里，也包含着种种深奥的寓意，矢部氏给我解释了很多，这些我忘掉了。总之，中学的蛤蟆仙老师的"一升好酒一只野鸭"，很遗憾，看来只能说是庸俗的解读。不过老实说，便

---

1. 蛤蟆仙：原文作"ガマ仙"，传说中古时使用蟾蜍来施行怪异法术的中国仙人。指三国时代的葛玄以及五代后梁的刘海蟾（两人均为道教人士）。在本作品中，是指学生给老师起的绰号。

是我也觉得"一升好酒一只野鸭"不赖，相当快乐。我感到蛤蟆仙老师的解读也难以舍弃。我的思想也从"远方"二字上理解，并且"一升好酒一只野鸭"在一个美好的黄昏飘然而至是我的理想，可那样的话，说不定我的欲望过深了。总之，我一面听着矢部一太氏的高论，一面怪怪地怀恋起中学的蛤蟆仙老师也是事实。今年，他也肯定仍在中学心情愉快地进行着"一升好酒一只野鸭"的讲解。蛤蟆仙老师的讲课，是给儿童讲故事。

午休时，我独自留在教室里看小山内熏[1]的《戏剧入门》，一个满脸乱蓬蓬胡须的本科学生慢吞吞地进了教室，"芹川在吗？"他大声喊道，"怎么搞的？一个人也没有！"他噘着嘴对我问道："喂！小孩！知道芹川在哪里吗？"看来是个相当程度的冒失鬼。

"我就是芹川。"我皱着眉头回答。

"闹了半天这样啊！失敬！失敬！"他说完挠挠头，一副天真无邪的笑脸。

"我是足球部的，你能来一下吗？"

我被他带到校园里，在一排排樱花树下有五六个本科生，有站着的有蹲着的，但都同样一本正经的表情在等着我。

"这，就是那个芹川进。"那位冒失鬼笑着说，然后把我

---

1. 小山内熏（おさないかおる，1881—1928），日本著名剧作家、戏剧艺术家、小说家。曾创刊杂志《新思潮》。

推到大家面前。

"原来这样。"一个额头很宽看来像是年过四十、有稳健感的学生，落落大方地点了点头，"你已经不踢足球了？"他毫无笑容地问我，我感到有点压迫感。对初次见面都没有笑容的人，我实在是发怵。

"嗯。不踢了。"我诌媚地笑了一下。

"不能重新考虑一下吗？"依然是毫无笑容，直视着我的眼睛问道。

"不是很可惜吗？"别的本科生也跟着补充了一句，"中学时代名气曾经那么响啊！"

"我——"想说清楚，"我想，如果是杂志部，我倒是可以参加。"

"文学呀？"有人低声但明显带有嘲笑的口吻说道。

"不行么？"宽额头学生叹了口气，"我倒是想过很需要你来着啊！"

我内心十分难受，很想要不就加入足球队？然而，大学足球部的训练恐怕要比中学更猛，那样一来就根本学不成戏剧了，所以我一狠心回答道："不行。"

"倒是够干脆的！"有人又嘲笑道。

"不！"宽额头学生责备那嘲笑的声音，回过头来说道，"勉强拉来就没意思了。不管做什么，还是拼命做自己喜欢的事为好。芹川好像身体不好了嘛！"

"我身体健康。"我趁势加以反驳，"现在是有点感冒。"

"是吗？"那稳健的学生也首次微微笑了一下，"滑稽的家伙！你要常来足球部玩哟！"

"谢谢！"

总算得以逃脱，很佩服那位宽额头学生，说不定是队长。我记得 R 大足球部的队长去年确乎是一个姓太田的人，那位宽额头学生或许就是那位有名的太田队长也未可知。即便不是太田，总之，能当大学体育运动部队长的男子汉，必有过人之处。到昨天为止，我还对大学抱完全绝望的态度，而今天，汉文课也罢，那位队长的态度也罢，我要对大学重新审视了。

接下来，今天发生了一件大事，不过因为我活动太多相当疲劳，不能详述。明天痛痛快快从从容容地写吧。

四月二十七日　星期四

天气雨，雨下了一整天，早晨还打了大雷。昨天因为活动太多了，到了今早，疲劳还没有恢复，起床很难受。第一次穿上哥哥给我新买的雨衣上学。知道了昨天的宽额头学生果然是那位有名的队长太田，是课间休息时听班里同学们议论知道的。太田队长似乎是 R 大的骄傲，好像从大一即开始当队长。果然厉害，佩服。好像有个绰号叫摩西[1]，对此我

---

1. 摩西（Moses，约公元前 1525—约公元前 1405 年），古埃及希伯来族人，以色列人的民族领袖，史学界认为他是犹太教创始者。

也感到实至名归，厉害。

接下来，今天的《圣经》课上也有令人敬佩之事想写下来，不过回头还有写的机会，趁着还没忘权且得把昨天的事写出来，毕竟是不得了的大事。

昨天从学校回来途中，突然产生了去一下目黑的"一小点"姑妈家的念头，那样一想，就感到非去不可了，尽管下午天气变坏像要下雨，但几乎是不顾一切地赶往目黑。"一小口"女士在家，姐姐也在。姐姐一脸难为情的表情说："哎呀！小宝有点瘦了嘛！是吧，姑妈？"

"啊！'小宝'的称呼免了吧！不能总是小宝啊！"我在姐姐面前盘腿而坐后说道。

"嗬！"姐姐目瞪口呆。

"理应瘦了，得了一场大病啊！今天总算能勉强起床走动走动。"我有点夸大其词地说，"喂！姑妈！给我倒茶！嗓子干得不得了。"

"你那说话的口气，像个什么样！"姑妈皱起眉头，"整个成了个小流氓啦！"

"小流氓也当呗！便是哥哥，最近也是每晚都喝了酒回家。哥儿俩一齐给你变成流氓！给我茶呀！"

"小进！"姐姐的表情变得一本正经，"哥哥对你说什么了？"

"什么也没说呀！"

"你说你得了大病，真的吗？"

"啊！有点儿。担心之余就发烧了。"

"说是你哥哥每晚都喝了酒回家，真的吗？"

"是的呀！哥哥整个人全变了哟！"

姐姐背过脸去，哭了。我也要哭了，但一想这是关键时刻，忍住了。

"姑妈！给我倒茶！"

"好的好的。""一小口"女士用根本没瞧得起人的口气回答了一句，然后一面沏茶一面说："好歹上了大学，刚想说句'唉'总算放下点心，马上就学上流氓派头了。"

"流氓？我什么时候成的流氓？姑妈才是流氓呢！算什么？'一小口女士'一个，有什么资格说别人？"

"呀！这是怎么说的！"姑妈真的生气了，"对我都骂脏话，瞧！你姐姐都哭了！我知道啊！受你哥哥挑拨，小孩子家家的打算来闹事吧？不可告人的内幕我全清楚呀！什么'一小口女士'，究竟是怎么回事？你说话谨慎点！"

"所谓'一小口女士'，那是姑妈的绰号呀！在我家是这样称呼的。不知道吗？那么，就给我一小口茶吧！"我咕嘟咕嘟地喝着茶，斜眼看一眼姐姐。她低着头，可怜。我越来越憎恨姑妈，认为一切都是姑妈不好。

"在麴町全是好孩子，幸福啊！小进！好孩子，回家去吧！回到家对你哥哥这样说：'有话不要打发孩子过来，要像个男子汉自己出头！'光在背后嘀嘀咕咕，这不是根本不在目黑露头了吗？这算什么！我对你哥哥有老多话要说，听说每晚喝了酒才回家，不检点！"

"请不要说哥哥的坏话！"我也真的生气了，"姑妈说话才应该谨慎点呢！我来这里没有受哥哥任何挑唆，你一口一个小孩子，小看人，我很感困惑。便是我，也能分清好人坏人。我今天就是和姑妈吵架来了，与哥哥无关。关于这次事件哥哥对任何人也没有说任何话。他是独自担心，哥哥不是个胆小鬼！"

"快，吃点儿点心如何？"姑妈真是老奸巨猾，"好吃的蛋糕呀！姑妈什么都一清二楚，你就不要说脏话骂人了，吃点儿点心，今天么，就请回吧！你当上大学生后人全变了呀！在家里对你母亲你也这样说话吗？"

"蛋糕？那我吃。"我狼吞虎咽地吃着，"好吃啊！姑妈，别生气呀！再给我来杯茶！姑妈，虽然我对这次的事一无所知，但我感觉姐姐的心情我也能理解呀。"我做出了态度缓和的样子。

"你说什么呢！"姑妈冷笑了一下，但情绪有所好转。"你小孩子，不懂啊！"

"那，怎么样？不过肯定有清楚的原因。"

"这个么，"姑妈探过身子说，"对你这样的小孩子说也没用，不过，原因么，有啊有啊大大的有啊！"姑妈的话是真正的下里巴人的话，我实在受不了。我觉得"有啊有啊"太过分了。"别的不说，小子欸，结婚后已经一年了，可财产有多少收入有多少不告诉太太，这算怎么回事呀？"我默默地听着。于是，姑妈似乎认为我在赞赏地听便更加来劲："铃冈先生他么，眼下好像挺威风，溯本清源的话，还不是你们父亲的仆从！我清楚啊！你们还小也许不知道，但我一清二楚。那可是相当受你们父亲的照顾了。"

"算了，那种话。"我也毕竟有点厌烦了。

"不，忘本啊！说起来呀，唉，我们才是正统呀！那些怎么说呢，这阵子一直也不到麹町来，更何况我的存在，压根就已经忘到脑后了呀！反正像我这样单身的废物，被人看不起也是无奈，但是小子，既然我们是正统——"她的架势几乎就要拍打榻榻米了。

"您跑题啦！姑妈。"我笑了。

"行啦行啦！"姐姐也笑起来，"那些先别管，啊，小进！你和你哥都特别讨厌下谷的那个家吗？对俊雄你们根本就看不起——"

"没有的事！"我狼狈不堪了。

"不过，今年新年也不过来，不仅你们，连亲戚家的人也一个都不过来。我有想法啦！"

原来如此！还有这种事啊？我不由得长长地叹了一口气。

"今年新年我们本来满怀期待盼望小进过来的呀！铃冈也从内心疼爱小进，一口一个'小宝'总在念叨你呢，可你——"

"我肚子疼来着，肚子。"我语无伦次了。我这才发觉，那种事对姐姐来说是相当厉害的打击了吧！

"那件事，不去是理所当然的啦！"姑妈这回替我说话了。简直乱了套了。

"对方根本就不过来嘛！麹町完全不见他的踪影，我这连张贺年片都不来。那像我这样的，已经——"她那套牢骚又来了。

"真是不对。"姐姐冷静地说，"铃冈呢，也是个书呆子型还是什么型吧？不只是麹町目黑，就连他自己的亲戚家他也全都是久疏问候。我要是说他两句，他就说，亲戚可以往后推，然后就没下文啦！"

"就那样有什么不好？"我有点喜欢铃冈先生了。"甚至对有血缘的亲戚也必须像对外人一样礼数周到，那男人就什么工作也干不成啦。"

"你那样认为的？"姐姐一脸高兴地问道。

"是的嘛！不必担心。你知道最近每晚和哥哥到处喝酒到很晚的酒友是谁吗？就是铃冈先生呀！两个人好像相当有共同语言，铃冈先生还常来电话呢！"

"真的吗？"姐姐睁大了眼睛凝视着我，她的眼里闪着喜悦的光辉。

"那不是天经地义吗？"我趁势又说，"铃冈先生呢，听说是每天早晨把和服下摆撩起掖进和服带里，自己打扫房间；而俊雄君呢，斜挎着束衣袖的红带子准备烧饭。我从哥哥那儿听到这些，忽然一下子就喜欢起下谷的人家啦！不过，唯独'小宝'这称呼，能不能免了呀？"

"我们改。"姐姐异常兴奋，"可是因为铃冈那样称呼，我也不由得跟着叫成了口头语。"在我听来好像在展示夫妻恩爱，不过，嘲笑人家这个，品位就不高了。

"我也不好，便是哥哥也有疏忽之处。姑妈！对不起呀！刚才说了那么多粗鲁的话。"我也说了讨好姑妈的话。

"嘿！那件事如能圆满平息，即便我也认为再好不过了。"姑妈毕竟善于见机行事，态度立刻反转，"不过，小进你也学聪明啦！令人惊讶啊！不过么，唯独说什么'一小口'之类嘲笑老年人的事，不要再干啦！"

"我们改。"

我心情好极。在姑妈家吃了一顿丰盛的晚餐后回家了。

我从来没有像那天晚上那样翘首期盼哥哥早些回家。母亲听说我在目黑吃了晚饭回来的，一个劲儿想了解姐姐的情况，事无巨细问得我都烦了，但由我告诉母亲总觉得有点可惜，所以说的全是不得要领的话，糊弄她说："回头问哥哥吧！我不是很清楚。"然后从母亲房间逃出了。

十一点左右，哥哥喝得烂醉如泥地回来了。我跟到哥哥房间。

"哥！要不要我给你拿水来呀？"

"不需要啊！"

"哥，我给你解下领带吧？"

"不用啊！"

"哥，我给你把裤子铺在褥子下压平好不好？"

"烦人啊！快去睡觉！你感冒好了吗？"

"什么感冒，我忘掉了呀。我今天去了趟目黑回来的。"

"你旷课了？"

"我是放学后顺路去的呀！姐姐向你问好呢！"

"你就对她说：'不想听！'小进对姐姐也适可而止地死心吧！她是外人！"

"姐姐很想我们哥儿俩啊！都落泪啦！"

"胡说什么！快去睡觉！你要是关心那种无聊事，是无论如何也成不了日本首屈一指的演员的。最近你不是一点儿也不用功吗！哥哥我什么都清楚。"

"便是哥哥你，不也是一点儿也不学习吗？每天光是喝酒。"

"不要出言不逊！不知天高地厚！因为我觉得对不起铃冈先生——"

"所以，让铃冈先生高兴不就好了吗？姐姐说是一点儿也不讨厌铃冈先生的。"

"她是那样对你说的呀！小进也终于被收买啦？"

"区区几块蛋糕能收买得了我吗？'一小口'，不，是姑妈不好，姑妈挑唆的，说一些不知道有多少财产之类没品位的话。不过，这不重要。说真的，是我们不对。"

"为什么？我们哪里不对？对不起，我要睡觉啦！"哥哥换上睡衣，钻进被窝。我把屋里弄得暗些，开了台灯。

"哥，姐姐哭啦！我一说哥哥每晚都外出喝酒不到深夜不回来，姐姐就低声啜泣了。"

"那是该哭的，因为是她自己说出任性的话来折磨大家。小进，从那里把香烟给我拿来！"哥哥在被窝里匍匐着，我用打火机给他点着了香烟。

"而且呢，还说了'小进和哥哥都特别讨厌下谷这家人家'。"

"咦？这话说得莫名其妙嘛！"

"可是，那话不假呀！现在不同了，但原来便是哥哥也根本不去下谷的家里玩的嘛！"

"你也没去呀！"

"是的。我也不对。毕竟人家是柔道四段，我害怕呀！"

"对俊雄君，你也相当轻蔑来着。"

"虽然不是轻蔑，但总是不想见的，情绪低。不过今后要和睦相处。仔细一想，他的脸也并不丑。"

"傻蛋！"哥哥笑了，"铃冈先生和俊雄君都是相当好的人啊！吃苦耐劳过来的人们，还是不一样啊！以前也没有认为是坏人，如果认为是坏人，也不会让姐姐嫁给他，不过，想不到他是那么好的大好人，这次我深切地感受到了。姐姐对铃冈先生的好还没有明白。什么事啊！因为我们没去玩就要和铃冈先生分手，这就是任性。又不是十九二十岁的小姐，不成体统！"哥哥轻易不妥协，这或许就是家长的见识。

"那个么，即便姐姐对铃冈先生的好也是一清二楚的。"我拼命争辩，"说是我们和铃冈先生好像脾性不合，所以姐姐就那样认为了。姐姐很珍视我们哥儿俩，是我们哥儿俩不对呀！你说出嫁了就是外人，我认为那是没有的事。"

"那，你让我怎么办呢？"哥哥也认真起来。

"也不必怎么办，姐姐已经兴高采烈了呀。我一说'哥哥和铃冈先生每晚喝酒有共同语言'，姐姐就问'真的吗'，要说她当时那喜形于色的表情，那真是——"

"原来是这样啊！"哥哥叹了口气。良久一声不响，然后说道："好！明白啦！我也有错。"哥哥霍地起身，"十二点吗？小进！没关系，给铃冈先生挂电话，就说哥哥我立即去拜访。另外，给朝日出租车公司挂电话，请他们火速来一辆出租车！此期间我和母亲有两句话说。"

将哥哥送到下谷后，我沉下心来开始写日记。到底是累得够呛，写到中间停下睡着了。哥哥在下谷住下了。

今天从学校一回来，哥哥微笑着啥也不说地把我带进母亲房间。母亲枕前坐着铃冈先生和姐姐。我坐到旁边，笑着给两人鞠了躬。

"小进！"说着，姐姐哭了。姐姐出嫁那天早晨也是这样叫我一声然后哭了的。

哥哥站在走廊里，憨厚地笑着。

我也哭了一会儿。母亲就那样躺在床上，又说了一句："兄弟姐妹要和睦相处——"

上帝呀！请庇佑我们一家吧！我将用功学习。

据说明天是姐姐结婚一周年纪念日，我想和哥哥商量赠送什么礼物。

四月二十八日　星期五

天气晴。我仔细思考了一下，想到既然身为男子汉，只不过为家庭琐事奔波尽了点力就觉得似乎干了件什么大事而沾沾自喜，是件很惭愧的事。家庭的和睦固然重要，而对于向理想勇往直前的男子汉来说，更须在外也变得强大。今天去学校，深切地感到这一点。在家里，被母亲、哥哥、姐姐娇惯，被夸奖聪明，感到自己好像多么了不起似的，向外迈一步立刻遭殃，很惨。兴高采烈，忘乎所以完了，必然立即陷入最彻底的失望，这仿佛是我的宿命。所谓世间，因何如此狭隘互相间燃起不必要的敌意？我对此感到厌烦。

今早，在大学正门前下了巴士，这个当口碰见上次足球部的本科生，就是那天到教室找我的满脸胡须的学生。因我对此人有好感，所以马上莞尔一笑，开朗地说："早晨好！"这时，你说是不是过分？那位学生只是用一种实在讨厌的憎恶眼光扫了我一眼，便匆忙地进到正门里去了。和不久前那位天真无邪的冒失鬼判若两人，他那眼神是无以言状的浅薄。因为我没进足球部，他的态度就如此急剧变化，不是大可不必吗？不都是 R 大的学生吗？真想对着他的后背骂他一声"混蛋"！已经二十四五岁了吧？这个年纪了，居然还较真憎恨我。我对那位学生极度轻蔑，同时，为似乎发现了一点人性坏的一面而感到万分怅惘，觉得到昨天为止的幸福感瞬间被打入十八层地狱。心胸狭窄的小市民劣根性！他们那丑恶的劣根性是何等残忍地伤害我们悠然自得的生活，并让我们扫兴啊！而且，他们对自己的流毒不但不反思，反而完全没有察觉，真让人惊诧莫名。所谓再没有比混蛋更可怕的了，说的就是这种。故而，我讨厌学校了。学校不是做学问的地方，而只是为无聊的社交耗光你脑筋的场所。今天也是，班里学生们衣袋里插着《少女俱乐部》《少女之友》《电影明星》杂志溜溜达达来到教室。现如今，再没有比学生更无知的了。我已经深深地厌恶了。上课前用小孩子玩的纸飞机互相碰撞，对无聊的事情互相吃惊，嘴里喊着"厉害""厉害"，做着下流的动作。而老师一来，立刻变得鬼鬼祟祟，不管多无聊的讲课，都乖乖地装出洗耳恭听的样子。而一下课，说着"快！今天去银座"之类好像死而复生了一般得意地喧闹。今早，在教室就叽叽喳喳地大闹了一阵子。你说怎么回事？原来说是昨晚班里有个叫 K 的漂亮小伙，和似乎是恋人模样的一个少女一起在银座大街上走着。于是，漂亮小伙一进教室，人们就立刻叽叽喳喳地闹哄起来了。只能说是浅薄，给人的感觉就如颇通世故的色情垃圾堆。这个 K 也真是可以，尽管被大家起哄羞红了脸，但似乎喜形于色的样子，还在默默地笑。然而哇哇乱叫瞎起哄的学生究竟想干什么呢？真让人百思不解。龌龊！粗俗！我拉开距离看着荒唐的喧闹之间，内心涌起强烈的激愤，感觉不可饶恕。我已经不想再和这种家伙说话了，即便离群也没关系，没必要加入他们中间硬要变得一钱不值。啊！罗曼蒂克的诸位同学！青春好像是快乐的呀！混账！你们为什么活着？你们的理想是什么？你们可能打的主意是尽量采取不即不离的态度，以适当玩玩的心情顺利混到毕业，新买套西装到公司就职，娶个可爱的新娘子，巴望着涨工资而四平八稳地度过一生。然而，太遗憾了，说不定不能如愿，会发生意想不到的事情的呀！你们有思想准备吗？天可怜见，你们什么都不知道，你们无知。

从早晨开始就灰心丧气，到下午正要去参加军训时猛然发觉忘记了缠绑腿。便慌忙到邻班拜托三个学生说只借用一小时，但三名学生都怪模怪样地微笑，却连话都不答。好像不是不愿意借给我呀、为难呀之类的明确想法，而只是像白痴般的利己主义者，一副认为"没有借绑腿的"面孔。似乎生来就一次也没有把东西借给过困难的人。对那种人，你再怎么求他也解决不了。我觉得太过分了，我绝对不再为什么东西拜托同学。我没去军训，径直回家了。

那足球部的本科生也罢，今早教室里浅薄的荒唐喧闹也罢，邻班同学们也罢，实在都够可以的。今天我的心被撕得粉碎。不过，我想"也罢"，我有我自己的路，我只消勇往直前去探索就是。

这天晚上，我向哥哥提出请求："学校的情形已经大致明白了，我想尽快开始真正地学表演，哥哥！请快点带我到老师那里去吧！"

"我正想你今晚怎么那么一本正经地冥思苦想，原来是为这事啊！好！明天我就带你去找津田先生商量商量。什么样的老师好，总之要到津田先生那儿问问呀！明天一块儿去吧！"哥哥从昨天开始情绪特别好。

明天是天长节[1]，我感到我的前途似乎得到了某种祝福。所说的津田先生是哥哥高中时代的德语老师，现在辞去教职只靠写小说生活。哥哥的作品就是请这位老师给审看的。

晚上，整理房间到很晚，就连抽斗里也都清理干净了。读完了的书和马上要读的书分门别类地在书橱里重新摆好。墙上的挂画也用达·芬奇的自画像取代了《圣母怜子图》，因为需要意志坚强的物品。丢弃了鹅毛笔，想摈弃少女情趣，吉他也收进壁橱，搞得相当干净利落。我感到今年春天会成为鲜明的回忆留在记忆中。

四月二十九日　星期六

天空万里无云。今天是天长节，哥哥和我都起得很早。宁静的好天气。据哥哥说，自古以来天长节必定天气晴好。我单纯地信了这一点。

十一点左右一起离开了家，途中去了一下银座，买了纪念姐姐结婚一周年的礼物。哥哥买了一套酒杯，私下打的主意是到下谷去玩时，用这酒杯和铃冈先生喝酒。我呢，买的是上等扑克牌一副，私下打的主意是到下谷玩时，和姐姐、俊雄三人一起玩扑克。两者都是计划好买的，以便自己即便

---

1. 天长节：日本四大节日之一，祝贺天皇诞生的节日。天长节这种叫法源于奈良时代光仁天皇，之后曾废止了一段时间。到了维新政府时才又以四大节日之一的名目恢复，并在1873年正式成为国家的节庆日。

到下谷玩也能尽兴，所以倒也不吃亏。酒杯和扑克牌都办了手续，请店家直送下谷。

午饭是在奥林匹克餐厅吃的，然后去拜访本乡[1]的津田先生。我进初中那年春天，哥哥曾经带我到津田先生家玩过一次。当时，看到玄关、走廊、客厅摆的全是书，挤得满满的，我很吃惊。

"这些书您全看过吗?"我不客气地问，我记得当时津田先生痛快地回答道:"无论如何也看不完啊! 不过，这样并排一摆，肯定有读的时候的。"

津田先生在家。玄关、走廊、客厅依旧摆的全是书，挤得满满的，毫无任何变化，挤得满满的样子也和四年前一个样，按说已经快五十岁了，但一点都不显老，依旧尖声尖气地谈笑风生。

"长大了嘛! 有点男子汉的样了。在上 R 大? 高石君好吗?"所说的高石是 R 大的英语讲师。

"嗯。现在，他在教我们塞缪尔·巴特勒[2]的《埃瑞璜》[3]，不过我总感到他是个优柔寡断的人。"我如实把看法一说，

---

1. 本乡：东京都文京区东南部的一个地名，东京大学主校区所在地。

2. 塞缪尔·巴特勒（Samuel Butler，1835—1902），英国作家。戏剧大师萧伯纳赞誉巴特勒是"19 世纪后半期英国最伟大的作家"。

3. 《埃瑞璜》：塞缪尔·巴特勒的第一部作品，比后来的那些"反乌托邦"小说更生动有趣。作者借此书辛辣地讽刺了英国维多利亚时期的社会秩序和风俗习惯，有评论家认为，《埃瑞璜》是继斯威夫特的小说《格列佛游记》之后英国所诞生的又一部讽刺文学经典。

津田先生瞪大了眼睛:"嘴很损嘛!现在开始就这样,下场可想而知啊!你们哥儿俩每天都说我们的坏话吧?"

"嗯,差不多吧!"哥哥笑着说,"我弟好像压根就没打算在 R 大读到毕业。"

"那是受你影响啦!你大可不必将弟弟也搞成你的陪绑啊!"津田先生也笑着说。

"嗯。完全是我的责任。他说是想当演员——"

"演员?真敢下决心啊!不会是电影演员吧?"

我低着头聆听着他们二人的对话。

"是电影。"哥哥爽快地回答。

"电影?"津田先生发出奇怪的叫声,"那个么,我说,是个问题啊!"

"我也经过了深思熟虑,不过,弟弟特苦恼,好像一定要当电影演员。孩子嘛!没有什么像样的道理,我想是不是命中注定呀!心情好的时候,陶醉在对电影演员的憧憬中虽然不成体统,但在生死抉择时他似乎突然想到了电影演员,我认为那就是上帝的旨意。我感觉我是相信这一点的。"

"即便你那样说,恐怕也有亲戚呀还有什么人反对吧,总之,那是个问题!"

"亲戚呀什么人的反对我接受。便是我,也是从学校中退的,再加上要当小说家,对亲戚的反对已经司空见惯了。"

"即便你不在乎,你弟弟他——"

"我也不在乎!"我插了一嘴。

"是这样啊!"津田先生苦笑一下,"还真有不要命的兄弟呀!"

"怎么样啊?"哥哥源源不断地把话接着说下去,"有没有戏剧的好老师啊?我想必须进行五六年的基本功学习——"

"那是。"津田先生突然上劲了,"不学不行,非学不可!"

"所以,请给介绍一位好的老师!斋藤市藏氏怎样啊?我弟也很尊敬他的,我也觉得还是那种老派的人为好——"

"斋藤先生么?"津田先生歪了一下头。

"不行吗?津田先生和斋藤先生关系很亲密吧?"

"谈不到亲密,大学时代开始就是我们的老师。不过,对眼下的年轻人来说,怎么样啊?这个么,可以给你们介绍,不过,接下来怎么办呢?当斋藤先生的门生吗?"

"怎么会,这个这个,我想也就是常去听听关于做一名演员的心理准备等等的程度,首先,哪个剧团好?那种事也想请教一下吧。"

"剧团?不说是电影演员吗?"

"电影演员,那是个象征呀!并不拘泥于要付诸实现。总之,要当全日本,不,全世界首屈一指的演员啊!"哥哥将我的心情原原本本地流畅说出。要是我的话,怎么也说不了那么精准。"所以,也想听取斋藤氏的意见,加入一个好剧团,做好心理准备,苦练演技五年也好十年也好。最后无论是演电影还是演歌舞伎都不是问题。"

"筹划得也太周密啦!不是心血来潮的春夜空想吧?"

"别开玩笑了。即便我失败，至少想让弟弟成功。"

"不！两人都必须成功！总之，要用功学！"他大声说，"你们现在似乎衣食无忧，啊呀，要耐心严格训练啊！不要糟蹋了得天独厚的家庭环境。不过，当演员，我可大吃一惊啊！那么，姑且给斋藤先生写封介绍信吧！你拿去就是。他可是个顽固的人哪，说不定让你吃闭门羹呢！"

"那时，就请津田先生再给写一封介绍信。"哥哥若无其事地说。

"芹川也不知不觉变成厚脸皮啦。但愿你的作品里也出现一点儿这种厚脸皮的劲头啊！"

哥哥突然变得沮丧了："我也有个十年计划，打算重打鼓另开张。"

"需要一生啊！苦练一辈子呀！最近在写作品吗？"

"唉，实在太难。"

"好像没有写嘛！"津田先生叹了口气，"你不要过于在乎日常生活中的自尊！"

虽然相互开着玩笑，但一谈到作品，四周的氛围毕竟严肃起来。我想，真是一对好师徒。请先生给写了介绍信，告别时，津田先生将我们送到玄关。"即便到了四十岁、五十岁，吃的苦是一样的。"他自言自语般说的这句话强烈地震撼了我的心。

我想，作家这行当到了津田先生这种水平，还是别有一种境界的。

哥哥走在本乡的大街上说："本乡这块地方实在使人郁闷哪！对我这种帝国大学中退者，大学的建筑就是恐怖的象征，总感觉自己卑贱得受不住，产生一种犯人的感觉。咱们去上野转转吧！本乡，我已经受够了。"他说完，怅然地笑了。受到津田先生的教诲，说不定那种怅然之感更加强烈了。

我们到了上野，吃了牛肉火锅。哥哥喝了啤酒，我也喝了点。

"不过么，啊呀，太好啦！"哥哥渐渐来了精神头，"今天我也玩了命了。津田先生也终于给我们写了介绍信，是个大成功。津田先生的性情有相当乖僻的一面，只要有一点触怒他的脾气了，那就完了。绝对彻底完蛋，丝毫不能大意。今天太好啦！事情办得出奇地顺利。小进的态度是不是不错啊？津田先生虽然光是开那种玩笑，但观察人眼光着实敏锐呀！好像长着后眼一般。小进，马马虎虎还算及格吧。"

我微微一笑。

"放心，还早呢！"哥哥似乎有点醉了，声音异常地高了起来。

"下面还有斋藤氏这一难关。不是说好像是个相当顽固的人吗？津田先生也歪头表示了怀疑嘛！姑且就实打实地闯一闯吧！介绍信，你带着吧？拿给我看看！"

"可以看吗？"

"无妨。所谓介绍信呀，故意没有封口，就是为了让持有者本人看了也无妨。你瞧！是的吧？咱也先看上一遍为佳呀。

念给你听吧！呀！这糟透啦！过于简单啦！这种程度行吗？"

我也看了一下，简单得要命。"兹介绍朋友芹川进君，切望得到先生之指教为盼"云云，具体事项根本毫无涉及。

"这样子不知能行不？"我心里没底了，感到前景突然变得暗淡无光。

"行啊！"哥哥好像也底气不足了。"不过，这里写着朋友芹川进君，这'朋友'二字说不定是关键。"哥哥一味说些敷衍搪塞的话。

"要不要吃饭哪？"我灰心丧气，哥哥也一脸扫兴。接下来，聊天也没劲了。

出了那家店时，天已经黑了。哥哥说要到就近的铃冈家去一下，但我打算明天就去拜访斋藤氏，为了防止被斋藤氏问住，今天我想早点回家多看几种戏剧相关的书，所以最后哥哥独自去了下谷，我就和他在广小路分手回到了麴町的家。

现在是晚上十点，哥哥还没回来。说不定还在下谷和铃冈先生饮酒。最近哥哥完全成了酒鬼，小说也不大写了。不过，我终究是相信哥哥的，不久他一定会写出极棒的杰作。反正，他并非平庸之辈。

从刚才开始我就将斋藤氏的《戏剧之路五十年巡礼》展开在桌上，但一页也没有看完，各种空想搞得我只是心潮澎湃，心情紧张到了不愉快的程度。现在开始，马上就要和现实生活搏斗了。我的心中充满了一个男子汉英勇果敢的战斗姿态！不知明天的见面能否成功。这次是我独力前往，没有任何帮手。那么简单的介绍信，不能期待有什么了不起的效果。到头来，我必须独自披肝沥胆以诚相待来陈述我的希望。啊！担心啊！上帝呀！请庇佑我吧！不要让我吃闭门羹。所说的斋藤氏，是个怎样的人呢？意料之外是个性情温和的老者，眼睛笑眯眯的，满口"噢！欢迎欢迎"，不会不会！不可能那样，不要想得太天真。人家既然是全日本第一的剧作家，一定是双眼炯炯有神，双臂也强悍有力吧！不过，不会揍我吧？如果揍我，便是我，也不会答应的，我将猛烈地反击。于是，他就说："小家伙！厉害！就应该有这个气魄！"

然后允许我拜师。我看过这样的电影，那是有关宫本武藏[1]的电影吧？啊！空想起来没有头。总之，根据明天见面的情况，也许能确定一生的恩师，实在是重要的日子。今晚我怎么办呢？想读书却一页一行也进不了脑子。睡觉吧！这似乎是最佳方案。带着一张睡眠不足的脸出门办事，第一印象就搞坏了，要吃亏的。可是，怎么也睡不着。外面，工人们开始上夜班了。想来，从晚上十点到早上六点他们每天都在干着。大约八小时的强体力劳动。他们嗨哟嗨哟地喊着号子干活。他们在干什么活呀？难道是从下水道口往外拖煤气管之类吗？据哥哥说，那号子声是为了驱散工人自身的睡意。想着这再一听，那号子声听起来惨兮兮的。不知他们能

---

1. 宫本武藏（约 1584—1645），日本江户初期的剑术家，名玄信，号二天。

挣多少钱。

想读《圣经》了。在这种难以忍受的焦躁之时，似乎读《圣经》最好。即便其他书一律枯燥无味完全进不了大脑的时候，唯独《圣经》里的词语能震撼心灵。真的很了不起！

现在，取出《圣经》，啪地一翻开，下列语句进入眼帘：

"复活在我，生命也在我；信我的人，虽然死了，也必复活。[1] 凡活着信我的人，必永远不死。你信这话吗？"[2]

"愿你的旨意行在地上，如同行在天上。"[3]

四月三十日　星期日

天气晴。上午十点，哥哥把我送到门口后我就出发了。本想和他握个手，但好像有点小题大做就忍住了。考一高和考 R 大时，都没有这么紧张，考 R 大时，到了早晨才猛然发觉那天有大学考试，这才慌忙出发的。

我感到今早是我人生新的开始。中途在电车上，我几度热泪盈眶。就这样，中午时分才呆呆地回到家里，感到有些精疲力尽。

位于芝地区的斋藤氏府邸万籁俱寂，是一所平房，看样

---

1. 引自《圣经·新约·约翰福音》第 11 章第 25 节。

2. 引自《圣经·新约·约翰福音》第 11 章第 26 节。

3. 引自《圣经·新约·马太福音》第 6 章第 10 节。

子纵深很深。按了多次门铃仍然鸦雀无声。我提心吊胆地担心会不会跑出一条猛犬，但连一只狗崽子要出来的迹象也没有。我正在不知所措时，"呀！吃了一惊。"从院里的栅栏门出来一个系着大红和服带的少女。既不像女仆，也不可能是他家小姐吧？品位不够。

"先生在家吗？"

"呀——"含混不清的回答，只是微笑着。有点轻浮，不过感觉并不那么坏，说不定是亲戚家的姑娘之类。

"我带来了介绍信。"

"是吗？"姑娘痛快地接过介绍信，"请稍等！"

我暗自高兴：开头不错。接下来就不行了：过了一会儿姑娘再次从院里赶过来问道："有何贵干呀？"

这下我为难了，一言难尽哪。总不能按照介绍信上的语句说"来接受指教来了"那种话，简直就像剑客一样了。在扭扭捏捏之间倒来气了。

"究竟先生在不在家呀！"

"在家。"她微微笑着，似乎很看不起人的样子，把我看得很幼稚。

"先生看了介绍信了吗？"

"没有。"她若无其事地说。

"耍人呀？"我感觉想把这一家整个臭骂一通。

"在工作呢！"她用特别孩子气的口气说。我感觉她是不是舌头短呀？

她突然一歪头："不能改日再来吗？"

冠冕堂皇的闭门羹，我怎能上这种当！

"请问什么时候有空呀？"

"啊呀，这个么，过个两三天不知怎么样。"完全不得要领。

"那么，"我挺起胸膛，"五月三日的此刻我再来拜访，届时请多关照！"说完我狠狠地瞪了少女一眼。

"知道了。"她没把握地回答。仍然在笑，我猛然想到，这莫不是个疯丫头啊？

总之，一无所获。我一脸茫然地回到了家。感到特别疲劳，连向哥哥汇报都嫌麻烦，感到吃不消。哥哥向我一一询问，甚至包括一些细节。

"那女子是个什么人，这是个问题。多大年龄？漂亮不？"

"不知道啊！我觉得是个疯丫头吧？"

"怎么可能！那人啊！也还是个女仆呀！就是说兼任秘书的女仆。从女校毕业，所以，已经有十九，不，也许过了二十岁呢！"

"下次哥哥出马好了。"

"根据情况，或许有需要我出马的时候。不过，眼下好像还没有必要。虽然你灰心丧气，但今天你一点儿都没失败啊！在你来说，简直就是大丰收！仅仅你清楚地表明五月三日再去这一点，你就是大成功啊！看样子那姑娘对你有好感。"

我笑了起来。

"不，我是说真的。"哥哥表情严肃。"和一般的吃闭门羹好像性质完全不同，有希望啊！工作中谢绝会面那是天经地义的嘛！特别为你想方设法转达，但可能被夫人或者别的什么人挡驾了，所以没能转达成。"哥哥的解释实在有点天真，"一定是那样的呀！所以，下次你再不要瞪人家，要对人家亲切一点儿，像样地鞠个躬。"

"糟啦！我连帽子都没有摘。"

"是吧？只是狠狠地瞪人家，一般情况的话，首先要把你交到派出所了。那姑娘谅解你才幸免的。下个月三号，你加油吧！"

可是，我已经绝望了。尽管我老早就有思想准备，知道走艺术的道路也和一般上班族一样要吃苦，我不会因那些事而灰心丧气，不过今天从斋藤府邸回来的路上，我深切地感受到自己的渺小，感受到自己是个无名鼠辈，从而坦然了。我原来没有察觉，斋藤氏和我的差别也太大了，二人间有天壤之别。原来我以为招呼一声"啊呀"，对方也会回答一声"啊呀"呢！这是多么天真幼稚啊！今天我才算感觉到了那位和我们人种迥然不同。有句话叫做力不从心，想到世上恐怕真有你再努力也办不到的事，我有点颓唐了。"在日本首屈一指"的理想已跑到九霄云外去了。想成为了不起的人物的努力，看起来有点荒唐了。对我来说，根本不可能建筑得起斋藤氏那样城堡般的府邸。晚上，被哥哥强拉去了红风车剧场[1]看喜剧，很没意思，一点儿都不可笑。

五月三日　星期四

天气晴。今天没去上学，脚步沉重地去斋藤氏府邸。脚步沉重这一形容绝非夸张，实际上就是一种阴郁的心情。

然而，今天倒是不太差。不，但也不太好。不过，姑且称之为还算行吧！

斋藤氏府邸门前停着一辆汽车。我刚要按门铃，玄关里面突然喧闹起来，玄关大门从里面哗啦一声打开了，一个精瘦的小老头忽然出来目不斜视地朝我面前走来。这就是斋藤氏。上次的女子拿着皮包和手杖慌忙从玄关里走出追过来："啊呀！现在正要外出呢！正好！请说说你的事吧！"

我摘下帽子，给那女子稍微鞠了个躬。然后立刻在后面追赶斋藤氏："先生！"招呼了一声，斋藤氏头也不回，快步地走近等在门口的汽车并麻利地上了车。我走近车窗，"津田先生的介绍信——"话没说完，先生用锐利的目光看着我："上车！"他低声说，我心里想着"好极啦"打开车门，紧挨斋藤先生一屁股坐到他身边，心想：糟糕！或许坐

---

1. 红风车剧场：原文作"ム―ラン・ルージュ"名字源于法文"Moulin Rouge"（意为"红风车"），1931 年建于东京新宿的喜剧剧团及其剧场，观众多为学生及知识阶层。1951 年解散。

到司机旁边才合乎礼节，但又不好意思特意向那边挪，就在
原处坐着没动。

"这下好啦！"女子一面从车窗将皮包和手杖递给斋藤
氏，一面依然和上次一样开心地笑着，"上次他可是气哼哼
地回去的。"

她轮流看着我和斋藤氏说了这么一句。

斋藤氏不太高兴似的皱着眉头什么也没说。我还是感到
可怕，又想道：坐司机旁就好了。

"路上小心！"

汽车开走了。

"请问去哪里呀？"我问道。斋藤氏没有回答。过了五分
钟后，

"去神田。"他用沉重的语气说，声音相当沙哑。脸孔像
一位老演员一样端正潇洒。又是好半天沉默无言，我感到无
聊得要命。压迫感时刻在加剧，情绪上已经如坐针毡。

"根本没有……"他用几乎听不到的声音说，"生气的必
要嘛！"

我不由得低下了头。所以呀，坐司机旁就好了。

"和津田君是怎么个熟人关系呀？"

"哈依！是指导哥哥写小说的关系。"我说了，但不知斋
藤氏听没听，毫无反应，仍然沉默。过了一会儿，"津田君
的信，还是老样子，不得要领啊——"

果然如此。仅仅那两句话，恐怕不了解是什么事吧？

"我要当演员。"我光说了结论。

"演员。"他一点也没有吃惊。而且，就此又什么也不说了，我可真焦躁起来了。

"我想进个好剧团，扎扎实实苦练，请告诉我什么样的剧团好。"

"剧团。"他低声自语，又沉默了一会儿，我实在是没辙了。"好剧团，"他又自言自语，"那种东西是没有的呀！"

我吃了一惊，就想不礼貌地下车。无论如何也做不到正面对话，这是不是就叫傲慢哪？我想，这下真不好办了。

"没有好剧团吗？"

"没有。"他安之若素。

"这次海鸥座好像即将上演先生的《武家物语》啊！"我试着转移话题。

没有任何回答。他在修理皮包按扣松了的地方。

"那里，"他猛然在意想不到的时候开口说道，"在招收研修生。"

"是吗？是不是加入为好啊？"我鼓起劲来问道，心想，总算进入正题了。

没有回答。

"还是不行吗？"

没有回答，他在一个劲地用指尖摆弄皮包。

"不知是不是谁都可以随便报名。"我故意自言自语地嘟囔。

没有任何反应。

"有考试吧？"这回我逼近一般地追问一句。

皮包总算是修理完了，他望望车窗外，"不清楚。"他说。

我已什么都不想问了。汽车在骏河台 M 大学[1]前停下了。一看，M 大学正门处立着一个大招牌，上面写着"斋藤市藏先生特别讲演"。

我正要下车时，斋藤氏问道："你——在哪里下车？"我想，那么说不定可以借这辆汽车直接坐回家呢，便诚惶诚恐地说："麹町。"

"麹町？"斋藤氏稍微想了一下，说了句"太远了"。我想这下完了，就很快地下了车。

要是再近些的地方，看样子还真可能把车借给我呢，总之，是个不想吃亏的老爷子。

"那就失陪啦！"我大声地说，又恭恭敬敬地鞠了躬，可斋藤氏连头都不回地匆匆进到大门里。此人实在厉害。

乘上市营电车，直接回到家。哥哥等在那里，刨根问底地问了今天的情形。

"真是百闻不如一见的杰出人物啊！"哥哥也苦笑地说。

"是不是有点不正常呀？肯定！"我一说，"不对！不是那样，相当正常。以世界文豪自居的人，那点怪癖是必须有的。"哥哥似乎有点天真。"不过，你的耐性也够可以的，

---

1. M 大学：指明治大学。

有意料之外的厚脸皮之处，所谓初生牛犊不怕虎的做派。不过，是个大成功。你这是出门遇到飞来凤，无心插柳柳成荫。说不定老爷子对你有了好感呢！"

"别胡说啦！完全是什么也没给我说呀！我感到很怕呀！"

"不对，确实抱有好感。让你一起乘车，这就非同小可。想来那位女子巧妙地为你从中斡旋啦。而津田先生的介绍信，说不定也在无形中起了大作用。好不容易请人家给写的，说坏话就不好了。现在考虑一下，我还觉得那是相当出色的介绍信呢！首先，这次就是大获成功。那么，现在就给海鸥座挂电话咨询研修生招生事宜呀！"哥哥独自很兴奋。

"可他并没有说海鸥座好啊！"

"也没说坏吧？"

"他说不清楚"。

"那就行了呗！我理解斋藤氏的心情，他也是个吃过苦的人呀！斋藤氏的意思是让你以研修生为起点慢慢开始循序渐进的呀！"

"是吗？"

找海鸥座事务所的电话号码很费了些周折。哥哥给他在银座售票处工作的熟人打了电话，拜托他给查找才总算找到了。

"快！接下来，任何事你都要独自去办啦！"哥哥说着，把电话听筒递给了我，我还是很紧张。

往海鸥座事务所一挂电话，是一位女士接的，或许是著名的女星。口齿清楚没有任何媚态，亲切地告诉了我报考程序。亲笔履历书、父兄承诺书各一份，格式不限，此外尚需四寸上半身照片一枚，以上材料于五月八日前提交给事务所。

"五月八日？那不是马上就要到了吗？"我内心忐忑不安，声音沙哑。"那么，考试呢？"

"九日，在新富町的研究所进行。"

"咦？"我发出怪声，"几点开始呀？"

"下午一点准时到研究所集合。"

"科目呢？科目？考什么科目呢？"

"不便奉告。"

"咦？"我又发出怪声。"那么，谢谢啦！"挂了电话。

我大吃一惊，五月九日，不是仅剩一周了吗？还什么都没有准备呢！

"可能是个简单的考试吧？"哥哥悠闲地说，可我想不会那样。我这男子汉今后是要当全日本首屈一指的演员的，我这男子汉眼下处在演艺世界的起跑线上，如考得不好，就会留下一生无法消除的污点。我必须拿第一。这和学校的考试是不同的。学校的考试未必和我将来的生活有直接关系，而这次考试直接关系到我整个人生之路。如果失败了我将走投无路。学校的考试即便失败了，会认为"不算什么！我还有别的路好走"，从而维持住多多少少的从容和自尊，而这次考试，就说不出"不算什么"了。

已经无路可走，什么都没了，这是最后一张王牌，真的不能掉以轻心。我一下子变得全身认真起来。虽然没什么信心，但我似乎成了那位斋藤市藏先生的弟子，或许对方根本没当回事，但我从现在开始就一门心思那样认定，决心大力自重，一起坐了汽车的，我可不能胡乱地答卷，这关系到斋藤氏的面子。妈的，不久老子就要让斋藤氏大吃一惊。"《武家物语》的重兵卫角色非芹川不可！"斋藤氏如果能这样说，我该会高兴吧？不，现在不是沉溺于空想的时候。我必须以出类拔萃的好成绩通过考试。

今晚，将以前买来的参考书全部堆在桌子上。

普多夫金[1]的《电影演员论》、科格兰的《演员艺术论》、泰洛夫的《被解放了的戏剧》、岸田国士[2]的《近代戏剧论》、斋藤市藏的《戏剧之路五十年巡礼》、巴卢哈特[3]的《契诃夫戏剧创作技法》、小山内薰的《戏剧入门》、小宫丰隆[4]的《演

---

1. 普多夫金（Vsevolod Illarianovich Pudovkin，1893—1953），苏联著名导演、演员、理论家，蒙太奇理论的创始者之一。1926 年导演根据高尔基同名小说改编的影片《母亲》使他声名大振。曾多次获斯大林奖金。

2. 岸田国士（1890—1954），日本剧作家，小说家。"文学座"剧团创立者之一，主要戏剧作品有《纸气球》《牛山旅馆》等。

3. 巴卢哈特（balukhatyy，1893—1945），苏联文艺理论家、教授，科学院通讯院士。研究高尔基、契诃夫的创作。主要著作有《契诃夫剧作艺术》《高尔基剧作艺术研究问题》等。

4. 小宫丰隆（1884—1966），夏目漱石门下"四天王"之一，德国文学研究者，文艺评论家，主要著作有《夏目漱石传》等。

艺论丛》，还有《筑地小剧场史》啦，《演出论》啦，《电影演员演技》啦，《演出者笔记》啦，还有《花传书》[1]啦，《演员论语》[2]《申乐谈义》[3]等等。首先打算把二十本左右的参考书在九号之前通读一遍，此外还有英语和法语的单词也需要填鸭式灌输一些。

必须努力加油！今晚从现在开始就打算开读科格兰的《演员艺术论》和斋藤市藏的《戏剧之路五十年巡礼》。

明天必须去照相馆。

五月八日　星期一

天气雨。今天没有去上学。脑中一片混沌，对一切两眼一抹黑，究竟这一周我是怎么过来的呢？到了学校也是坐立不安，明明不算什么大事，但我却默默发笑。回到家里，则拼命一个劲地整理房间，就这样，参考书连一本都没有读，只是在屋里晃荡。心情变得越发狼狈，即便写日记手都发抖了。也就是说，是那种吓破胆似的紧张、严肃，空壳一般，而又不断提心吊胆地反复去卫生间，然后，抖擞精神说一

---

1. 《花传书》：《风姿花传》的通称，能乐经典论书，著者世阿弥以亡父观阿弥教导为基础所著。

2. 《演员论语》：原文作《役者論語》，歌舞伎演员的谈艺录，4卷4册，由第三代八文字屋自笑编，是研究歌舞伎的重要资料。

3. 《申乐谈义》：原文作《申楽談義》，能乐书，全称为《世子六十以后申乐谈义》，系在世阿弥晚年时由其次子元能记录之经典，是研究能乐的重要资料。

声：好，干吧！用功学习喽！回到屋里却又是整理房间。这样的我能被原谅吗？完蛋。无论如何也沉不下心来。想说的话、想写的事有一火车，然而，却是感情徒然高涨，忐忑不安不能稳坐。就这样，只是毫无目标地整理房间。将这里的东西搬到那里，又把那里的东西搬到这里，完全是在重复同一作业，一个人忙得不可开交。说来惭愧，实际上就连《圣经》都不灵了。从今早开始，已啪啪地打开三次《圣经》来看，但一点也看不进去。实在惭愧，已经完蛋了。我就睡觉吧！晚六点我想念佛，耶稣基督和释迦牟尼佛祖都混在一起，杂乱无章了。

睡了一会儿又猛然一跃而起。天黑了，心也开始沉稳下来了。我凝视着昨天照相馆寄来的四寸照片。同样的照片寄来三枚，昨天我选了其中颜色较黑、有阴影的那枚，和履历书等一起用快递寄往了研究所。为什么我的脸像蘲头一样单调呢？我想皱起眉头弄出深沉一点的脸孔，但刚刚皮肤发麻地皱起眉头却又消失殆尽。我将嘴歪成"ヘ"字形，试图在鼻子两侧弄出深深的皱纹，但很不成功。也许因为嘴太小歪不起来，却噘起来了。无论怎样噘嘴，也形不成有阴影的脸，看起来只是像个傻瓜。

假设明天在考场我被宣告："你的脸不适合当演员。"那怎么办啊？从那个瞬间开始，我将会成为行尸走肉，成为一个即便活着也毫无意义的人。啊！我果真有演艺方面的才能吗？一切明天将被决定，我又想整理房间了。

哥哥过来问我："去理发店了？"我还没有去呢。

在雨中慌慌张张地去理发店。实在是不像话。我在理发店听了德沃扎克[1]的《自新大陆交响曲》，是收音机播放。虽然是我喜欢的曲子，但上不来情绪。要是乱敲高台鼓那种音乐的话，或许与我现在这种焦躁不安的情绪很契合。但是，找遍全世界也不会有吧。

从理发店回来，哥哥劝我接下来练一练说台词，是《樱桃园》[2]里的罗巴辛[3]。

哥哥对我做了种种提醒——要将自己的声音一如原样地自然发出；要丹田发力吐字清晰；身体不要过多移动；不要说一句下巴就缩回一下；嘴边的肌肉不要太僵硬等等。这下糟糕了，我拼命练习把嘴歪成"へ"字形，歪过头了。

"你好像发不好さ、し、す、せ、そ五个假名的音嘛！"

这也很要命，我自己也略微感觉到一点。难道是舌头太长了吗？

"请原谅我瞎说。"哥哥笑了笑，"比起我这样的，你说得很出色，根本不成问题。不过明天是在真正的演员面前表

---

1. 德沃扎克（Antonin Dvorak，1841—1904），捷克作曲家。主要作品有《自新大陆交响曲》《杜姆卡钢琴三重奏》等。

2. 《樱桃园》：俄国剧作家契诃夫（1860—1904）的剧本，讲述俄国贵族坐吃山空最后不得不卖掉樱桃园，新兴资产阶级不等旧主人搬走就迫不及待地开始砍伐，展示了贵族的没落并被新兴资产阶级取代的历史过程。

3. 罗巴辛：《樱桃园》里的商人、企业主，从经济利益出发废弃古老庄园、兴建别墅的新庄园主。

演，今晚对你要求苛刻一点，是敦促你发奋图强呀！不是很差，是很成功！"

我也许要完蛋。只是心里千头万绪，杂乱无章。日记的文章好像和平素不一样。的确，心情也是，对，所谓心情异样那就是疯了。我不会发疯吧？不过今晚真怪。文章也是语无伦次，一塌糊涂，简直就是一团乱麻。

弄成这样，怎么办？明天，不，已经过十二点了，是今天，今天下午一点有考试呢。想做点什么，可是无处下手，无奈。先把自来水笔灌上墨水，然后睡觉吧！一想到明天的考试如果失败了，我就是必死之身，我的手发抖了。

五月九日　星期二

天气晴。今天也不去上学。重要的日子，没办法。昨夜一个劲儿做梦，梦见我在和服外穿着汗衫，不伦不类的装束，简直是颠倒黑白。不吉利的梦，我感到是个不祥之兆。

不过，今天倒是个近来罕见的晴好天气。我九点起了床，从容地洗了澡，十一点半出发了。今天哥哥没有到大门口送我，他好像觉得已经没问题了。到斋藤氏家去的时候哥哥明明比我还紧张和担心，而今天他反而悠然自得了。说不定他认为比起考试，斋藤氏才是关键。哥哥把学校的入学考试也罢什么考试也罢，看得都过于宽松。也许是因为他还没有尝过考不上的滋味。不过，哥哥对我的事持乐观态度，认为我考上没问题，而如若我名落孙山，那时他的痛苦和难堪会尤其严重。我希望他对我的事能减少一点乐观态度，因我或许又会落榜。

来得太早了，马上就找到了新富町的研究所，在一座公寓的三楼。我到达的时间是刚过正午。我想摸一摸里面的情况就敲了门，但没反应。好像谁都不在。我断了念头来到外面。时值阳春，脸上浸出汗水。想喝点清凉饮料，进了昭和大街的小食堂喝了汽水，顺便又吃了咖喱饭。倒也不是饿了，而是总感到不安不能不吃。吃饱了肚子，头脑也模模糊糊起来，焦躁的情绪有所缓解。就从那里出去溜达到歌舞伎座前面看海报，然后又折回新富町研究所。

那时正好是一点整。我登上了公寓的楼梯。有人啦，有人啦。二十人左右。不过，啊呀，那些面孔是多么无精打采呀！全是那样的家伙。有五名学生，其中三名女生，女强人哪！永远是堂妹贝姨[1]的角色。其他人全是西装革履，但表情全是被生活累得疲惫不堪的三十岁光景的人们，甚至还有与艺术根本不沾边的小店掌柜模样的四十岁光景的汉子。我感到不可思议。他们全都低眉顺眼地凭靠着走廊的墙壁或站或蹲，不时地嘀嘀咕咕些什么。我感到心情暗淡。这里难道是残兵败将的收容所吗？自己也不由得产生了那种惨兮兮的

---

1. 堂妹贝姨：《贝姨》是法国小说家巴尔扎克《人间喜剧》91 部中的作品之一。贝姨是其中男主角之一的于洛男爵妻子阿特丽纳的堂妹李斯贝德·斐希，一个奇丑无比的老姑娘，四十多岁未出嫁，生性好嫉妒，有很强的报复心理。

感觉。一想到这些人就是我今天的竞争对手啊？已经兴味索然，尚未进入战斗，斗志已丧失殆尽。如果我是考官，这些人我看一眼就要全部刷掉！我回忆起今早自己的紧张和兴奋，心烦意乱起来。我想，这简直是愚弄人！

良久，从事务所里走出一位中年女性："现在发号牌！"这声音有点耳熟。是一周前打电话咨询时告诉我"下午一点整"那位女性的声音，真是好听的声音，我想是个女优吧？不过光凭声音还无从判断。她穿着茶色的肥大夹克，哪里是什么女优，不，还是免谈吧！那人又没有以美女自居，对人家的长相说三道四就是罪过了。总而言之吧，她是个四十岁光景的阿姨。

"我要点名了，请答应一声！"

我是三号。没来的人相当多。点了四十多个名字，出席者大约有一半。

"那么，一号这位，请！"

马上就要开考了。一号是个女生，由刚才的阿姨带领，无精打采地进到里面去了，这位特别无精打采。研究所内部好像分两个房间。一个是事务所，最里面这间似乎是排练场，考试好像就在排练场进行。

听得见！听得见！戏剧的朗读。赚了！《樱桃园》！这是多么的机缘巧合呀！原本朗读《樱桃园》台词我就拿手，昨晚不是也练了一下吗？没问题了。勇气倍增，我心想：从哪里开始都行！而那位女生的朗读是多么拙劣呀！生硬，死板，还一再卡壳，重来。这样的话，通不过的，铁定落榜。我感到可笑，独自笑起来，其他人却连个笑容都没有，呆呆地好像睡着了一般。

"二号那位，请！"不知是不是一号已经考完了？好快呀！说不定没有笔试。接下来该我了。我双脚竟然也有点发抖，感觉好像身在医院马上要做大手术，在等着护士小姐招呼。想去洗手间了，急急忙忙去了洗手间，从洗手间一回来，"三号那位，请！"

我情不自禁地高举右手答了一声："哈依！"

事务所很狭小，而且很煞风景，我感慨良深：难道那海鸥座绚烂多姿的策划方案就是从这样的地方产生出来的吗？

一号和二号似乎同时结束，两人一起出来到走廊上了。我站在事务所阿姨的桌前，接受了简单的问话。阿姨端坐在半边椅子上，用眼睛比对着桌上我的照片和我的脸。"多大年龄了？"她问道。我感到有点受辱："履历书上没写着吗？"

"嗯。不过——"她说着，弓身看了展开在桌上的我的履历书。她好像近视。

"十七岁。"我说完，松了口气抬起头。

"家长的承诺确实吗？"

这个问题也让我不愉快。

"当然！"我有点气哼哼地回答。你又不是考官，净问些不需要的问题。可能是想抓住这个机会偷偷模仿考官抖一下自己的威风吧？

"那么，请！"

被引到隔壁房间。本来吵吵嚷嚷的，我一进去，说话声戛然而止。五位男士一齐抬头看我。

五位男士排成一排面向这边坐着。桌子有三张，人全是在照片上见过的面孔。坐在中间的胖男士一定是最近明显走红的剧作家兼表演艺术家横泽太郎氏，其余四位好像都是演员。我在门口忸怩着时横泽氏大声说道："过来呀！"语调很没品位。"这次的多多少少优秀点吗？"

其他考官抿嘴一笑，整个室内的氛围给人感觉龌龊、低品位。

"哪个学校的？"是不是不必那样傲慢哪！

"R 大的。"

"多大了？"

我有点烦了。

"十七。"

"得到父亲的允许了吗？"

简直把我当罪犯了。我怒上心头："没有父亲啊！"

"是过世了吗？"一个像是演员上杉新介氏的人，脸上带着调节气氛的表情，亲切地向我问道。

"承诺书上应该写着的。"我板起面孔答道。这就是考试？我只有惊愕。

"骨气很硬嘛！"横泽氏微微一笑，"有可取之处？"

"是演艺部？还是文艺部？"上杉氏用铅笔敲打着自己的

额头问道。

"您问什么？"我不太明白。

"是当演员？"横泽氏又一次用离谱的大声问道，"还是当剧作家？当哪种？"

"当演员。"我即刻回答。

"那么，我问你。"是认真的？还是开玩笑？原因我不明。为什么横泽氏如此低级下流呢？相貌也差，服装呢，只穿外衣不穿裤裙，衣冠不整，吊儿郎当。一想到这位就是在日本屈指可数的文化性剧团海鸥座的领导吗？我灰心丧气。肯定是一味酗酒一点儿也不学习的吧？他使劲地噘起下唇略微思考一下后从容不迫地问道："演员的使命是什么？"此乃愚蠢问题也，我吃了一惊，差点哑然失笑。简直是胡说八道的问题。问询者的头脑空空暴露无遗，简直没法回答。

"那就和问我人类带着什么使命出生的一样，煞有介事的回答要多少有多少，不过我想回答的是：我还不清楚其使命是什么。"

"你的话很妙呀！"横泽氏不是个敏感的人。他那样轻轻一说完，从香烟盒里取出一支香烟叼在嘴里。"有火柴吗？"向旁边的上杉氏借了火柴点着香烟之后说，"演员的使命嘛！对外教化民众，对内做实践集体生活的榜样。不是这样吗？"

我惊呆了。心想考不上反而更光荣。

"您说那个不仅限于演员，是教化团体的任何人都必须铭记于心的事。所以，正如我刚才说的，那种冠冕堂皇的抽象词句真的是要多少有多少。因此，那些呢，都是假话。"

"是这样吗？"横泽氏泰然自若。因为太不敏感，我反而有点喜欢他了。

"那种思路也很有趣呀！"简直是乱了套了。

"那么请你朗诵吧！"上杉氏装得很有品位地说。

"让他朗诵什么呢？"上杉氏用过分亲切的口吻问横泽氏，"据说此人水准高嘛！"他这说法很惹人不痛快。卑劣！是世上最不可救药的那种，我有那种感觉。这难道就是出演《万尼亚舅舅》[1] 被赞誉为全日本首屈一指的上杉新介氏的本来面目吗？不是太不成体统了吗？

"《浮士德》[2]！"横泽喊道。我失望了。要是《樱桃园》我有信心，可是《浮士德》就很棘手。别的不说，我甚至都没通读过一遍。落榜！我将会落榜！

"朗诵这部分吧！"上杉氏递给我教科书，并用铅笔指出。"先默读一遍，有信心后就请朗诵吧！"这说法也有点不怀好意。

我默读了一遍，这是"瓦尔普吉斯之夜[3]"那一场梅菲斯

---

1. 《万尼亚舅舅》：是俄国剧作家契诃夫创作的四幕乡村生活即景戏剧作品。

2. 《浮士德》：是德国作家歌德创作的一部长诗剧，第一部出版于 1808 年，写一个新兴资产阶级先进知识分子不满现实，竭力探索人生意义和社会理想的生活道路，是一部现实主义和浪漫主义完美结合的诗剧。

3. 瓦尔普吉斯之夜：《浮士德》第一部第 21 场。出自德国古代神话，瓦尔普吉斯（walpurgis）是神话中的保护女神，其祭日为 5 月 1 日，4 月 30 日夜即称"瓦尔普吉斯之夜"，魔女们纷纷上山同男魔相会。

特[1]的台词。

> 你要把这岩石的老肋骨抓紧，
>
> 否则要被刮到峡谷的无底洞中。
>
> 迷雾使夜色格外加深。
>
> 听森林里嘎嘎的声音！
>
> 猫头鹰受惊飞去。
>
> 长青宫殿的圆柱
>
> 纷纷崩裂成数段。
>
> 树枝咯吱地折断！树干轰轰地大吼！
>
> 树根嘎嘎地开口！
>
> 它们倒得一塌糊涂，
>
> 噼啪地压在一处，
>
> 而在这堆满废墟的谷中，
>
> 吹过嘶吼的山风。
>
> 你可听到远远近近
>
> 以及高处传来的声音？
>
> 一片狂热的妖魔歌唱
>
> 沿着整个山地飘荡！[2]

---

1. 梅菲斯特：《浮士德》第一部中出现的恶魔的名字。原文为 Mephistopheles，亦作 Mephisto，故简称"梅菲斯特"。

2. 引自《浮士德》钱春绮译本，上海译文出版社，2019 年 6 月 1 版 2 次印刷，第 168—169 页。

我朗诵不了。"我粗粗地默读了一遍，这个梅菲斯特的喃喃细语让我感到极度不愉快。"嘶吼"呀"咯吱"呀，净是让人不痛快的拟声词，倒是很像恶魔之歌，给人病态和令人作呕的感觉，我无论如何也产生不了朗诵这段的情绪。考不上就考不上算了："我朗诵别的段落。"

我胡乱翻开教科书，找到一处稍微好一些的便高声朗诵起来。第二部，鲜花盛开原野的早晨，觉醒了的梅菲斯特。

抬头仰望！——巨人似的山峰
已宣告最最庄严的时刻到来；
永恒的天光首先让他们享用，
然后才下临到我们的头上。
阿尔卑斯的牧场，一片青葱，
现在也沐到新的光辉和明朗，
一层一层地直达到它的下面：——
太阳出现了！——可惜炫目的强光
刺得我眼痛，我只得背转我的脸。
人总是这样，当我们满怀着希望，
自信地快要完成最高的心愿，
看到成功的大门豁然开敞；
可是，从那永恒的深处却喷出
无数的火焰，我们感到多惊慌；
我们不过想点起生命的火炬，

却被火海包围，大火多吓人！
是爱？是憎？熊熊地将我们围住，
痛苦和欢喜交替侵袭着我们，
使我们只得再向大地注望，
而在朝气蓬勃的薄纱中藏身。
就让太阳留在我的后方！
那穿过岩隙奔腾直下的瀑布，
使我越看越欣喜若狂。
它一叠一叠地翻滚，化成千股，
然后又分作千万道急流奔涌，
向空中喷溅出无数飞沫细珠。
可是从这种飞泉形成的彩虹，
拱成万变之不变是多么悦目，
时而分明，时而消逝在空中，
在它的四周散作空蒙的凉雨。
彩虹反映出人类的努力上进。
细心揣摩，你就会更加领悟；
要从多彩的映象省识人生！[1]

　　"很棒！"横泽氏心无介蒂地夸奖了我，"满分！两三天内通知你！"

---

1. 引自《浮士德》钱春绮译本，第 211—212 页。最后的标点，钱译为句号，为忠实于日文原文，本书译者改为了惊叹号。

"没有笔试吗？"我莫名地感到一种失望，这样问道。

"你别不知天高地厚！"坐在末席好像伊势良一的小个子演员立马怒骂道，"你来藐视我们来了吗？"

"不是的。"我吓破了胆，"可是，笔试也——"我语无伦次了。

"笔试么，"上杉氏脸色变得铁青地回答道，"因为时间的关系，就不搞了。仅仅依靠朗诵就可了解个大概。我可有言在先，从现在就在台词上挑肥拣瘦的话，那就没希望了呀！作为演员的资格，重要的不是才能，而是人格。尽管横泽先生给你打满分，但我可给你打的是零分。"

横泽氏毫无感觉地微笑着说："平均五十分。今天暂且回去吧！喂！下一个是四号，四号！"

我微微行个礼退出考场，但心里相当洋洋得意。上杉氏以为训斥了我，其实反倒坦白了他认可我的才能。他说"重要的不是才能，而是人格"，那么不就是说现在的我欠缺的是人格，而才能方面已经足够了吗？关于自己的人格，我认为我正在努力，经常反思。那方面受人夸奖我反而不好意思，不怎么觉得高兴，而被别人误解或有人说我的坏话，我也能从容以对，心里想说的是：走着瞧吧！不久你就会明白的。然而才能呢，我感觉那才完全是天公所赐，最惨的就是你怎样努力也达不到。全日本首屈一指的演员不小心给了我定评，说那种才能我有。啊呀！真是想不高兴都难。好极啦！我有才能！说是没有人格但有才能。上杉氏不能判定人格，他那是假的判定，他没有判定的资格。然而，关于才能的判定，毕竟还是比横泽氏高出几个层次。所谓做事要靠行家，演员的才能，不是演员是不了解的。真是值得高兴的事。说我有当演员的才能！真是想不笑都难。现在即便考不上也无所谓了。我如获至宝般洋洋自得地回了家。

"完蛋，完蛋！"我向哥哥报告了，"完败！"

"怎么回事？满面春风嘛！没有失败吧？"

"不，失败了。戏剧朗诵是零分。"

"零分？"哥哥也一本正经起来，"真的吗？"

"说是我人格不行。不过么，才能——"

"你那么笑嘻嘻的是为什么事啊？"哥哥有点不高兴了，"没有得了零分还高兴的吧？"

"可是，有啊！"我把今天考试的情况详细地向哥哥汇报了。

"是合格！"哥哥听完我的话后沉稳地一口断定。"绝对不是落榜。两三天内会来录取通知的呀！不过，真是个让人不愉快的剧团哪！"

"不像话。落榜反而更光彩。即便录取了我也不进那个剧团。和上杉氏一起练功，我够了。"

"是啊！有点幻灭之感啊！"哥哥寂然一笑，"怎么样？要不再去一次斋藤氏那里商量商量？先生要是说'哪个剧团都是那样，你还是忍耐着加入吧！'，那就没辙了。加入，或者说不定给我们介绍别的优秀剧团。总之，考完了这事也还是报告一声为妙。你看怎么样？"

"嗯。"心情郁闷，总觉得有点害怕。感觉这回才真的会挨骂。但是，不得不去。除了去接受指导别无他途。拿出勇气来吧！我作为演员不是相当有才能的男子汉吗？现在和昨天的我已经判若两人。满怀信心地勇往直前！"一天的难处一天当就够了。"[1]今天总感觉是这种心情。

晚饭后，我闷在屋里写今天一天长长的日记。今天一天工夫，我已明显地成为大人了。成长！这个词步步逼近我的心田。我切实地感觉到，所谓一个人，那是非常尊贵的！

五月十日　星期三

天气晴。今早一醒，发觉一切完全变了。昨天为止的兴奋已完全消退，有一种严肃，不，也许说是一种装傻更贴切。昨天为止的我，的的确确是发疯来着，怒上心头来着。为什么我那么来劲地一味做出莫名其妙的冒险事来？自己也不清楚了，只是感到不可思议。从漫长而悲伤的梦中醒来，今早只是眨巴眼睛，一个劲地歪头表示疑惑。我，从今早开始就变成了普通人。无论怎样通过加减乘除运算，我这个1.0的存在就像立在水中的木桩一样纹丝不动。极为扫兴。今早的我俨然竖立着的木桩般严肃，心里没有丝毫荣

---

1. 引自《圣经·新约·马太福音》第6章第34节。

耀。这是怎么搞的？去了学校，但学生们看起来就像十岁光景的小孩子。并且，我在频频思考的全是每个学生的父母，既没有像平时那样产生轻蔑之念，也没有产生憎恶之心，只是油然感到几分可怜，那也不过是比同情一群麻雀还轻微的同情，绝不是可以撼动心灵的强悍之感。极度的扫兴，绝对的孤独。以前的孤独说来似可称之为类似于相对孤独，是一种从意识上夸大对手，在其反弹之余不得不做出某种姿态的孤独；而今天的想法则不同了，对任何人都兴趣全无，只是感到厌烦，是一种可以轻易地出家遁世的心情。人生，还真有不可思议的早晨。

幻灭，就是它！虽然我尽量不想使用这个词汇，但此外似乎没有其他词汇。幻灭，而且是不折不扣的幻灭。我以前狂暴地在日记里写道：我，对大学已幻灭，然而，现在想想看，那并非幻灭，而是憎恶、敌意和野心熊熊燃烧的热情。所谓真正的幻灭，不是那种积极的东西，只是一种茫然，和茫然地严肃。我，对戏剧已幻灭——啊！这样的话我不想说！然而，总感觉好像是真实。

自杀。今早冷静地思考了自杀。真正的幻灭要么让人完全变成痴呆，要么就让人自杀，真是可怕的魔鬼。

的确，我已经幻灭，无法否定。然而，一个男子汉对最后有一线生机的路幻灭了，究竟该如何是好呢？演艺，对我来说是唯一的生存价值。

不要蒙混，深入思考一下吧！我并不认为演艺很无聊，所谓无聊之说是荒唐的。如果认为无聊，其中恐怕有恼火吧？也可以对其不屑一顾甩手走人，劲头十足地奔向另外的路。然而，我今早的心情并非如此，而是一种空虚、枉然。一切都无所谓。戏剧表演，想必是很出类拔萃的吧？演员，啊！那也是很厉害的吧？然而我无动于衷，清楚地出现了裂缝，吹进了冷风。第一次拜访斋藤氏吃了冠冕堂皇的闭门羹而归时，就尝到了与此类似的滋味。与其说世间很荒唐，莫如说感到努力活在世间的自己变得很荒唐，有一种想独自在黑暗中哈哈大笑的心境。世间，根本没什么理想之类，都是在蝇营狗苟。我感到人这种东西，只是为了吃饭而活着，真没意思。

放学后，我溜达到足球部的准备室，想到是不是该加入足球部呢？想做一名平凡的学生，什么也不想地踢球，糊里糊涂地度日。足球部的房间里没有一个人，或许是集训去了。我也没有热情到集训处去找他们，径直打道回府。

一到家，看到海鸥座来了快递信。录取。通知上写着"本次审查结果，录取五名研修生，君为其中之一。请于明日下午六时来所。"我丝毫没有喜悦，心情平静到不可思议。反而收到R大录取通知时还曾比现在高兴。我，已不想学表演了。昨天，上杉氏认可我多多少少有点当演员的天分，我曾如获至宝兴高采烈，而今早睡醒时，感觉那喜悦也变成了灰色，开始反思才能算什么？靠不住！还是人格重要。这个情绪的豹变来自何方呢？难道是完美地得到爱情者的虚无感吗？昨天在海鸥座考试时自己无意中选读的那段《浮士德》里的台词是"看到成功的大门豁然开敞；可是，从那永恒的深处却喷出无数的火焰，我们感到多惊慌"，今天难道就像那台词一样，看到憧憬已久的演员职业如此轻而易举地即将唾手可得而感到无味了吗？

"小进录取了也不太高兴嘛！"哥哥也说。

"我想想看。"我认真地回答道。

今晚，我和哥哥进行了相当无聊的议论，即吃的东西当中什么最好吃。互相展示了种种美食家的风范，结论是好吃莫过于菠萝汁罐头。桃子汁罐头也好吃，但没有菠萝汁爽快。说是菠萝汁罐头，并非是吃菠萝肉，而只是吸它的汁。

"要是菠萝汁，即便一大碗我也能不费劲地喝光。"我这样一说，

"嗯。"哥哥也颔首赞同，"再加上碎冰块就更加好喝了吧？"哥哥也在思考些无聊之事。

说起吃的就饥肠辘辘了，两个美食家偷偷到厨房做了饭团吃，好吃得很。

虚无与食欲似乎有某种关联。

哥哥现在在隔壁写着小说，似乎已写了五十页了，说是预计写两百页。是部动人的小说，开头一句是"瑞雪纷飞的时刻"。让我看了十页左右，据说是写好后要投给《文学公论》的有奖征文。以前哥哥一向对有奖征文嗤之以鼻，不知现在怎么了。

"搞什么有奖征文，那不是糟蹋自己吗？作品可惜了。"我一说，

"不过，中了奖的话，两千元呢！要是不挣钱，小说就没用。"他表情猥琐地说，哥哥最近拼命酗酒，或许他在堕落，我感到担心。无论从哪方面看，都表明是理想丧失。

今晚，困得要命。

五月十一日　星期四

天气阴，风很大。今天是稍微充实的一天。昨天的我是个幽灵，而今天则是个生活态度积极的人。学校的圣经课很有趣。每周有一次寺内神父的特别授课。对我来说，这节课是个乐趣。大上周周四的课就很有意思。是《最后的晚餐》研究，参加晚餐的十三个人分别坐在哪个位置，用图解异常明了地进行了讲解。而且十三个人全都随便躺卧伏在餐桌上，这让我很吃惊。据说，当时的风俗习惯是餐桌周围有床，都是分别胡乱躺卧伏在餐桌上吃喝的。达·芬奇的《最后的晚餐》就与事实不符了。据说俄国有个叫做戈[1]的画家画的《最后的晚餐》就全都是半躺着的。虽然和基督教精神完全无关，但对我来说非常有趣。我对吃饭这事实在是关心

---

1. 尼古拉·尼古拉耶维奇·戈（Nikolai Nikolaevich Ge，1831—1894），俄国画家，出生于沃罗涅日。他的《最后的晚餐》画于1861—1863年，曾因此画获"历史画教授"称号，并在帝国美术院展出。

过度，今天也思考到吃的问题，然而，这倒不见得以毫无意义告终，多多少少还是有所收获的。今天寺内神父以《旧约》的"申命记"为中心进行了讲解。寺内神父不是站在讲台上讲课，而是坐到学生的空座位上，采取和学生一起学习的形式，放松身心来讲解。这给人的感觉相当好，感觉就像和大家商议快乐之事一般。今天以"申命记"为中心给我们讲了摩西的苦心孤诣，尤其是摩西甚至关注到民众的吃饭问题，对此我听得津津有味：

"十四章：凡可憎的物都不可吃。可吃的牲畜就是牛、绵羊、山羊、鹿、羚羊、狍子、野山羊、麋鹿、黄羊、青羊；凡分蹄成为两瓣又倒嚼的走兽，你们都可以吃。但那些倒嚼，或是分蹄之中不可吃的，乃是骆驼、兔子、沙番[1]，因为是倒嚼不分蹄，就与你们不洁净；猪，因为是分蹄却不倒嚼，就与你们不洁净。这些兽的肉你们不可吃，死的也不可摸。

水中可吃的乃是这些：凡有翅有鳞的都可以吃；凡无翅无鳞的都不可吃，是与你们不洁净。

凡洁净的鸟，你们都可以吃；不可吃的乃是雕、狗头雕、红头雕、鹯、小鹰、鹞鹰与其类，乌鸦与其类，鸵鸟、夜鹰、鱼鹰、鹰与其类，鸮鸟、猫头鹰、角鸱、鹈鹕、秃雕、鸬鹚、

---

1. 沙番：属动物界，脊索动物门哺乳纲蹄兔目蹄兔科，学名是 Hyrax Syriacus。

鹳、鹭鸶与其类，戴𫛢[1]与蝙蝠[2]。凡有翅膀爬行的物，是与你们不洁净，都不可吃。凡洁净的鸟，你们都可以吃。

　　凡自死的，你们都不可吃。"[3]

　　实在是教导得细致入微、不厌其烦。说不定摩西自己亲口尝试过这些鸟兽、骆驼和鸵鸟之类。骆驼肉，恐怕难吃吧？就连摩西也皱起眉头说："这玩意儿不行。"作为先知先觉者，不单单是光动嘴巴进行漂亮话的说教，而且是直接帮助民众的生活，不，或许可以说几乎全是民众生活的现成帮手，而且每每在帮助的空闲里进行教化。如果自始至终全是说教，再高明的说教，民众似乎也不会跟随。读了《新约》便可知道，基督又是治愈病人，又是让死者复生，又是把大量的鱼和饼分给民众，几乎只为这些事疲于奔命。就连十二个弟子也是食物一断，就立刻不安地窃窃私语。到头来，心地善良的基督也责备弟子们说："你们这小信的人，为什么因为没有饼彼此议论呢？你们还不明白吗？不记得那五个饼，分给五千人，又收拾了多少篮子的零碎吗？也

---

1. 戴𫛢：戴胜，学名：Upupa epops；英文名：Eurasian Hoopoe。是戴胜科戴胜属的鸟类，又名胡哱哱、花蒲扇、山和尚、鸡冠鸟、臭姑鸪、咕咕翅。头顶花冠似折扇，嘴极为细长、向下弯曲，常被误认为是啄木鸟。

2. 此处本书内《圣经·旧约·申命记》的日文译文与英译本、中译本有出入，多出6种鸟类，译者已将其略去。另外，"𫛢"在日文中是"鹬"，与《圣经》中的"戴胜"并非同一种鸟类，疑是日文译本有出入。

3. 引自《圣经·旧约·申命记》第14章第3—21节。

不记得那七个饼，分给四千人，又收拾了多少筐子的零碎吗？”“……这话不是指着饼说的。你们怎么不明白呢？”[1]如此深深地叹息。基督是多么的孤独寂寞啊！然而，这是无可奈何的。民众就是如此小气，只考虑自己明天的柴米油盐。

我一面听着寺内神父的课一面思绪万千，突然脑中灵光一闪。啊！是啊！人，压根就没什么理想。即便有，也是结合日常生活的理想。脱离生活的理想——啊！那是走向十字架的路，而那，就是上帝之子的路。我不过是民众的一员，介意的只是食物。我最近也成了一个生活中的人，成了在地上匍匐前行的鸟。天使的翅膀不知不觉已经消失了，再胡乱挣扎也无济于事，这就是现实，无法蒙混。“不知人的悲惨只知上帝，将引起傲慢。”我想这确实是帕斯卡[2]的语录，而我以前就不知自己的悲惨，只知道上帝，我认为我需要那个神灵。那样一来，迟早必然要品尝到幻灭的一杯苦酒。人的悲惨，是只考虑生计。哥哥曾说过，不能带来金钱的小说是没意思的，这是人类率直的语言，我钻进牛角尖，试图将此作为哥哥思想的堕落加以非难或许是错误的。

人，说得多么天花乱坠也没用，生活的尾巴耷拉着呢！“要甘受物质的枷锁和束缚，我，现在就将你们从单纯精神

---

1. 引自《圣经·新约·马太福音》第 16 章第 8—11 节。

2. 帕斯卡（Blaise Pascal，1623—1662），法国数学家、物理学家、思想家。在 1653 年提出流体能传递压力的定律，即“帕斯卡定律”，后人为纪念他用其名字“帕斯卡”来命名压强的单位，简称“帕”。

的束缚下解放出来。"[1] 就是这个,就是这个!拖着悲惨生活的尾巴,尽管如此理应还有救,理应还能向理想迈进。即便总是担心着明天的饭食跟着基督走的弟子,最后也终于成为了圣人。我今后也将努力从头做起。

我甚至想过否定人类的生活。前天我在海鸥座面试,排坐在那里的艺术家们为保住自己的区区地位而如履薄冰般过分努力着,看到这些,我感到厌恶了。特别是那位杉山氏之流,号称全日本首屈一指的优秀演员,居然对无名鼠辈的我都燃起竞争意识甚至到了脸色铁青的程度,实在浅薄得让我生厌。即便现在,我也绝不认为上杉氏为人很有态度,但因此就将人类的生活全盘否定,那是我矫枉过正。今天我在想是不是去一趟海鸥座研究所,和那些艺术家再好好谈谈。从二十多名考生中将我选拔出来,或许单此一点也必须感谢。

但是,放学后出了校门被大风一吹,我的心情骤然改变。实在是讨厌,讨厌海鸥座,都是半瓶子醋。我感觉那里不仅没有理想高迈的氛围,甚至连生活的影子也很稀薄,没有体验表演生活内容的顽强欲望,全是只把表演当成虚荣,靠氛围而沾沾自喜的一伙业余爱好者。对我来说无论如何是不够的。从今天开始,我已经不再是天真的憧憬者,说法虽

---

1. 引自《圣经·新约·马太福音》第 5 章第 3 节。因日、中文各种译本文字不尽一致,特别是中译本,有"神贫""乐道""虚心""甘贫"等多种理解,故译者认为本段文字实际上是小说作者对该条语录语义上的理解,因此在《圣经·新约·马太福音》中译本该章该节中找不到文字完全符合的语录。

然离奇，但我是想活成一个"行家里手"。

我决心去斋藤氏家。我想今天无论如何也要请他听听我的决心之大。那样下定决心时，我感觉我的身体似乎暖烘烘地被上帝的恩宠所包裹，不再对人的悲惨和自己的丑陋感到绝望，"凡你手所当做的事，要尽力去做"[1]。

必须努力，并非是试图逃离十字架。要对自己丑陋的尾巴不加掩饰，拖着它，一步步踉踉跄跄地爬上坡路。这坡路的尽头究竟是十字架，还是天国？不得而知。认定必是十字架无疑的，是不了解上帝之人的想法。"只要照你的意思。"[2]下了莫大决心去了斋藤氏府邸，对这个人家望而生畏。还没进大门，就有了一种莫名其妙的威压感，让人不禁联想到：大卫[3]的城堡是否就是如此壁垒森严呀？按门铃，出来的还是那个女人。果然如哥哥推断，好像是秘书兼女佣之类。

"啊呀！欢迎！"依然是熟头熟脑，完全没把我当回事。

"先生在家吗？"我对这种女人没什么事要谈，表情严肃地问道。

"在家呀！"很没教养的口气。

"有要事，希望见——"我刚说一半，女人笑起来，双

---

1. 引自《圣经·旧约·传道书》第 9 章第 10 节，其后续是"因为在你所必去的阴间，没有工作，没有谋算，没有知识，也没有智慧。"（请参见《正义与微笑》卷首赞美诗注释。）

2. 引自《圣经·新约·马太福音》第 26 章第 39 节。

3. 大卫：引自《圣经·新约·马太福音》第 1 章第 17 节。古以色列第二代王，公元前 1000—前 960 年左右在位，曾带来以色列史上的鼎盛繁荣，被后世赞为后世理想之王；《圣经》原文为"亚伯拉罕的后裔、大卫的子孙……"。

手捂住嘴笑呛着了，憋得满脸通红。我极为不快。我已经不是以前那样的小孩子了。

"有什么好笑的?"我平静地说，"我是务必要见到先生的。"

"好的好的。"她捧腹大笑着退回里面去了。难道我脸上沾了墨水吗?真是没礼貌的女人。

过了一会儿，这回她表情颇有点奇妙地走了出来，说是很抱歉，先生有点感冒，今天不能会见任何人。如果有事，请写在这纸上，说完就拿出了信纸和自来水笔。我很失望。我想道：所谓老大家真是相当任性，如此自大吗?简直罪孽深重。

我断了见面的念想，坐到玄关的地板上，在信纸上写了几句：

"考上海鸥座了。考试十分随意，以一知万。昨天收到了要我今下午六点来海鸥座研究所的通知，但我不想去，很迷茫。请指点迷津。我是想学习货真价实的东西的。芹川进。"

写完后递到女人手里。实在是写不好。女人拿着那个去到里面，久久没有出来。我有点不安，是一种孤零零独坐在山间寺院的心绪。

突然，那个女人朗声笑着出来了。

"给你!这是答复。"她拿出一个小纸片，纸片和刚才的信纸不同，是从成卷的信纸上撕下的一小块，用毛笔随意书写的。

春秋座

仅此而已，没有任何另外的字。

"什么呀?这。"我终究来气了，愚弄人也要有个限度嘛!

"是答复。"

女人抬头看着我的脸,无邪地笑着。

"说是让我加入春秋座吗?"

"难道不是吗?"回答得很干脆。

便是我,也知道有个春秋座。然而,春秋座那可真是大牌歌舞伎明星云集的剧团,无论如何,也不是我这样的学生大大咧咧过去就能进入的剧团。

"这简直太难啦!要是有先生的介绍信什么的,总之,"

"独力去办!"从里面传来一声断喝。

我吃惊非小,原来先生在呢。先生本人躲在隔扇后面站立听着呢。我吓了一大跳,好一个铁面无情的老爷子!我羞愧交加,几乎连滚带爬地慌忙逃走了。好厉害的老爷子!真的惊得我灵魂出窍。回到家把今天的经过说给哥哥听时,哥哥捧腹大笑。无奈之下我也笑了,但心中仍怀着几分愤懑。

今天是完败。不过,遭到斋藤先生(今后称呼先生吧)奇妙的一声断喝,感觉近两天来的灰色阴霾一扫而空。独力去办!春秋座。可是,究竟如何办是好呢?完全无从判断。哥哥似乎也很困惑。从容地研究一下春秋座吧,这就是今晚我们的结论。

意料之外的事纷纷接踵而来。人生实在是难以预测。最近我好像真正明白了信仰的意义。每天每天都是奇迹。不,整个生活就是个奇迹。

五月十四日　星期日

天气阴转晴。两三天没有写日记，因为没有什么特别的变化。最近总感到心情有点沉重，不能像以前那样兴奋地写日记了。连写日记的时间甚至都有点吝惜似的，这是不是就叫自重啊？开始认为像小孩玩过家家一样将无聊的事情一一记到日记里是件可悲的事情了。不断地思考：必须自重。贝多芬说过"你不复能为你自己而存在"，那种心情我也有。

今天从清早开始，整个家里特别喧闹。母亲就要到九十九里的别墅去疗养了。说今天是什么"大安"[1]好日子。早晨虽然有些阴天，但母亲断言今天坚决要去，立马就要出发了。铃冈先生和姐姐清早就过来帮忙。目黑的"一小点"姑妈也来了。"一小点"这个外号本来和姑妈约定好今后自觉不用，但实在是因为成了口头禅一不小心就说出口了。邻居叔叔、朝日出租车的小老板还有主治医生香川先生全体做好出发准备。无论怎么说，母亲是卧床不起的病人，所以很麻烦。护士杉野小姐和女佣梅哉都要跟去，看家的只有哥哥和我、书生木岛桑，还有一位过了五十岁的老太婆，说是铃冈先生的远房亲戚。这位老太婆名字叫阿旬，是个很滑稽的人。杉野小姐和梅哉也跟母亲去了，这段时间家里没人烧饭，临时将老太婆请来。今后家里也就更加寂寞了。宽敞些

---

1. 大安：即所谓"黄道吉日"，与此相对"佛灭"为所谓"大凶日"。

的出租车里坐着母亲、香川先生和护士杉野小姐，另一辆出租车里坐着铃冈夫妇和梅哉，车直奔九十九里的松风园飞驰而去。香川先生和铃冈夫妇等预计在母亲安顿下来后坐火车回东京。真是忙得一塌糊涂。家门口的行人一脸狐疑，二十多人驻足观看。母亲是由朝日出租车的小老板背着，一面泰然自若地训斥着梅哉，一面拨开看热闹的众人坐进汽车的，相当有排场。就像陀思妥耶夫斯基的《赌徒》中的那个老太婆一样，总之精神饱满。母亲在九十九里静养一两年说不定真会痊愈。

大家出发之后家中空空如也，是一种无依无靠的心情。不，比起那些，值得一提的是在今早的忙乱中有件怪事。今早，哥哥和我不仅帮不上忙，反而碍手碍脚，所以躲进二楼避开，说着来帮忙的人们的坏话。这时，杉野小姐绷着脸有事似的进了我们的房间一屁股坐下："眼下要分别一阵子啦！"她一副笑脸怪异地歪着嘴说完后，一瞬间，哇的一声哭倒在地声泪俱下。

很意外。哥哥和我面面相觑。哥哥噘着嘴感到很棘手的样子。杉野小姐接着又抽抽嗒嗒哭了两三分钟，我们哥俩一直沉默不语。不久，杉野小姐站起来，用围裙盖住脸，径直走出了房间。

"这算怎么回事？"我小声一说，哥哥也皱起眉头："不成体统！"他说道。

不过，我大致明白了其中奥秘。当时，我们相互避谈杉野小姐，开始岔开话题。而大家坐上车出发后，哥哥还是有点陷入沉思的样子。

哥哥仰卧在二楼房间里："要不要干脆结婚？"说着，他笑了。

"哥，此前你已经察觉了？"

"不知道。刚才她哭了，我感到意外。"

"哥哥也喜欢杉野小姐吗？"

"不喜欢呀！年龄比我大呀！"

"那么，为什么要结婚呀？"

"可是，人家都哭啦！"

二人齐声大笑。

人不可貌相，杉野小姐也有她罗曼蒂克的一面。不过，这种风流韵事不能成立，杉野小姐的求爱方式只是哇的一声哭给你看，这形式真是拙劣到家了。罗曼蒂克最怕滑稽感。当时哭了一会儿，杉野小姐自己也一定是觉得"糟糕"，然后对所有事断了念想出发去九十九里的。

很遗憾，老姑娘之恋似乎沦为一场笑谈。

"焰火啊！"哥哥给了一个符合诗人式的结论。

"是线香焰火。"我则像个现实主义者似的，对其加以订正。

家里空空荡荡，有点寂寥。晚饭后和哥哥商量决定去歌舞伎剧场看看，还叫上了木岛桑。阿旬老太婆看家。在剧场，春秋座那些人正在演出。由新人川上祐吉氏改编的《女杀油地狱》[1]，加上森鸥外[2]的《雁》[3]，还有剧目叫《叶樱》的新舞剧[4]。好像报界纷纷给了好评。我们到的时候，《女杀油地狱》已经演完，《叶樱》也已结束的样子，最后的《雁》正好刚开始。舞台上洋溢着浓郁的明治时代氛围。我生于大正时代，对明治氛围不甚了了，不过我想，到上野公园和芝公园散步时猛然感受到的乡愁般的氛围，就是明治的气味吧？只是演员的台词几乎全是昭和的会话感觉，甚感遗憾，或许是改编者的疏忽吧。演员演技超群，再不起眼的龙套都沉稳而一丝不苟地做着，互相配合默契，我认为这是个出色的剧团。我想，要是能加入这样的剧团，那我就没话说了。幕间休息时，我在走廊漫步，看到走廊拐角处放了一个小箱子，上面用白漆写着："请写下今夜的感想！"突然来了灵感。

我在箱子附带的信纸上写了："我想加入贵团，请告诉

1. 《女杀油地狱》："净瑠璃"的剧目名，该剧本作者为近松门左卫门。说的是大阪油店河内屋家次子与兵卫荒淫放荡，到最后杀死同行丰岛屋家的老婆阿吉，抢夺了金钱而被捕的故事。

2. 森鸥外（1862—1922），日本著名小说家、评论家、翻译家，本人职业为军医（陆军军医总监等）。主要著名作品有短篇小说《舞姬》《高瀬舟》、长篇小说《雁》《阿部一族》等。

3. 《雁》：高利贷者的小妾阿玉认识了大学生冈田，暗生情愫，有一天打扮得花枝招展准备向冈田一吐衷肠，但由于那天路过她门口的冈田投石不巧将落地的雁打死，惊慌之中匆匆走掉，没有注意到阿玉，致使可怜的阿玉满腔的爱没表达情意。表现了偶然事件也能左右人的命运。

4. 新舞剧：日本新舞蹈运动是和日本新剧一起，由歌舞伎界独立出来的部分人创始的，以坪内逍遥的《新乐剧论》为起点，1904年《新曲浦岛》问世，废除了歌舞伎舞蹈中不合理的成分和低级趣味，创作出具有艺术美和诗意美的日本新舞蹈。

我怎样办手续。"因加了住址和姓名，故将其投入箱中。这是个多么妙的主意呀！也是个奇迹。直到我看到箱上的文字前一刻我还没发觉有这种妙招呢！转瞬之间灵光一闪，这是上帝的恩宠。不过，这件事我没告诉哥哥。与其说是我不愿被嘲笑，莫如说自己在想今后不能太依赖哥哥，一切要靠自己的直觉独往独来，勇往直前。

六月四日　星期二

天气晴。我已经忘了这件事的时候，春秋座来信了。所谓幸福的消息在你等待时绝然不来。比如等朋友，你正在激动万分地想：啊！那脚步声是不是？这时传来的绝不是那人的脚步声。而那位呢，会出其不意地出现，没什么脚步声之类。专门瞅准你完全不指望的空当给你个冷不防。真是奇怪呀！春秋座的信是打印的，如记下来，其大意如下：

今年拟录用三名，仅限于十六岁到二十岁的健康男子。学历不问，但要进行笔试。加入两个月后，作为准团员每月发化妆费三十日元，并支给交通费。准团员的时间上限为两年，其后作为正式团员给予和所有团员同等待遇。超过上限仍难以取得正式团员资格者予以除名。报考者须在六月十五日前，将自己亲笔所写履历书、户口抄件、四寸近照一枚（正面上半身像）外加户主或监护人许可书寄至事务所。关于考试及其他事项随后通知。若六月二十日深夜前没收到通知，望放弃。此外，个别咨询恕不接待。

云云。

原文不可能是如此生硬的文章，不过，大致是这种文风的信，真是写得清清楚楚，细致入微。没有丝毫华丽的辞藻，相反，给人一种非常庄重的感觉，读信过程中就有肃然起敬之感。在考海鸥座时，只是忐忑不安，虚惊一场。而这次已经并非儿戏，让人甚至产生一种抑郁之感。啊！我也要吃演员这碗饭啦！思路及此，不禁流下几滴喜泪。

录用三名。能否进得去完全无从判断，不过，总之试试看吧！哥哥今晚也很紧张。今天我从学校一回来，哥哥就对我说："小进，春秋座来信啦！你瞒着哥哥偷偷寄去了印了血指印的请愿书了吧？"起初他笑着，撕开信和我一起看了内容之后，突然认真起来："父亲如果在世，会说什么呢？"甚至说出心中没底的话来。哥哥很亲切，但还是很懦弱。事到如今，我还能去哪里？长时间的苦闷纠结之余，总算走到了这一步。

这样一来，救命稻草只有斋藤先生一位。斋藤先生清楚地给我写了"春秋座"三个字，并断喝一声："独力去办！"那就干干看吧！干到底吧！初夏的夜，群星璀璨。我轻轻叫了一声"妈妈"感觉不好意思了。

六月十八日　星期日

天气晴，是个热天，暑气猛烈。虽然星期天想睡懒觉，但热得没法睡。八点就起床了，这时有信来，来自春秋座。

第一关是闯过了。顺其自然吧，稍微放下心来。我想通知明后天会到，幸福果然还是有点整你，净在你意想不到的时候到来。

七月五日上午十点开始，在神乐坂春秋座排练场进行首次考查。内容有脚本朗诵、笔试、口试、简易体操。脚本朗诵一种是希望随意自选，将考生喜欢的脚本带来考场，自由朗诵，但该朗诵时间限在五分钟以内；另一种是由考官在考场出示可朗诵的脚本；笔试希望尽量用铅笔；体操则勿忘穿轻便短裤和衬衣。不必带盒饭，本考场提供便饭。当天九点五十分请到排练场会客室集合。

依然是那么简明。写着"第一次考查"，那么，这次通过了的话，还有第二次、第三次，要连续考下去吗？真够慎重。不过决定是否能当一个演员说不定真须如此慎重，是不同于到公司、银行就职的。审查不负责任胡乱录用的话，如被录用者不适合当演员，转身立刻到隔壁银行就职，那种轻而易举的转变是不可能的，这样一来，此人的一生恐怕要被毁得一塌糊涂了吧？所以，我想请他们对我进行异常严格的审查，像在海鸥座那样即便被录用也感到不安是要不得的。我把所有一切都豁出去了，如果不负责地对待我，我是受不了的。

有脚本朗诵、笔试、口试、体操四项，其中自选的脚本朗诵不可掉以轻心，我觉得是个聪明的审查方法。看你选什么，恐怕就能全盘了解考生的个性、教养、环境等情况，这是很难对付的。离考试还有两周，那就从容不迫地挑选拿手的脚本吧，也要和哥哥好好商量后再决定。哥哥四五天前到九十九里去探望母亲，定于今晚或明晚回京。昨晚哥哥寄来了明信片，说是母亲一周前有点发烧，但现已退烧，精神越来越好。说是杉野小姐晒得黝黑，若无其事地在工作。哥哥出发时开玩笑说"闹不好杉野又要哭鼻子"，但似乎什么都没有发生。哥哥也实在太天真了。

晚上，木岛桑、阿旬老太婆和我三人做了不伦不类的冰淇淋，正吃时门铃响了，出去一看，原来是木村的父亲呆立在玄关前。

"我家的混蛋没来吗？"他精神头很足地问道。

据说是昨晚抱着吉他出去一直未归。

"最近完全没有见到。"我这样一说，他歪了下头："因为带着吉他走的，我一门心思认定在你这儿，所以就过来问一下。"

他用狐疑般的烦人目光盯着我，小看人！

"我已经不弹吉他了。"我刚对他一说，"对吧？老大不小了，总是鼓捣那种乐器，实在不怎么样。呀，打扰了。如果那个混蛋来了，请你也说说他！"

他留下这么一句，走了。

小流氓木村没有母亲。虽然不想说别人家的家丑，不过他家似乎总是争闹不断的样子。我觉得与其训诫木村，倒真该好好训诫一下木村的家人。木村父亲是个位高权重的高官，但实在是没素质，眼神好像很讨人嫌。我觉得因为是自己的孩子就在外面张口闭口"我家的混蛋"这也很不好，实在刺耳。我觉得木村当然也有他的不是，但父亲也并非好父亲。要而言之，我对他们不太感兴趣。据说但丁只是目睹着地狱里罪人们的痛苦而走过，连根绳子也没有扔给他们。近来我开始认为：那也就够了。

七月五日　星期四

天气晴，傍晚小雨。我把今天一天的事仔细写下来吧。我现在十分沉静，甚至到了神清气爽的程度，心中毫无不安。我尽了全力，剩下的就听凭上帝安排了。我脸上浮现出爽朗的微笑，今天不打折扣地付出了全力。所谓幸福，或许就是指这种心情吧，考上与否我毫不介意。

今天在春秋座的排练场接受了第一次考查。今早七点半起床。六点左右就醒了，但在被窝里安静而深刻地思考，看看心理准备上有什么疏漏没有。要说疏漏，那净是疏漏，不过并没有因此而狼狈不堪。总之，不是蒙混过关就好。只要老老实实地前行，万事都能迎刃而解，哪里都理应不存在困难。因为试图蒙混会带来种种困难。注意不要蒙混，下面就听其自然了。我想，只要内心有一个相应的准备，其他就什么都不需要了。我想作一首诗但没有作好。起了床，洗脸，照了照镜子，一张泰然自若的脸。或许因为昨夜睡得太香了，双眼明亮清澈，笑着对镜子鞠了一躬。然后吃饱喝足，远比平日多吃不少，就连阿旬老太婆都大吃一惊，怪怪地夸奖我，说是即便平素早晨睡懒觉，一旦考试照样早起，饭也吃很多，男孩子就得这样。看样子阿旬老太婆自以为是地理解为今天学校有考试，她若知道我是去考演员，也许要惊呆了。

行装准备完毕，接着向佛龛上的父亲照片行个礼，最后到哥哥房间大声说："那我就去啦！"哥哥还在睡着，霍地支起上半身："哎呀，你就要去了？'神的国好像什么？'[1]"说完，笑了。

"好像一粒芥菜种。"[2]

"你要成长为参天大树！"哥哥用满含着爱的语气说。

这句话太好了，好到作为对我前途的祝福都有点可惜的程度。哥哥不愧为比我优秀百倍的诗人，转瞬之间就选出了贴切得丝丝入扣的语言。

---

1. 引自《圣经·新约·路加福音》第 13 章第 18 节；《圣经·新约·马可福音》第 4 章第 30 节。

2. 引自《圣经·新约·马太福音》第 13 章第 31 节，《圣经·新约·路加福音》第 13 章第 19 节，《圣经·新约·马可福音》第 4 章第 31 节。

外面是酷暑。我脚不停歇地走过神乐坂，到达春秋座的排练场时九点刚过。来得有点过早了。我到红屋餐饮店喝了汽水，擦擦汗，然后又从从容容地溜达回来，这回来得正好。这是一所古色古香的大公馆。在玄关脱鞋子时，一位齐整地扎着角带、领班模样的年轻人出来小声说了声"请"，然后将拖鞋摆正，给人以稳健的感觉，简直拿我们当客人接待。准备室是个能铺二十张榻榻米、宽大明亮的和式大厅，里面已经来了七八个考生，全都年少得很，简直就是孩子。虽然说是限于十六岁到二十岁者，但那七八个人乍一看俨然十三四岁的小男孩。有的理成娃娃头，有的系着红色的波希米亚领带，有的穿着花里胡哨花样的和服，全是少年，给人以艺伎的孩子的感觉。我感到很不好意思。刚才像是领班的人拿来了点心和茶水劝我们吃，并说："请稍等片刻！"搞得我有点受宠若惊。考生渐渐来齐了，还来了三四个二十岁光景的人，但都是要么西装要么和服，到头来穿学生装的就我一个。虽然全是不太聪明的面孔，但并没有海鸥座考生那样给人阴郁感觉的，没有在人生中吃了败仗的感觉，只是愣头愣脑地四处张望。到了二十人左右时，那位领班模样的人出来说道："让你们久等啦！我现在就叫名字。"他心平气和地说完，叫了五个人名，说了句："请到这边来！"就把他们领到另外的房间去了。接下来又恢复了万籁俱寂。我站起身来到走廊眺望院子里，感觉像个菜馆或客栈，院落相当宽敞。微微听得到电车声，暑气逼人、骄阳似火。等了半小时之后，这回叫的名字里也有我。我们五人由那位领班带领，在幽暗的走廊里拐了两个弯，被带到一个通风良好的房间。

"啊！欢迎！"一位面孔长得很帅、西装打扮的青年和蔼可亲地欢迎了我们。

我们坐在中央的大桌子周围，每人都从那位帅小伙手里领了三页稿纸，说是"写什么都行"。感想呀，日记呀，诗呀，什么都可；但是要求所写内容多多少少和春秋座有点关系；说要是突然灵机一动原原本本抄海涅[1]的恋爱诗就不好办了；说是限时半小时，要整理在一页以上两页以内。

我从自我介绍写起，并直爽地写了看过春秋座的《雁》的感受，正好写了三页。其他人又写又擦，看样子真有点搜肠刮肚。尽管如此，他们也是从众多报考者中选拔出来的少数人，是一群心中相当无底的选手。然而，说不定这样白痴般的人们才能在演技方面意外地崭露出天才般的才华来，这是可能发生的事。我正在考虑不可大意轻敌，领班忽然从门口露头又来带路："写好了的各位请带着考卷到这边来！"

写好了的只我一个。我站起身来到廊下，被带到另一栋房的一个大房间，是个相当气派的房间，放了两张大饭桌。六位考官围着靠近壁龛的那张饭桌，考生的饭桌离他们有两

---

1. 海因里希·海涅（Heinrich Heine，1797—1856），著名的德国抒情诗人和散文家，被称为"德国古典文学的最后一位代表"，代表作有《佛罗伦萨之夜》《德国，一个冬天的童话》等。

米光景。考生只有我一个，在我们前面被叫的五名考生全部结束走掉了吧？已空无一人了。我站起身来鞠个躬，然后面朝饭桌端坐。在！全在！市川菊之助、濑川国十郎、泽村嘉右卫门、坂东市松、坂田门之助、染川文七，剧团的高层干部都微笑着看着我。我也笑了。

"你要读什么呀？"濑川国十郎的金牙一闪，问道。

"《浮士德》。"我自认为劲头十足地回答了。濑川国十郎轻轻地点了点头："请！"

我从衣袋里掏出《浮士德》的森鸥外译本，朗读了上次的"鲜花盛开的原野"那场，那才叫震天响的声音。在选定这段《浮士德》之前，我和哥哥进行了切合实际的考察。哥哥的意见是春秋座更欢迎歌舞伎的古典剧目，所以，包括默阿弥¹啦逍遥²啦绮堂³啦，还有斋藤先生写的剧目在内都做了各种尝试，结果都念成了左团次⁴啦羽左卫门⁵他们那样的语

---

1. 河竹默阿弥（1816—1893），幕末明治初的歌舞伎剧作家，本姓吉村，后袭名二代河竹新七，晚年称古河默阿弥，是向近代剧进化发展的桥梁式人物。作品主要描写世态人情，有《常春藤红叶宇都谷岭》（歌舞伎狂言）等。

2. 坪内逍遥（1859—1935），评论家、小说家、剧作家，文论有《小说神髓》；样板小说有《当世书生气质》等。

3. 冈本绮堂（1872—1939），剧作家、小说家。代表作有戏剧《修禅寺物语》《鸟边山情死》等。

4. 一代市川左团次（1842—1904），"明治三名优"之一，明治座的座主；本文中指二代市川左团次，曾与冈本绮堂合作，新歌舞伎的创始人，对小山内熏有影响。

5. 市村羽左卫门，歌舞伎演员，第7代之前称宇左卫门；本作品中所指据判断可能是指第16代，是第15代的养子。

调，实在拿不出手，没能表现出我的个性。可是，虽说如此，但武者小路[1]啦久保田万太郎[2]啦他们的作品台词不够流畅，断断续续，真的不适合作朗读的底本。一个人分别担任三个角色水准的对话朗诵，以我眼下的实力有点铤而走险，而一人朗诵大段台词的场面意外地少，在一出戏里充其量有两三处，不，根本没有的情况也有。偶尔有个把那已是当红演员的声调和音色，属于宴会上的炫技表演。要是真让我随便选一个，我就得茫然无措。磨磨蹭蹭之间考期逼近，这样一来干脆还是朗读《樱桃园》的罗巴辛台词吧！不行，与其那样还是《浮士德》好。那台词是考海鸥座时灵机一动发现的，值得纪念的台词，肯定与我的宿命有某种关联。结果，就决定《浮士德》了，即便因为这个《浮士德》失败了我也无悔。我毫无避忌地读完了，一面读一面感到神清气爽，还觉得似乎有人在背后说着：没问题，没问题。

读完最后一句"要从多彩的映象省识人生"时，不由得莞尔一笑，心里很是高兴。心想：反正已经考完，爱怎样就怎样吧！

"辛苦啦！"国十郎氏微微点了点头，"还有一个作品由我们指定。"

---

1. 武者小路实笃（1885—1976），小说家、剧作家。大正时代"白桦派"的精神领袖，曾受乌托邦思想影响。主要作品有《新村》《友情》等。
2. 久保田万太郎（1889—1963），小说家、剧作家、俳人。二战后，任日本演剧协会会长。1947年成为日本艺术院会员。主要作品有剧本《黄昏》《雪》等。

"啊!"

"请读一下刚才在那边你做的考卷的这部分内容!"

"考卷?"我惊慌失措了。

"欤。"他笑着。

这下有些措手不及。可是我觉得春秋座的人也相当聪明,这样一来,回头考卷就不用再一一审看,省了程序,而且在时间上也很经济,如果你写了无聊的东西,朗读也会语无伦次,文章的缺陷就会露出马脚,真是一石多鸟,借此又整你一次。但我重整精神,缓慢而大方地朗读完了。用自然的声调读的,没有加一点抑扬顿挫。

"好了。请将考卷放下,在准备室等一下!"

我稍微点了点头,出来到了走廊里。明明早已汗流浃背,可是到这时才发现。我回到准备室,靠在房墙端坐等了半小时光景,和我同一批的四个人也陆续回来了。五人齐了的时候领班又来接我们。这回是考体操。我们被领到一个浴池脱衣场一样空荡荡的铺着地板的宽大房间,不清楚叫什么名字的两位演员坐在屋角的藤椅上,也系着和服角带,四十岁上下,像是地位不低的干部。一个办事员样子的年轻人,下穿白裤子上穿衬衣的装扮,对着我们喊口令。说是穿和服的考生必须要脱掉和服,而穿西装的只要脱去上衣即可,因为我们这批全是穿的西装,所以服装准备也没费什么事,立刻开始做体操了。五人一起按口令做了"向右转!""向左转!""向后转!""齐步走!""跑步走!""立定!"等动作,然后又做了类似广播体操的体操，最后按顺序高声报告自己的姓名即告结束。虽然来信上写的是"简易体操"，但其实并不简单，折腾得有点疲劳。回到准备室一看，那里已摆上了一排饭桌，考生们在从容地用餐，是天妇罗盖浇饭。两个荞麦面店小伙计模样的人在那位领班指挥下，跑来跑去端茶送水、搬运饭碗等。天气相当热，我大汗淋漓地吃着天妇罗盖浇饭，无论怎样硬撑也没有全部吃光。

最后是口试，领班一个个招呼考生然后带走。口试的房间就是刚才朗诵的房间。不过房间里的氛围迥然不同，乱七八糟。有两张大饭桌紧紧并在一起，文艺部啦企划部啦，反正就是那些人吧？清一色都是留着长发、脸色难看的人，有三名脱去上衣以放松的姿势胳膊肘挂着饭桌，饭桌上胡乱堆着文件，还有吃了一半的冰淇淋杯。

"请坐，端坐！端坐！"看样子最年长的人指给我坐垫。

"你是芹川进桑，对吧？"他说着，从桌上挑出我的履历表和照片等物，"大学你还打算继续上吗？"第一问就切中要害，我的烦恼也正是这个。我感觉他很厉害。

"正在考虑。"我如实回答。

"两头兼顾是不可能的。"他紧追不舍。

"这个问题么，"我叹了口气，"如被录用之后，"我说了半句，不往下说了。

"那个么，哎呀，倒是这样的。"对方敏感地察觉到，笑了起来，"因为还没有确定录用，所以我这是不是个愚蠢的问题呀？对不起，令兄好像很年轻嘛！"实在要命，这样被抄了后路的话，当真抵挡不住。

"啊，二十六岁。"

"令兄独自的承诺靠谱吗？"真正担心的语气。我想，这位貌似口试主考官的人一定是相当辛苦地操劳一生的过来人。

"那没问题。家兄特别努力。"

"特别努力吗？"他爽朗地笑了。另外两位也相互交换一下眼色微微笑了。

"你刚才读了《浮士德》，是吧？是你自己选的吗？"

"不，也和家兄商量过。"

"那么说，是令兄给选的了？"

"不是。尽管和家兄商量了，但难以定夺，我就自己决定了。"

"问个很失礼的问题，你能很好地理解《浮士德》吗？"

"一点也不明白。不过，对此有个重要的回忆。"

"原来如此。"他又笑了。"有回忆呀？"他用柔和的眼神盯着我，"你搞哪项体育运动？"

"中学时代踢过一小段时间足球。现在已经不踢了。"

"是选手吗？"

问题一个接一个，问得异常仔细。我一说母亲在生病，他马上询问病情。还有近亲都有什么人啊，哥哥有没有监护人啊，家庭情况相关的问得最多。不过都是很自然流畅地问的，我也就轻松地回答，并没有不愉快。最后他问道："你中意春秋座的哪一点呀？"

"没有特别中意之点。"

"咦？"考官们似乎一齐紧张起来。主考官眉眼间也流露出不愉快的神情："那么，为什么想加入春秋座呢？"

"我一无所知，只是模模糊糊知道是个优秀剧团。"

"只是，这个这个，偶然？"

"不，我不当演员么，就没有什么地方可去。所以一筹莫展，和某位人士一商量，他在纸片上给我写了'春秋座'三个字。"

"写在纸片上吗？"

"那个人有点怪。我去讨主意时，说是他有点感冒没有见我。所以我就在玄关往洋式信纸上写了'请告诉我个好剧团'，交给了大概是女佣或是秘书的一个爱笑的女人，请她转交的。于是，那女人就从里面拿过来了答复的纸片，但纸上只写了三个字'春秋座'。"

"是哪一位呢？他。"主考官眼睛睁得溜圆问道。

"我的老师。不过，只是我自己单方面认定的，说不定人家根本没拿我当回事。可是，我决定将那位奉为我终生的老师。我和那位只谈过一次话，是我追上去，人家让我一起上了汽车。"

"究竟是哪一位呢？看样子多半是戏剧界人士，是吧？"

"这我不想说。人家仅仅是让我坐一次车说了几句话而已，倘若利用人家的名义有点卑劣，我不愿意。"

"明白了。"主考官认真地点了点头，"于是，那位给你写了'春秋座'，你就立马飞奔而来了，对吧？"

"是的。我当时曾对女佣发过牢骚说：只是让我加入春秋座，人家怎么可能要我。这时，听到隔扇里面传来一声断喝：'独力去办！'原来老师站在隔扇后面听着呢！所以，我吓了一跳——"

两位年轻的考官朗声大笑。但是主考官并没有那样笑："真是个痛快的老师！斋藤先生吧？"他若无其事地说。

"这我不能说。"我也边笑边说，"等我有了长进后再告诉您。"

"原来如此。那么，这就算考试结束了。今天你大大辛苦啦！饭，吃了吗？"

"啊，已经吃过了。"

"那么，两三天内可能又有个通知，但如果无声无息，那你就再次去找老师讨主意，对吧？"

"是那样打算的。"

就此，今天的考试全部结束。我以满足而沉静的心情回了家。晚上，和哥哥两人做了芹川式的牛排吃了，还请客让阿旬老太婆也吃了。我倒是真正满不在乎，而哥哥暗中有些担心，多方问询考试情况，这次我占得先机反问他："神的国好像什么？"而对考试情况打算滴水不漏。

晚上，写日记。这说不定是最后的日记。不知何故，我有那种感觉。睡觉吧！

落英缤纷

七月六日　星期四

天气阴。今早很困，怎么也起不来，旷课。

下午两点，春秋座来了快递，内书："因须检查身体，请携带此文件于八日中午到下列医院！"上面写着虎门¹某医院的名字。

这就是所谓第二次考查的通知。哥哥说，这就等于已经合格了，彻底放了心；可我并没有那样认为。到医院一看，甚至感觉是不是昨天的人又会全来。打算再次重整旗鼓抖擞精神，养精蓄锐以利再战。很幸运，身体理应没有任何毛病。

晚上，独自听唱片度过。我眯缝着眼睛陶醉在莫扎特的长笛协奏曲中。

七月八日　星期六

天气晴。去了虎门的竹川医院，现在刚回来。真热，真热！很失礼，对不起，光穿个短裤写日记。到医院一看只有两个人。我，还有个留着娃娃头、乍一看十四五岁的小男孩，仅此而已。看样子其余的人全落榜了。选拔也太严了，让人后背一阵发凉。

---

1. 虎门：江户城外城门之一，是从外樱田门向芝地区去的关口，现为东京都港区地名。

三位医生轮流无微不至地检查了我们的身体。极其严厉的体检让我有点受不了，X光透视，血液、尿液等标本都采集了。小男孩被查出有沙眼，哭鼻子了。不过医生告诉他症状很轻，治疗一周就能好，他听了立刻又破涕为笑了。男孩的脸虽然不是那么可爱，但有点怪怪的个性，大长脸不是一般的长，或许意料之外有着先天性的才能也未可知。我们被检查了近三个小时。

春秋座来了一个办事员模样的人，回去时三人一起走的。

"太好啦！"那位办事员说。"起初的报考志愿书还有从库页岛、新京[1]等地来的，粗算集中了将近六百份呢！"

"可是，录用与否还不清楚吧？"我说。

"这个么，怎么说呢？"他做了个模棱两可的回答。

说是如果录用，一周内会来正式通知。我们在市营电车站分开了。

告诉哥哥时他大喜过望，我还没有见过哥哥如此高兴。

"太好啦！太好啦！小进当演员的路子还是走对了。六百人中选两个被选中，太厉害了。了不起呀！谢谢！我，多么高兴啊——"他刚说了半句，喜极而泣了，哭得一塌糊涂。按说高兴还早了点。在接到正式录用通知之前，还是不能松劲的。

---

1. 新京：1932年，侵占了中国东北的日本炮制了伪满洲国，"首都"设在长春，当时改名叫"新京"。

七月十四日　星期五

天气晴。录用通知来了。

七月十五日　星期六

天气晴，酷暑。昨天把录用通知连信封一起放在佛龛上，和哥哥两人向父亲做了汇报。感觉好像真的要成全日本首屈一指的演员了。艰苦，毋宁说从现在才开始吧。然而，"我愿证明，凡是行为善良与高尚的人，定能因之而担当患难"。这是贝多芬语录，是壮烈的决心。从前的天才们全都是如此干劲十足地战斗过来的。不屈不挠地前进吧！昨晚，哥哥、木岛桑和我三人去猿乐轩举办了一场小小的祝贺宴，为母亲的健康干了杯。木岛桑喝醉了，唱起了采茶小调[1]。

最近完全没去上学。我想从下学期开始休学。哥哥也说：除此之外别无他策。因为下星期一开始就必须每天往返于春秋座的排练场了，据说马上就须在公演时帮忙。研修生阶段的两个月，每月也有十二日元补贴，公演帮忙时还准时支给去排练场的交通费若干。过两个月，每月将发给准团员化妆费三十日元。接下来的两年津贴一点点上涨，两年一过

---

1. 采茶小调：原文是"ちゃっきり節（ぶし）"，静冈县的新民谣，昭和二年（1927），静冈电力铁道公司为招待前来购买茶和蜜橘的顾客而作，内容主要讲采茶，共30段，北原白秋作词，町田佳声作曲。

就成了正式团员，和所有团员享受同等待遇。如顺利，我十九岁那年的秋天即可成为正式团员。然而现在，并不是陶醉于那种甘美空想的时候。目前的努力很重要。恐怕要相当苦啊！经过两年成了正式团员，接下来才是真正的演员修炼。修炼十年，二十九岁。中间可能要发生各种事情吧？比起自己个人的演技，选什么样的脚本才是最大的问题。反正要努力，必须成为一名了不起的演员。就像乘一叶扁舟划向大海。不过，从本月开始，我就能挣到一点小钱了，这件事委实让人心里发痒。有"一小点"高兴。第一次拿到工资我想给哥哥买一支自来水笔。哥哥说明天开始到沼津¹的母亲娘家去避暑，说是要逗留十天左右。要是从前我当然要跟去，但无论怎么说，下周开始我就有"公务"在身，身不由己了。今年夏天，我就准备留守东京了。哥哥拟投《文学公论》的小说似乎在截止日期前来不及完成，写了一半时请津田先生给看了看，说是给了高分，意外受到了鼓励。然而，其后无论如何也写不顺利，到头来好像最终还是放弃了。实在可惜。哥哥总是和巴尔扎克啦、陀思妥耶夫斯基去比较，感叹自己力不从心，可是从开头就想压过那些人，难道不是欲望过深了吗？虽然他说"写小说，不过三十岁不行"，那么，三十岁之前，是不是可以写点小的散文诗之类的呀？总之哥哥有卓越的才能，不久进入状态的话，肯定能写出世界

---

1. 沼津：日本静冈县东部的一个市。

性的杰作。哥哥的文章之美，在日本是无与伦比的。

今晚洗过澡后一照镜子，发现面容极度憔悴，大吃一惊。难道两三天工夫，脸色变化就如此急剧吗？可能是这两三天相当劳心吧？颧骨突出，完全变成了成人的脸，极为丑陋，得想点办法。我已经是演员了，演员真的必须珍视自己的脸。这张脸实在是不中意，好像一个干巴猴。今后每天早晨必须用润肤霜、丝瓜花露水之类捯饬捯饬。因为当了演员就突然开始涂脂抹粉固然没有必要，但这张死气沉沉的脸实在让我发愁。

晚上，在蚊帐里读书，《约翰·克里斯托夫》[1]。

八月二十四日　星期四

天气阴，地狱般的夏天，我也许要疯掉。讨厌！讨厌！不知考虑过多少次自杀。我已经会弹三味线啦！舞蹈也学会了。天天上午十点到下午四点，排练场就是地狱的底层！大学休学了，已没有其他地方可去了。报应！我还是把演员职业看得太容易了。

挨骂的家伙！你的名字叫少年演员。自己都感到不可思议，自己的身体居然能坚持下来。尽管有思想准备，但没有想到会受到如此屈辱。

---

1. 《约翰·克里斯托夫》：法国著名文学家罗曼·罗兰（1866—1944）的长篇小说。

今天也是，半小时午休时，我仰卧在排练场庭院的草坪上，热泪夺目而出。

"芹川桑总是很忧郁嘛！"那个小男孩来到我身边说。

"滚一边去！"我说。口气之严肃就连自己都很吃惊。我的烦恼你们这些白痴怎能明白！

小男孩名叫泷田辉夫，据说是从前帝国剧场著名女优泷田节子的私生子，其父是早几年已经去世的财界巨头 M 氏。他十八岁，比我大一岁，尽管如此，还是个小男孩，近乎白痴，不过演技很棒，各种文娱技艺我都不能望其项背。这家伙是我的竞争对手，或许是终生的对手。我总是被拿来和这个白痴比较，从而带来一些对我的不满。然而，我绝对要否定这个白痴天才。我心里说：走着瞧！我虽然笨拙，但世上再没有比坚定的信念更宝贵的了。在春秋座，对泷田打问号而支持芹川的只有团长市川菊之助一人，其他人都对我的土里土气瞠目结舌。我被大家起了个绰号叫做"常有理"。今天从排练场回来途中，在走到市营电车站之前，一直和大领导泽村嘉右卫门在一起来着。

"你一天天的总在衣袋里揣着不同的书，真的在读吗？"他皮笑肉不笑地问道。

我没有回答。我心中这样说：纪伊国屋[1]先生！今后的演员，像你那样光靠演技好可吃不开喽！

---

1. 纪伊国屋：歌舞伎演员泽村宗十郎及其系统内演员的堂号，这里指泽村嘉右卫门。

　　十天前，市川菊之助请客带我去了"彩虹餐厅"，当时他用叉子在盘子里铆足了劲要叉住一块煮土豆块，冷不丁说道："我在三十岁之前曾被人叫做大萝卜，而且，即便现在，我也认为自己是个大萝卜。"

　　我当时真想哭，如果没有那位团长的那几句话，或许我现在已经自缢而死了。

　　要树立新的艺术理念，这极为困难。箭没有射中头，倒是净射中手脚，这是最难以忍受的痛苦。一粒芥菜种子能长成大树吗？能长成大树吗？

　　再次大大地写下贝多芬那段语录："我愿证明，凡是行为善良与高尚的人，定能因之而担当患难。"

九月十七日　星期日

　　天气阴，有时有雨。今天不排练。昨天在排练场排练到晚上十一点半，发生了眩晕差点倒在舞台上。十一月一日，歌舞伎座将有首日公演，剧目是《助六》[1]、漱石的《哥儿》，还有《阿重冤魂捉凶记》[2]。

---

1. 《助六》：歌舞伎的净琉璃、狂言、舞蹈多种艺术形式中的主人公的通称。其中净琉璃是以宝永年间（1704—1711）在大坂千日寺与妓女扬卷情死的杂货店老板助六为原型。亦称"花川户助六"。
2. 《阿重冤魂捉凶记》：原文作"色彩間刈豆（いろもようちょっとかりまめ）"或"かさ（重）ね"，歌舞伎剧目。

这是我首次登台，但我的角色在《助六》中是提灯笼的，在《哥儿》中是中学生，仅此而已。然而，那排练强度极端猛烈，一遍遍重复。回到家进了被窝连续做噩梦，而且不停地翻身。疲劳过度反而睡不着了。

今早八点左右，下谷的姐姐给我打来电话，说有件大事，让我马上和哥哥一起过来。姐姐一边笑着一边说："有件大事！""有件大事！"我问："怎么了？"怎么问也不说，只是说："总之你们过来一下！"没办法，就和哥哥两人急忙吃了饭，出发去下谷。

"你猜什么事呢？"我一问，哥哥一脸不安地说："两口子吵架让我们去调节可不干。"

到下谷一看，啥事也没有，一家三口一个劲地捧腹大笑。

"小进！今早的《都新闻》报你看了吗？"姐姐问道。不知是什么事，麴町这边没有订这份报纸。

"没看。"

"一件大事啊！你瞧！"

《都新闻》报纸的星期日特辑戏剧栏目，我的照片和泷田辉夫的照片并排很小地登在栏目里。名字和本人不一样。我的照片名字是市川菊松，泷田的名字是泽村扇之介。附带有"春秋座二位新星"的说明，还有"请关照"呢。我简直是惊呆了！我觉得这是在整人。我知道这回首次登台我俩理应成为准团员了，但并不知道他们竟然给起了这种艺名。没有给我俩任何通知。虽然觉得反正是胡编乱造的艺名，但也应该和本人商量后确定啊！心情很灰暗。不过，"市川菊松"这样一个粗俗到莫名其妙程度的艺名背后，能油然感到市川菊之助无声的庇护，对此又有几分高兴。市川菊松，真不是个好名字啊！好像一个小学徒的名字。

"终于，"铃冈先生笑着说，"动真格啦！祝贺一下的意思，马上去吃个中华料理什么的吧！"铃冈先生一有个大事小情马上就是中华料理。

"不过，这样大张旗鼓地搞，我有点担心啊！"姐姐两口子本来就知道我要当演员，尽管有点担心但还是采取了默许的态度。"还是别告诉母亲为好，是不是？"从开头就对母亲绝对保密。

"那当然！"哥哥用很重的口气回答道，"估计迟早都会知道的，不过，还是等母亲病好后一起告诉吧！总之，这是我的责任。"

"不必考虑什么责任不责任那种死板的语言。"铃冈先生有胆识，"管他什么演员不演员的，只要能真正地做下去就是出众的。十七岁就能挣月薪五十日元，有点不可想象啊！"

"是三十日元呀！"我给予纠正。

"不对，三十日元月薪的话，外加津贴之类能有六十日元呢！"看来他以为演员也和银行柜员一样。

铃冈先生夫妇、俊雄君，还有哥哥和我，五个人出发去日比谷吃中华料理了。大家都异常兴奋，只有我一个人丝毫也快乐不起来，昨夜睡眠不足也是个原因。排练遭的那种罪，时刻没有从脑中离开，唯有惨淡的心情。我不是为玩票而修炼演技，我的惨淡心情无人能理解。"请关照"吗？啊！为什么若要伸，须先屈呢？市川菊松，怅惘啊！

十月一日　星期日

秋高气爽，我首次登台。我在舞台上提个灯笼蹲着。观众席好似漆黑的池沼令人恐惧，观众的面部根本看不见。深蓝色，在模模糊糊地游动。无论眼睛睁多大，台下都只是深蓝色，在模模糊糊地游动。万籁俱寂，鸦雀无声。我甚至觉得观众席是不是一个人也没有啊？微微温热，又深又大的池沼，感到恐怖。似乎自己要被吸进去。有点晕了，想要呕吐。

演完角色，呆呆地回到后台，哥哥和木岛桑都在后台。我很高兴，真想猛扑到哥哥怀里。

"马上认出来了，马上认出是小进。无论怎样装扮，还是能认出的呀！"木岛桑高度兴奋地说，"是我最先认出的，马上就认出了。"一个劲重复那一件事。

说是铃冈先生一家也来到了甲等座。"一小点"姑妈也带着五名弟子在楼下特等座席坚持着。听了哥哥告诉我这些，我哭了，深切地感到：骨肉亲情真好啊！

据说木岛桑两次大喊"市川菊松"！一个提灯笼的龙套，你再给他叫好也没用！这让我很不好意思。

"听到我叫好了吗？"木岛桑自卖自夸地问。还谈什么听得到？提灯笼的小龙套在舞台上已经晕过去，马上就要倒地了。

"要不要让外卖给送些寿司什么的到后台呀？"哥哥愣充内行把嘴巴凑到我耳边一本正经地低声私语，我忍不住笑了起来。

"算了！春秋座不搞那一套。"我刚一说完，

"原来如此。"哥哥表情有点不高兴。演第二个剧目《哥儿》时，就比较轻松了。可以微微听到观众席上的笑声，但还是根本看不见观众的面孔。习惯了以后，据说不仅观众的笑声，人们的耳语啦甚至婴儿的哭声也能听得很清楚了，反而会感到烦人；听说马上就能看清观众的面孔，谁坐在什么席位了。我呢，还不行。我处于忘我状态，不，处在生死线上。

角色全部演完，在后台浴室洗了澡，一想到明天开始每天都这样，就感到一种近乎发疯似的厌恶，讨厌当演员了。虽说是转瞬之间，但实在是痛苦到满地乱滚的程度。正在想干脆疯掉算了时，痛苦骤然消失，只剩下一种惆怅。"你禁食的时候——"十六岁那年春天，在日记卷首大大地写下的基督语录，在当时清晰地复苏了。"你禁食的时候要梳头洗脸！"痛苦谁都有。啊！禁食要和微笑同时进行！至少再奋斗十年后，那时再真正地愤怒！我甚至连一个创造都没有，不，甚至我的创造技能都靠不住。

寂寞，然而在体内感到了一种类似喝了一口牛奶般的甘美，出了浴池。

到团长市川菊之助的房间去见礼。

"呀！祝贺你！"团长对我说，我很高兴，真幼稚，浴池里灰暗的懊恼被团长一句话吹得云消雾散。或许在木挽町[1]首次登台是我作为演员最为得天独厚的开始。我对自己说：你小子是幸福的！

以上即为我光荣的首次登台记录。

回到家，和哥哥起劲地谈起了天体的话题。为什么谈起了天体？自己也不清楚。

十一月四日　星期六

天气晴。现在在大阪，中座[2]。剧目是《劝进帐》[3]《歌行灯》[4]《红叶狩》[5]。

我们住在位于道顿堀[6]中心名叫"布袋屋"的阴湿的情人旅馆。两间六张榻榻米大小的房间，供我们七个人起居。然而，绝不能堕落！

---

1. 木挽町：东京都中央区银座一带的一地名，江户时代的剧场街，现在这条街仍有歌舞伎座。

2. 中座：大阪市中央区道顿堀地区的剧场，江户时代大坂（江户时代不叫"大阪"）歌舞伎演出中心，1999 年关闭。

3. 《劝进帐》：歌舞伎剧目"十八番（おはこ）"之一。

4. 《歌行灯》：歌舞伎剧目，取材于日本神秘主义小说家泉镜花（1873—1939）的著名小说。

5. 《红叶狩》：歌舞伎舞蹈，新歌舞伎"十八番"之一，也是谣曲和能乐剧目。

6. 道顿堀：大阪市中央区最繁华的闹市区。

据说我市川菊松近墨不黑，是个圣人。

十一月十二日　星期日

天气有雨。请原谅今晚喝醉了。大阪真是个讨厌的地方啊！十分寂寥的道顿堀。在那家名叫"弥生"的酒吧里喝的酒。很久没醉过了，尽管喝醉了，但我还是摆出架子："人从年轻时起就要保住名誉！"

扇之介乃愚蠢之辈，喝醉后丑态百出，归途中对我悄悄提出龌龊的要求。我微笑着拒绝了。

扇之介说："俺家¹好孤独寂寞啊！"

我吃惊得无语。

十二月八日　星期五

不知现在是出太阳了，还是在下雨？在名古屋我自始至终全是欲哭无泪的心情。

想早点回东京，像这种外地巡演我已经腻歪。什么也不想说，不想写，只是行尸走肉般在活着。

根本不懂性欲本质上的意义，只是知道具体情形，真是

---

1. 俺家：日语原文中，扇之介的"我"用的是女性第一人称"あたし"，故译者试译成"俺家"，以示区别。由此也可大致推测出扇之介所提要求为何事。

寡廉鲜耻，就像狗一样。

十二月二十七日　星期三

天气晴。名古屋公演结束，今晚七点半到达东京站。大阪、名古屋。隔了两个月回来一看，东京已到腊月，我也变了。哥哥到东京站来接我了。我和哥哥一见面，便慌得张口结舌，而哥哥却稳重地笑着。

我自己明白，我和哥哥已经处在迥然不同的世界。我是晒得漆黑的蝇营狗苟者，已没什么罗曼蒂克可言，是个冷酷而坏心眼的现实主义者。变了呀！

一个头戴黑色礼帽、西装革履的少年走在东京站前广场上。这就是那颗十六岁那年春天尝遍苦楚之余，啪嗒一声结晶落地的珍珠吗？那漫长苦闷的最后结局，却是这区区一介寒酸相。恐怕擦肩而过的路人谁也不会察觉这两年来我所付出的苦得离谱的努力吧？我想，竟然没有苦死、没有发疯而坚持下来了，然而外人恐怕只会皱着眉头说：那个玩票的公子哥终于沦为歌舞伎演员啦！艺术家的命运总是这样。

有没有人会在我的墓碑刻上一句这样的墓志铭啊？——"他曾经最喜欢让人们快乐！"

这是我生来的宿命，选择演员这一行当也完全是为此而无它。啊！我想成为日本首屈一指，不，世界首屈一指的名演员！就这样，让大家特别是穷人们也快乐到陶醉。

十二月二十九日　星期五

天气晴。春秋座的年末总会。我当选了企划部的委员，是除审定剧目外还负责审议剧团运营方针的骨干委员。我感到了责任重大。

另外，正月初二的电台广播剧《小学徒之神》[1]的朗诵，也决定由市川菊松独自担任。这似乎是两个月外地巡回公演中我的奋斗被认可的成果。但是，我现在绝没有自我膨胀。

一心想摆出一副聪明相的人，却往往成不了聪明人。（拉罗什富科）

唯有认真努力下去而已，今后，我就单纯正直地行动！不知的事就说不知，不会的事就说不会！摈弃了矫揉造作，人生似乎会意外顺畅。在岩石上造个小屋吧！

我打算新年时最先去给斋藤老师拜年，我感觉这回大概能见我。

我来年十八岁。

我不指望，未来之路，

鲜花盛开，芬芳扑鼻，

恬静平坦。反倒希望，

---

1. 《小学徒之神》：日本大正时代白桦派著名作家志贺直哉的短篇小说。

充满险阻，我要奋斗。

——赞美诗第一百三十三首[1]

后记

"正义与微笑"是歌舞伎青年演员 T 君允许我看了他少年时代的日记本，将据此得出的作者的幻想随意撰写出的小说。R 大也罢，海鸥座也罢，包括春秋座都不过是作者杜撰。如对号入座指责作者说"这写的都是俺们的事，实在岂有此理"，或许反而是自取其辱。

再有，我想事先说明，T 君的日记好像是昭和十年前后的东西，故而，该"正义与微笑"的背景也是那段时间的日本。T 君现在精力越加充沛地活跃在各地的舞台。

去年秋天，作者受到军方征用，但因左胸部的微小问题而被命回家，军医院也劝告我要静养，但作者根本没有静养。在自己职务范围内效劳，反倒大肆工作起来。

作者的身体，似乎越工作越健康。

昭和十七年阳春

太宰　治

---

1. 本卷尾赞美诗序号与卷首赞美诗序号出处相同，为警醒社明治三十六年刊的《赞美诗第 1，2 篇》中序号，系根据《圣经·新约·约翰福音》第 17 章第 15 节内容所作，该段内容汉译为："我不求你叫他们离开世界，只求你保守他们脱离那恶者（或作'脱离罪恶'）。"（汉译本出处同前）赞美诗歌词汉译为本书译者试译。

小影集

好不容易奔我来一趟，我却帮不了你什么，对不起。文学论，我也已经腻歪了。言之无物，只是说别人的坏话而已；也讨厌文学了。如下这种说法如何？——"他讨厌文学之余，成了文士。"

真的呀！本来并不好战的国民，现在忍无可忍站起来的时候，强大极了。不是所向无敌吗？你们对文学也再讨厌一点如何呀？真正新鲜的东西就是会从那种地方产生出来的呀！

唉，我的文学论就这么一点，剩下的就是所谓不鸣叫的萤火虫[1]，沉默的海军[2]啦。

好歹总是来玩了，偏偏我却如此，一点也不亲切，我自

---

1. 不鸣叫的萤火虫：语源为"鳴かぬ蛍が身を焦がす"（不鸣叫的萤火虫发光到烧焦自身）"鳴く蝉よりも鳴かぬ蛍が身を焦がす"（比起鸣叫的蝉，不鸣叫的萤火虫发光到烧焦自身）。意思是"不说嘴的心中有数，叫得凶的没本事，也不肯自我牺牲"。
2. 沉默的海军：也称"サイレント・ネイビー"（Silent Navy），二战时日本海军"江田岛教育"中的语言，意思是"不发豪言壮语，保卫国家时圆满完成任务"，军国主义教育的语言。译者认为作者在作品中使用这两句话是反语用法，带有讽刺意味。

已也变得沮丧了。如果有酒倒是好，可是两三天前配给的酒当天就已喝掉，实在是太不巧了。真想到一个地方去喝酒啊！然而，这也不巧，哈哈哈——没有！本月花钱太过头了，目前乃蛰居的形式。不想甚至拿书卖钱去买酒喝，唉，那就忍耐一下喝点茶，从容地考虑一下今晚怎么个玩法吧？

你是来玩的吧？你是不是觉得到哪里都被人看不起，而又囊中羞涩，心想到 D 那里或许心情能变好，因此到我这里来的吧？我感到荣幸。被你如此依靠，却满足不了你的任何期望，这也真够惨的。

也罢，今晚就给你看看我的影集吧！也许还能看到些有趣的照片呢。待客拿出影集，这一手是相当没热情的证据。不冷不热地接待，想体面地逐客时就拿出影集这玩意。请注意，别生气！我呢，不是那个意思。今晚既没有酒也没有钱，文学论也腻歪了。然而，就这样让你白来一趟就把你打发走心里又难过，说来算是黔驴之技，就拿出这个寒酸的影集了。本来我是特别讨厌把自己的照片拿给别人看的，那是很失礼的。如不是相当亲密的关系，是不给人看的。男子汉老大不小的了，不成体统。对照片本身我是压根就没有兴趣。无论是给别人照还是别人给我照，都毫无兴趣。对照片这种东西完全不信任。所以，自己的照片也罢，别人的照片也罢，我并没有珍藏过。多半随便往桌子抽斗里一丢就不管了，每次大扫除或搬家就一点点减少，最后所剩无几了。前些日子，我老婆整理剩下的这点照片，做成了这个影集，起初我不赞成，认为她小题大做，不过，就这样从容地看着做好的影集，也生出一些感慨。但这只是我个人私下的感慨，说不定外人即便看了也会觉得这种玩意一点意思也没有。今晚呢，实在没别的话题，你呢又好不容易地来一趟，我什么也招待不了的话有点煞风景，无计可施的最后才拿出了这种东西。可能没意思，但你就看在"贫者一灯稍尽绵薄"的份上，观赏一下吧！

我先说明一下！说不定是拙劣的"拉洋片"一样的玩意，请不要笑话，就听听吧！

没多少老照片，如前所述，因为搬家、大扫除等不知不觉中都散失了。影集一般首页多半是贴着父母的照片，但我的影集里没有父母照。岂止没有父母照，就连有血缘的亲戚照片也是一张也没有。不，去年秋天，与我年龄相仿的小姐姐给我寄来一张她与其幼小长女的四寸合照，真的，这张之外，亲戚的照片一张也没有。并不是我故意排斥亲戚的照片，而是从十多年前就和故乡的亲戚没了通信来往，自然就成了这种结果。还有就是一般人的影集里多半有主人婴儿时的照片、小学时代的照片以助兴，但我的影集连这个也没有。或许在故乡的家里保存着，但我手头没有。所以，别人单看我的影集的话，理应无从判断我的来历。想来是让人心寒的影集呀。主人公是高中学生，开卷首页就已经如此这般，实在是突兀的首页。

这个是 H 高中的大礼堂。学生有四十名左右，很有礼

貌地排着队，这些都是我的同窗。主任教授坐在前排中央
呢。这位是英语老师，我经常受到这位老师表扬。别笑！真
的呀！便是我，当时也是相当用功，不仅这位老师，还受到
了其他两三位老师的表扬。努力想考个第一，但到头来也没
能做到。唯独第三排边上这位小个子学生，我无论怎样努力
也敌不过。这家伙很用功，看着表情呆滞实际上成绩相当
好，一点也没有意气风发之姿，但就是那样相当踏实。那种
踏实也许是真的。据说现在在朝鲜的银行工作，和此人相
比，我这样的是不是堪称轻薄才子啊？瞧！这张照片上，我
在哪里？知道吗？对，紧贴主任教授坐着，煞有介事而又轻
薄地抿嘴笑的那学生就是我。十九岁，就已经这样有心计
了，太让人讨厌了吧？为什么还笑呢？你看！这四十多名学
生中笑着的人不是只有我一个吗？本是理应特别严肃的纪念
照却抿嘴笑，这是戏弄人啊！不检点呀！为什么会这样呢？
趁着拍照前的忙乱混在里面，神不知鬼不觉地在最前一排老
师旁边端坐却抿嘴笑着，真是让人惊讶的家伙。这样的人长
大了，会成为神偷的。然而，看来某处有了大的疏漏，非但
没能成为神偷，不，甚至已经连遭惨败，其后十几年间又是
哭又是叫，装模作样地又是哼哼又是呻吟，闹得满城风雨。

　　喂，你瞧！下一张照片已暴露出他愚蠢的本性。这也是
高中时代的照片，这是我所寄宿的别人家房间，手托下巴胳
膊肘支在桌上，一副惬意的样子。这是多么做作的姿势呀！
上身软绵绵地歪歪扭扭，就像歌舞伎的假寐姿态似的，右手

掌轻轻贴着面颊，紧缩小口眼珠上翻眺望着远处，这样一种傻乎乎的姿态。藏青地碎白花纹和服外系角带，这又是个稀奇古怪的习惯啊。这可不行！汗衫领子紧扣到最大限度，那才是正打算主动用自己脖领子自缢的模样。太过分了。突然冒出要把这张照片当场撕掉抛弃的念头，不过，那是胆小鬼的行为。我的过去也确有这样的姿态，或许是镜花[1]的坏影响，请笑话我吧！我不逃不躲接受惩罚，痛痛快快地谨供垂阅。尽管如此这也太过分了，当时高中里硬派和软派针锋相对，软派学生经常被硬派学生殴打，但是，我以这种大软派的装束漫步街头，却从未挨过打，甚至连警告也没有接到过。硬派的学生们一接触我这种姿态，说不定就因为过于离谱而惊诧莫名敬而远之了。我呢，即便现在也是个相当程度的傻瓜，当时则比傻瓜还坏，是妖怪。过着穷奢极欲的生活却对活着厌倦了，也曾计划过自杀。那是个不明事理的时代，尽管说是个大软派，却只是徒有其表，对女性胆小如鼠，只是过度地装腔作势而已。因为女人而实际闹事是上了大学以后的事了。

这是大学时代的照片，当时，因为多多少少也尝到了一点类似生活艰辛的东西，所以面部表情似乎不太古怪，服装也是普通的制服制帽，甚至已显露出某种未老先衰的迹象。

---

1. 镜花：指泉镜花（1873—1939），浪漫、神秘主义小说家、剧作家，尾崎红叶的门生，笔触细腻优雅。主要作品有《高野圣》《歌行灯》等。

这时，我已开始和一个女人同居了。不过，像这样小题大做地抱着胳膊的模样，还是有点装腔作势呀！然而，拍这张照片时我是不得不装腔作势的。站在我两侧的两个美男子你有印象吗？是的，是电影演员，Y 和 T。还有蹲在前面的两个女人，你也有印象吧？对，是女优 K 和 S。让你吃惊了吧？这张呢，是我上大学那年秋天，被某人带领到蒲田的电影拍摄地去玩时的纪念照。当时松竹在蒲田。但是带我去的人似乎是电影界相当有声望的大咖，我们那天受到了热烈的欢迎。后面站着两位胖墩墩的男子吧？戴眼镜的就是那位有声望的大咖，另一位皮肤很白的就是制片厂厂长。该厂长很平易近人，对不过是一介书生的我那才真叫彬彬有礼地款待，没有商人那种令人生厌的言谈举止，是认真又有礼貌的人。真的让人佩服。在制片厂中庭，和骨干演员拍了纪念照。世间盛传是美男子的 Y 和 T，我倒不认为是那种程度的美男子，我和他们三人站在一起，感觉还是我最漂亮，于是乎就摆出了这种抱胳膊的姿势。可是，后来等照片寄来时我一看，我还是比不上他俩。为什么我如此缺乏文雅呢？这样看上去，Y 和 T 的确清爽精干啊，就像两匹赛马中间呆立着一匹骆驼一样啊。我为什么这么土啊？尽管如此，还自以为得意地抱着胳膊呢！真是自命不凡的汉子。明确地感觉到自己这种愚钝的土气那是不久前的事情，然而，现在倒也没有为自己的种种土气而自惭形秽。

学生时代的照片只有这三张。其后三四年间的生活是一塌糊涂，没有心思请人给拍照片，另外，即便有好事者试图把当时我的样子拍下来，我也是毛毛愣愣不停地乱动，瞬间的静止都没有，所以他只好放弃拍照的打算了吧。尽管这样，穿着蓝色工作服、站在银座后街酒吧前的照片应该有两三张，只是不知不觉地就弄丢了，毫不觉可惜。

　　这张就是闹得天翻地覆的结果大病一场，总算出院后，在千叶县船桥市郊外租了个小房子开始半养病生活时的模样。瘦得很吧？那才叫皮包骨呢！不像我的模样了吧？有爬虫类的感觉，自己都有点感到恐怖。自己也认为活不长了。这时，我的第一本叫做《晚年》[1]的书出版了，那本书的初版版本放上了这张照片，当真打算当"晚年的肖像"来着，不过我还没有死，就像白天的萤火虫一样，丑陋而慢吞吞地到处走着的。明显地胖了，请看这张照片！在船桥住了两年又去了东京，与到那时为止一直在一起的女人也分手了，独自一人在郊外寄宿，饱食终日无所事事之间就胖成这样。最近又瘦了点，这个寄宿时代的我胖得像只鼹鼠。这张照片就是胖得离谱不好意思地笑着的，我的第二本书《虚构的彷徨》[2]里，就放进了这张照片。有朋友说，活像一种名叫鸭嘴兽的动物。又有朋友安慰我说"像名叫唐古拉斯的喜剧演员"。他说："你就自豪吧！"总之胖得厉害。那么胖，即便你做

---

1. 《晚年》：指太宰治1936年出的第一本书。
2. 《虚构的彷徨》：指太宰治1937年出的第二本书。

出一副孤独寂寞的表情，也根本不显眼。当时的我固然胖，但很感孤独寂寞，脸上却一点也表现不出来，成了这种忸怩羞怯的表情，故而谁也不同情我。你瞧！蹲在这湖岸低着头、若有所思的这张照片，这是当时前辈带着到三宅岛去玩时的照片，我心绪极其孤独地这样独自蹲着，如冷静地评论的话，这是懒散地打瞌睡般的模样，连一点忧愁的影子都没有。这是岛上的"皇帝"A氏趁我不注意偷偷拍了，然后又放大送给我的。A是岛上最大的富豪，还会作诗，说来就像岛上皇帝一样舒适地度着时光，这次旅行就是A氏招待的。我们一行当时承蒙他多加关照，结果手懒的我至今还没有给人家写感谢信呢。不过，前一阵三宅岛火山爆发，心里明明想着他们一定遭难了，但还是因为一贯手懒，连慰问信也没写，我想"皇帝"一定会认为号称"东京的作家"者，太不懂人情义理了，目瞪口呆。

下一张是在甲府时的照片，又一点点地瘦下来了。从东京郊外的寄宿处只拎一个皮包便外出旅行，然后就那样在甲府住下了。在甲府住了两年，并在那里结了婚，然后又搬到现在三鹰这里来了。这张照片是我老婆的弟弟在甲府的武田神社[1]拍的，确乎已经是变老的面孔了。我想当时是三十岁。但由这张照片看来，好像是个四十多岁的老爷子，这是我也

---

1. 武田神社：所供奉之神为武田信玄，神社院内建有社殿和内藏武田家族的兵器及有关资料的保物殿。

曾像别人一样操劳了的原因吧。也不讲究什么姿势，只是茫然地站着呢。不，正很稀罕似的望着脚下的山白竹呢！简直就是在发呆。还有，这张坐在走廊边上、睡眼惺忪的照片，也是住在甲府时期的照片，既没有飒爽英姿，也没有肝火太盛的姿态，像南瓜一样迟钝笨拙啊，好像三天没洗脸一样的面孔吧？甚至感觉到丑恶。不过，作家日常的面孔也就是这般了，也就是说，货真价实的俗人一个。

其余都是搬来三鹰以后的照片了。给我照相的人也多起来。看左边，哈依；看右边，哈依，笑一下，哈依。就这样，不折不扣地按照他们的命令摆姿势。全是无聊的照片。也有两三张有趣的照片，不，应该说是滑稽的照片才恰当。裸体照片一张。这是和 I 君一起去四万温泉时，我正在池中洗浴，被 I 君偷偷拍下来的。因为是横向姿势避免了尴尬，要是正面可受不了，好险。不过，这张拜托 I 君连底片也要来了，否则被他加印那可受不了啊。I 君给我照了好多。这张是今年新年和 K 君二人一起穿着带家徽的和服到井伏先生[1]不在家（作家井伏鳟二氏作为军队的报道班员在上一年暮秋被派往南方）的家里去拜年，正好 I 君也穿着国民服[2]

---

1. 井伏先生：井伏鳟二（1898—1993），小说家，生于广岛福山，属于新兴艺术派，其作品哀愁中伴有幽默和讽刺精神。主要作品有《约翰万次郎漂流记》《山椒鱼》《遥拜队长》等；太宰治曾拜其为师，太宰在此期间写出不少明快的作品如《富岳百景》《奔跑吧！梅洛斯》等。本书收录的多为该时期作品。

2. 国民服：作为国民应常穿的服装，日本政府于 1940 年制定，二战中，日本男子广泛穿的类似军服一样的服装。

来拜年了，当时 I 君让我们两个站在庭前给照的。不协调啊！怪怪的吧？且不说 K 君，我那带家徽和服就完全不对劲，据 K 君批评说，好像摩西穿着带家徽的和服似的。你看他说中了没有？反正不正经，颧骨突出，脸显得很大的样子。你瞧！这张是一位朋友出书纪念会上的照片，在众多人脸并排中有一张特别突出的大脸孔，那就是我的脸。曾有过这样的笑话：在一大排毽子板中有个特大的，三岁的小姑娘撒娇说"要那个""要那个"，店老板回答说："小姐啊！要那个不行，那是本店的招牌！"我的脸如此大，无论如何谈不了恋爱，据说有点像高丽屋[1]，是演肮脏角色[2]时的高丽屋。当然，高丽屋去理发店其实可以理得干净利落，但那是在演戏。而我并没有"其实"，据说到最后仍然还是那张肮脏脸。并不是什么"扮肮脏"，而是真正的肮脏，成不了什么戏剧。但是据说有些地方很像呀，也就是说很有派头。至于现在就只能等待好奇的女人出现了，别无他策。

来了劲，净胡说八道了。虽然我也接到过老婆的忠告说：你一个堂堂作家，那种荒唐话适可而止吧！只会受到客人轻蔑，能不能再正经一点谈话？简直像个三流通俗小说家。然而，痛苦时可以直率地表现出痛苦表情的人是幸运的，紧张时能够保持紧张姿势的人是幸运的。我呢，痛苦时

---

1. 高丽屋：歌舞伎演员松本幸四郎及其一门的屋号，据判断本书中所说"高丽屋"多半是指第 8 代（第 7 代之次子），擅长演歌舞伎历史剧中的丑角。

2. 肮脏角色：须扮丑的丑角。

竟然想哈哈大笑，所以很难办。即便是内心异常紧张时，也突然想开始胡说八道，真是够呛。尼采也说得好："许多真理都是以笑话的形式讲出。"然而，我生气时是真的动气。我的表情似乎只有生气和笑两种，我是个表情格外贫乏的男人。不过最近，我想一年之内生气也控制在一次左右吧！心里准备十之八九忍住气，尽量做到笑着。不过生气时，不，恫吓性的话还是免了吧！便是我自己也感到不愉快。生气时就是生气时，请看这张照片！这是最近的照片，穿着夹克和短裤，服装轻便，推着婴儿车呢。这是我把我的小女儿放在婴儿车里，正带她去附近的井之头自然文化园看孔雀，看样子很幸福的画面呀！不知能持续到何时？下一页贴着什么样的照片呢？出人意料的照片。

焰
火

　　昭和初期，东京的一个家庭发生了桩奇案。四谷区某街某号，有一位小有名气的西画家名叫鹤见仙之助。当时他已年过五旬，是东京一位医师的儿子，年轻时留学法国拜在名叫雷诺阿¹的大家门下学习西画，归国后在日本画坛赢得了很高的地位。夫人出身陆奥²，生于书香门第，随着父亲每次被命调任，全家也随迁走过了多处，其父升任东京神学学校主任那年，是该夫人十七岁那年春天。不久，经人介绍和刚归国的仙之助结婚。生有一儿一女，分别取名胜治和节子。该案件发生在胜治二十三岁、节子十九岁那年的盛夏。

　　案件从三年前开始显露端倪，即仙之助和胜治的冲突。仙之助氏是个五短身材、很斯文的绅士。年轻时似乎嘴很

---

1. 皮埃尔·奥古斯特·雷诺阿（Pierre Auguste Renoir，1841—1919），法国印象派重要画家，题材有裸女、花、儿童等。主要作品有《煎饼磨坊的舞会》《船上的午宴》等。
2. 陆奥：旧国名之一，相当于现在的青森、岩手、宫城、福岛各县外加秋田县一部分；明治元年（1868）分成陆奥、陆中、陆前、岩代、盘城五国，此后的陆奥相当于现在的青森县及岩手县的一部分。

损，不过现在完全是一言不发，与家人也几乎不说话，仅在有事时平静而小声地说话。没用的话好像是既不愿说，也不愿听。虽然吸烟但不饮酒。画室和旅行，仙之助氏的生活场所似乎只有这两处。然而，人们也有私下的传闻，说是鹤见除了在画坛，总是在保险柜旁度日。如此说来，仙之助氏的生活场所共计就有三处了。这样的传闻似乎仅仅在贫穷并自甘堕落的画家之间流行，又似乎有着不过是那种歇斯底里的报复性嘲弄成分，故而，不能全盘相信。总之，一般大家对仙之助是相当尊敬的。

胜治不像父亲，他身材魁梧，容貌也给人迟钝的感觉，并且随意动怒，真是毫无半点所谓艺术家的天分。从小就特别喜欢狗，初中时代养过两条斗犬。他喜欢厉害的狗。养狗养腻歪了，这回又独自钻研拳击。在初中留级两次，总算对付到毕业那年春天，和父亲发生了激烈的冲突。看样子之前父亲对胜治一直是放任自流来着，只有母亲很为胜治的未来担忧。然而这次，借胜治毕业这个机会，父亲期望胜治采取何种生活方式的底牌毕露。通过母亲向胜治宣布——啊，就是过普通日子，但似乎有点过于固执，说的是"当医生"！并且，其他的路绝对不行！只限从医，选个最容易入学的医科学校，考上两三次直到考上为止，说这就是胜治的最佳道路，不说理由，但日后必然会觉得有理。胜治的希望呢，和这简直相差十万八千里！

胜治是想去西藏。为什么想到了冒这种险？是不是在少年航空杂志上看到了某种文章受到了强烈的刺激？对此不得而知，但总之唯独去西藏这个希望牢固不可动摇。两者之间的距离过于悬殊，所以母亲没辙了。西藏，无论怎么说也是过于突兀。母亲首先恳求胜治放弃这个欠考虑的期望。但胜治顽固得很，根本不听。他说："去西藏是我多年来的理想，在初中时代，比起学业，我更努力锻炼身体，就是为了去西藏做准备的。人，如果不能向自己确信是最高的目标雄飞，那活着无异于一具行尸走肉。妈妈！人，固有一死，向自己的路奋进，就算中途倒毙，那正是我的夙愿！"一个男子汉全身颤抖热泪横流固执坚持那模样，让人竟油然感受到少年的一股纯情，甚至有点可爱。母亲无言以对。现在，母亲已经也想干脆让他去那叫什么西藏的极乐净土去算了的心情。无论怎样劝说，胜治初心不动摇，不仅不动摇，而且越来越坚决。母亲没辙了，心情惨淡地向父亲报告了。然而，到底没敢说出"西藏"这个词。向父亲报告说他"想去满洲"。父亲未动声色，思考了一会儿，回答真是出人意料：

"去的话，可以嘛！"说完，改变了一下拿调色板的姿势，"满洲也有医科学校。"

这样一来，问题只能愈加麻烦，根本不解决问题。母亲呢，事到如今又没法更正说法了。只好将错就错地退下，向胜治拼命说服道：西藏呢，你就死心吧！不能去满洲的医科学校什么的将就一下吗？胜治的态度简直可以说是不屑一顾。他"哼"地冷笑一声："满洲，班里的相马君甚至小辰都说去。满洲是那种无能之辈去了正好合适的地方，毫无神秘性。我是无论如何要去西藏的，要成为日本首位开拓者，我要养一万只羊，还有……"他漫无边际地连续说着幼稚的空想。母亲哭了。

终于传到了父亲的耳中。父亲冷笑一声，在胜治面前宣告道："你是个低能人！"

"你说我是什么都行，反正我就是要去！"

"你去好了，你用脚走着去吗？"

"不许小看人！"胜治扑向了父亲，这是不孝的开始。

去西藏的事不了了之，此后胜治作为可怕的败家者，陆续显露出凶恶的做派。考没考医科学校？（胜治回答：考了。）准备一下下次的考试如何？（胜治回答：我在用功呢！）完全靠不住，没法信胜治的话。吃饭时，只因为母亲顺嘴说了句："真的？""哗！"地一下子一碗味噌汤浇在母亲头上。"太过分啦！"爽朗地一笑，火速用围裙给母亲擦拭头发的，是妹妹节子，她还是个女学生。从这时开始，节子罕见的性格露头了。

胜治的零花钱是每月三十日元，节子是十五日元，这是每月固定由母亲亲自发放的定额。胜治不可能够用，有时一天就花光。做什么用了？后来渐渐知道了。胜治起初说："这不明摆着吗？我需要买必要的书呀！"发零用钱当天，胜治就向节子毫不客气地伸出右手。节子点点头，把自己的十日元纸币放在哥哥的大手掌上，有时大手就此抽回了，但也有时大手仍然默默地伸着，节子瞬间有点要哭，但硬是装出笑脸，把剩下的五日元也放到胜治的手掌上。

"Thank you！"胜治这样说道。节子的零用钱一分不剩。她从那天起就必须设法筹措。无论如何也筹措不成时，无奈只好红着脸来求母亲。

"不光胜治，就连丫头你也胡乱花钱的话——"

节子并不辩解。

"没问题。下个月没问题。"她用天真无邪的口气说。

那时，还算好的。后来节子的衣物开始消失，不知不觉从衣柜不翼而飞。起初，还一次也没穿过的礼装和服凭空没了踪影，察觉时就连节子自己也变了脸色。去问母亲，母亲冷静地说："衣服会自己走出去吗？再找找看！"节子刚说了个"可是"便住口了。她看见了站在走廊上的胜治，哥哥飞快地向节子使了个眼色，很不高兴的感觉。节子再去衣柜里寻找："哎呀！找到了！"她说。

等到只剩兄妹两个时，节子小声问哥哥："卖掉了？"

"俺不晓得。"踏拉拉、踏、踏踏踏，他在走廊练踢踏舞，"俺不是借东西不还的人呀！忍耐一下！就短短几天。"

"一定啊？"

"别装可怜相！你敢告状我揍你！"连一点惭愧的样子都没有。节子相信了哥哥。那件礼装和服到头来也没有回来。不仅那件礼装和服，其后她的其他和服也两件三件地消失。

节子是个女孩，对衣服跟对皮肤一样爱惜。每当那些和服不翼而飞的时候，她都像失去一根肋骨一样，感到难以忍受的不安，是一种痛不欲生的心情。然而，现在，她除了相信哥哥加以等待外别无它路。她想相信哥哥到底。

"可不能卖了啊！"尽管如此，她在担心之余，还是悄悄对胜治耳语过。

"混蛋！不相信俺吗？"

"相信。"

只好相信。节子除了丢了衣服的失落之外，还有一种可怕的不安，担心此事万一被母亲发现了怎么办。所以，也对母亲支吾搪塞过两三次。

"不是有令箭图案的铭仙料子和服吗？穿那个如何？"

"行啊！行啊！这个就很好了。"内心却挣扎在生死线上，千钧一发。

自己消失了的衣服被弄到哪里去了呢？节子也一点点明白了。知道了存在一种叫做当铺的机构。当她陷于无论如何也要向母亲出示那件衣服的困境时，她就挪用点钱交给哥哥，胜治呢，说了一声"欧来！"悄悄溜出了家。有时抱着衣服马上回来，有时深夜醉醺醺地回来，一声"抱歉"，然后就泰然自若了。到后来，哥哥甚至教她自己独自去当铺赎回衣服。实在弄不到钱，就将其他衣服包进包袱里拿过去，将必要的、还在当铺仓库里的衣服换回来，她连这种办法也学会了。

胜治偷了父亲的画，那肯定是胜治的勾当。那是一小幅素描，却是父亲最近的佳作之一，是父亲北海道旅行的收获。画了大约二十幅，其中只有这幅小雪景画仙之助氏还比较中意，所以，其余的当场都卖给画商了，手头只留下这一幅，挂在画室的墙上。胜治满不在乎地将其拿出去了。就算用最便宜的价格，也理应能卖一百日元以上。

"胜治，画弄哪里去了？"过了两三天，父亲嘟嘟囔囔地问道，他似乎已经知道了。

"你问的是什么？"胜治若无其事地反问道，连一点狼狈的影子都没有。

"卖到哪里去了？下不为例啊！"

"承蒙赠予！"胜治放下筷子鞠了个躬。站起身来到隔壁房间哼唱的是"托奇奇里琴"的调子[1]，父亲变了脸色刚要站起来，"爸爸！"节子给压住了，"是误会，是误会呀！"

"误会？"父亲看着节子的脸，"你知道吗？"

"嗯，不。"节子对具体情况不了解，但是，她大致能判断。"是我送给朋友啦！那位朋友病了好久，所以，对吧？"还是语无伦次了。

"原来这样啊。"父亲当然明白那是在扯谎，但他败给了节子的声嘶力竭。

"坏蛋！"父亲没明确说谁，又接着继续吃饭。节子哭

---

1. 托奇奇里琴：原文作"トチチリチン"。在日本，音阶不用五声、七声唱法，"托奇奇里琴"等就是用嘴模仿三味线等乐器的音阶固有唱法。

了，母亲也垂头丧气了。

节子差不多渐渐了解了哥哥的生活内容。哥哥有坏玩伴。很多玩伴中间特亲密的有三个。

风间七郎，此人是个大腕。在胜治准备考试期间，曾临时将学籍放到 T 大学预科，而风间七郎说来就是 T 大学预科的主任。年龄近三十岁光景，平日里大多穿着西装，嘴很大，一张脸显得精力充沛，额头狭窄、眼窝凹陷。据说是天皇钦点的姓风间的议员之外甥，但并不太靠谱。差不多是职业性的恶棍，嘴很能说。

"齐路齐路（胜治的爱称）也差不多该金盆洗手了吧？鹤见画伯的公子混成这样，我真是心疼得不得了。我们之间不需要客气。"他忧虑而沉静地说。

"身为堂堂齐路齐路我不能不感奋之极。外道了不是？老爷子是老爷子，我是我。不会让你小渣马 [1]（风间七郎的爱称）死的。"——说出这种荒唐的话，发誓进一步效忠风间及其一伙。

风间以一本正经的表情打入胜治的家庭，颇有礼仪。目标是节子。节子还是个女学生，身材也不小，脸长得很是端庄标致，不像哥哥。节子去给哥哥房间送红茶，风间露出雪白的牙齿一笑，说了声"你好"，给人一种神清气爽的感觉。

---

1. 小渣马："風間"在日语中发音为"かざま"，其爱称光取"渣马"后面加"ちゃん"，故译者译为"小渣马"。

"在这样优渥的家庭，你呀！"他用退回隔壁的节子能听得到的高声说，"不用功，真是岂有此理呀。下次我帮你记笔记，你好好学习吧！"

胜治微微笑着。

"说真的呢！"风间厉声说道。

"嗯，哎呀，嗯！我学呀！"胜治说。

感觉迟钝的胜治也渐渐有些察觉了。开始表现出要把节子撮合给风间的危险态度，他似乎在考虑将其作为贡品进献。风间一来家，明明没有事情却要把节子叫进屋里来，然后自己悄悄离开，真是荒唐。深夜让节子把风间送到车站，让节子往风间的公寓送根本用不着的教科书等。节子呢，总是服从哥哥的命令。据哥哥说，风间是财主家的少爷，还是秀才，是个人品高尚的人。她只有相信哥哥的话，别无他法。事实上，节子也确曾有一度依靠过风间。

往公寓送教科书时，"呀！谢谢！歇一会吧！我给你冲咖啡。"

节子站在门外不动：

"风间先生，请帮帮我们吧！"她是祈求的表情，甚至到了凄惨的程度。

风间很扫兴，心想：算了吧。

还有一人，杉浦透马。此人对胜治来说，是最头疼的朋友，但又无论如何离不开。人生中常有这样的朋友关系。不过像杉浦和胜治的结交那样滑稽和无意义的例子也是罕见的。杉浦透马是个苦学生，上的是 T 大学的夜大，信仰马克思主义。是否事实不得而知，总之，此人谈吐不凡，这就是胜治被杉浦透马盯上的原因。

胜治天生不擅长理论，只有愈加被折服的份儿。然而，胜治无论如何无法拒绝杉浦透马。说起来就像被蛇盯上的青蛙，只能匍匐在地一动也不能动，是个不太美妙的场面。关于此事可以考虑三个原因：生活上没有任何不足、在优渥环境中成长的青年几乎本能地惧怕生在特困家庭、一切全靠自己的自立青年；其次，可以考虑的就是杉浦透马烟酒一概不沾这一点，胜治呢，烟酒就不用说了，甚至连童贞也失去了，生活放纵者必然憧憬过禁欲生活的人，而且一面觉得过禁欲生活的人不好接近，一面又无法拒绝，惶惶然自己主动低到尘埃里，继续与其长期交往下去；第三个理由就是被杉浦透马盯上的一种自负，被盯上固然有狼狈不堪、无计可施的一面，但被杉浦君那样的斗士表扬说"鹤见君前途大有希望"也有喜形于色的一面。至于怎么个有希望法？胜治并不明白其原委。总之，现在真正认真夸奖胜治的，只有这位杉浦一人。如果就连杉浦都抛弃了自己，自己将会何等寂寞？这样一想，就越来越离不开杉浦了。杉浦真是个能言善辩的人，提个皮箱半夜三更出现在胜治家玄关，悄声说道："我的周围好像真的又危险起来了，我感觉好像被人盯梢，喂，你能侦察一下你家周围吗？"胜治很紧张，悄悄从院子里出去在家周围转了一圈，然后小声报告："好像没什么情况。""是吗？谢谢！我也感觉今晚之后再不能和你见面了，不过，比起一身的危险，宣传更重要。在被逮捕前的一瞬间，宣传也不能懈怠。"虽然仍旧压低声音，但毫无停滞，滔滔不绝地开始陈述。胜治特别想喝酒，但他总感觉有点怕杉浦的认真态度。他忍住哈欠，回答："所言极是，所言极是。"杉浦有时也在他家住。因为外出很危险，无奈。要走时说是党费需要十日元、二十日元。含着眼泪交给他后，他说了声"旦开[1]"走掉了。

还有一位实在奇妙的朋友，有原修作。刚过三十岁，说是个新锐作家。虽然没大听说过这个名字，总之据说是个作家新秀。胜治称呼这个有原"先生"，是风间七郎介绍认识的。因为风间他们称呼有原"先生"，胜治也跟着学舌，只是如此而已。

胜治对小说界的事两眼一抹黑，因为风间他们说有原"是天才"，对其高看一眼的样子，所以，胜治也把有原当成不同人种的特殊人才来小心伺候。有原长着漂亮的脸蛋，漂亮到让人不可思议，身材也很苗条，很有气质。也有时化个淡妆。酒，可以无限量地喝，对女人却装作不关心。过着什么样的生活呢？似乎居无定所。这个男人不知何故能让胜治被其吸引在身边且不离开。非常像国王养着黑人力士，作

---

1. 旦开：（danke）德语"谢谢"。

为无聊时的安慰之物。

"齐路齐路知道毕达哥拉斯[1]定理这个玩意吗?"

"不知道。"胜治有点沮丧。

"你是知道的,只是不能用语言来表达而已。"

"是啊!"胜治松了口气。

"对吧?所谓定理,全是那样的东西。"

"是那样吗?"胜治现出谄媚的笑,心荡神驰地抬头望着有原的脸。

对胜治下了死命令,让胜治偷出仙之助氏的画的,也是这家伙;把胜治带到本牧[2],然后把他独自丢下的也是这家伙。在胜治酣睡期间,有原快速地独自走掉了,次日胜治为了结账煞费了一番苦心。而且因为那一夜,甚至染上了难以治愈的病,想忘也忘不掉。然而,胜治就是离不开有原。有原有个特别怪的自尊心,绝不到别人家去玩,十有八九都是打电话把胜治叫出去。

"我在新宿车站等着呢!"

"哈依,我马上去。"还是外出了。

胜治花钱一味增加,最后甚至强行抢夺女佣松哉的存款了。松哉在厨房的角落将此事向节子小姐控诉,节子甚至怀疑自己的耳朵。

---

1. 毕达哥拉斯(Pythagoras,前 570 左右—前 496 左右),古希腊哲学家、数学家、宗教家。文中的"毕达哥拉斯定理"即勾股定理。
2. 本牧:日本神奈川县横滨市东南部一个地名。

"你说什么呢?"节子反而想揍松哉,"我哥哥不是那样的人。"

"哈依!"松哉浮现出奇妙的笑,她刚过二十岁。

"钱嘛,无所谓,但说定啦——"

"说定了?"不知为啥,松哉身体发起抖来。

"哈依。"节子小声说完,低下了视线。

她感到不寒而栗:"松哉,我害怕。"节子就那样站着哭起来。

松哉有点可怜她似的望着节子:"没问题。我松哉绝不跟老爷太太说,小姐独自藏在心里吧!"

松哉也是个牺牲者之一,被抢夺去的可不仅仅是存款。

便是胜治也必定内心很苦。不过这位小暴君不懂得什么道歉,似乎认为道歉是胆子太小的表现。每当他自己干出蠢事反而胡乱地发怒,而发泄的对象总是节子。

一天,胜治被叫到父亲的画室。

"求你了!"仙之助喘着粗气说,"不要再把画拿出去!"

在画室的一角,画坏了的画堆得老高,胜治就是从中挑选完成度较好的,两幅三幅地拿出去。

"我是什么人你知道吗?"父亲最近对自己儿子说话奇怪地客气起来。"我认为自己是一流艺术家。那种画坏了的画哪怕有一幅流落到市场上,会有什么结果你知道吗?我是个艺术家,爱惜自己的名声。求你了,适可而止吧!"仙之助声音颤抖地说着,脸色看起来像冰冷的青鬼一般。就连那么顽劣的胜治也吓得两腿发软了。

"不再拿了。"他低着头，流下了眼泪。

"不想说的话也不得不说，"父亲重回平静的语气轻轻站起来，打开了画室的大窗子。时已初夏。"你把松哉怎样了？"

胜治大为惊愕，只是瞪起小眼睛盯着父亲，说不出话来。

"把钱还给人家！"父亲眺望着新绿，"辞退她。听闻你说定要和她结婚，"父亲轻轻一笑，"未必你也能正经地说定正事吧？"

"谁说的？谁？"胜治当场暴跳如雷，用破锣嗓叫喊，"混蛋！"在地板上跺脚，"是节子啊？出卖我，混账！"

羞耻达到极点时，胜治总是勃然大怒，丧心病狂，发泄的对象必定是节子。他一阵风似的跑出画室，嘴里连续骂着"混蛋""混账"到处寻找节子，在餐厅找到了，便将其毒打一顿。

"对不起，哥哥，对不起！"并不是节子告的状，是父亲独自暗中彻查出来的。

"小瞧人！你个混蛋！"胜治拖着节子到处转，又将其踢倒，他自己也低声啜泣起来，

"别看不起人！别看不起人！你哥哥我就是外观如此，可从没有吃过别人的请。"走嘴说出了意外的炫耀，所谓一次也没有让别人为自己付过玩乐费用，就是这汉子此生唯一不要命的自尊，这也太可悲了。

松哉被解雇了。胜治的处境越来越糟，他几乎很少在家，两三晚夜不归宿毫不稀罕。打麻将赌博被拘留在警察局两次，打架斗殴弄得满身是血回到家里的事也时有发生。一

看到节子衣柜里好点的衣服都没有了，这回又开始陆续卖母亲的首饰；拿走父亲的印章，不知不觉把家里的电话也做了抵押借钱。一到月末，附近的荞麦面店、寿司店、小菜馆等的高额账单一齐似雪片般飞来。一家的氛围变得越发紧张。如此下去，这个家无法恢复平静，不能不发生某种事件了。

事情发生在盛夏的井之头公园，当天的情况稍微详述一下。清晨，有人给节子打来电话，节子闪过一丝不祥的感觉。

"是节子小姐吗？"

"哈依！"稍稍放心。

"请稍等。"

"啊？"又变得不安了。

良久，"节子吗？"这回变成了男人的粗嗓音。

仍然是胜治，胜治三天前离家就一直未归。

"你能眼看着哥哥我坐牢吗？"突然说出这种话。"五年徒刑啊！这回可难办了呀！求求你，有二百日元就能救我，原因回头告诉你。哥哥我也痛改前非啦！痛改前非啦！最后的请求，一生的请求。有二百日元就能得救。想办法今天之内给我拿来！我在井之头公园御殿山[1]的一家叫宝亭的店里。马上就能找到的呀！如没有二百日元，一百日元或七十日元也行，今天之内，求你啦！我等着呢！哥哥可能会死的。"似乎喝醉酒的样子，说话断断续续的。节子浑身发抖了。

---

1. 御殿山：东京都武藏野市一地名，井之头恩赐公园所在地。

二百日元，不可能搞到。但要千方百计给他弄，她想再相信哥哥一次。哥哥也说了，这次是最后一次。哥哥说不定会死，哥哥是个可怜人。并非压根就是坏人，是受了坏朋友的拐带，我想再相信哥哥一次。

在衣柜里翻，把头伸进去找，但凡能换钱的东西早已绝迹。苦思冥想想不出办法，就向母亲和盘托出恳求母亲。

母亲愣住了，撞开拉住她的节子，好像糊涂了似的，"啊"地叫了一声，跑到父亲画室一屁股坐到地板上。画伯父亲丢下画笔站了起来："怎么回事？"母亲结结巴巴地把电话内容全都重复了一遍。父亲听罢，蹲下身子拾起画笔重新坐回画布前："你们也都是混蛋！那小子的事由那小子自己处理好了。说什么徒刑之类的，是扯谎。"

母亲低下头退出了。

直到傍晚，家中持续着令人憋闷的沉默。电话也自那通后再没有响铃。节子对此反倒不安起来，她忍不住对母亲说："妈妈！"声音虽小，但那声招呼刺透了母亲的心。

母亲开始徘徊起来："他是说要痛改前非了，一定痛改前非，是那样说的吗？"

母亲把折叠起来的百元纸币交给了节子。

"你去一下！"

节子点个头后开始准备行装。节子那年春天从女校毕业了。她穿着一件廉价的连衣裙稍加化妆便悄悄离开了家。

井之头，天已经快黑了。一进公园，寒蝉鸣叫宛如天降。马上找到了御殿山宝亭。是一家料亭¹兼旅馆，周围一圈老杉树，古色古香气派不凡。节子对出来的女仆大胆地说："鹤见在吗？请转达就说他妹妹来了。"不一会儿，走廊里响起了脚步声："哎呀！雪中送炭，雪中送炭！"传来了胜治的大嗓门，似乎酩酊大醉的样子。"坦白地说，不是妹子，乃恋人也！"拙劣的玩笑。

节子觉得自己很惨，真想就此打道回府。

上穿运动背心下穿短裤姿态的胜治，依偎在女仆肩膀上出现在玄关。

"啊呀！我的恋人！我真想见你来着。快点，先进屋再说，快点，先进来再说！"

多么笨拙而又执拗的表演啊！节子羞红了脸，无奈地笑了。她一面脱鞋子，一面感到一种不堪忍受的悲哀。她猛然想道，这次又被哥哥骗了。

但两人并排在走廊走，哥哥小声问道："拿来了吗？"节子立刻将那张纸币递给了他。

"就一张？"哥哥脸色变得很凶。

"嗯。"她应了一句，就要哭了。

"没办法呀！"哥哥叹了口气，"啊，再想想办法。节子，今天你可以从从容容地回去了呀！也可以住下哦！寂寞呀！"

胜治的房间，那才真叫个杯盘狼藉。角落里有个男的，

---

1. 料亭：高级饭店。

节子吓得呆住不动了。

"姑娘来访，我的情人。"胜治对那男的说。

"是令妹吧？"那男的很聪明，那是有原。"那我就失陪啦！"

"不是挺好吗？请再喝点！不是挺好吗？军费充足，啊，那就先失陪了。"胜治右手握着那张纸币，就那样消失了。

节子身体僵硬地靠在墙边坐着。节子想知道，哥哥究竟站在怎样的悬崖边上？她想，不弄清这一点不回去。有原就当没看见节子，自顾自地喝着啤酒。

"发生了……"节子下了决心问了，"什么事吗？"

"咦？"有原回过头，"不晓得。"他泰然自若地说。

良久，"啊，原来这样啊？"他点点头，"如此说来，今天的齐路齐路有点不对劲嘛！我真的什么也不知道。这家店是我们常来玩的地方，刚才我偶然过来一下，看到他一个人已经酩酊大醉，好像是两三天前就住到这里。我今天是偶然来此，真的一无所知。不过，好像是有点什么事啊！"他毫无笑意，沉着冷静地说出的话里，倒也不让人觉得是在扯谎。

"呀！抱歉！抱歉！"哥哥回来了。看到他右手里已经没了那张纸币，节子好像明白了什么。

"哥哥！"节子没什么好脸色，"我要回去啦！"

"要不要散个步什么的？"有原若无其事地站了起来。

是个月夜，半亏的月悬挂在东方的天空。薄雾笼罩着杉树林，三人从下面漫步穿过。胜治依然是上穿运动背心下穿短裤的打扮，嘴里嘟囔着："月夜真是无聊。让人不知是天亮、傍晚，还是半夜啊！"并且吵嚷一般地唱着："从前眷恋的银座的柳啊——"[1]有原和节子默默地跟着走着。那个夜晚有原没有揶揄胜治，而是一反常态，边沉思边走着。

从老杉树的背阴里，忽然走出个穿着白色浴衣的人。

"啊！爸爸！"节子不寒而栗了。

"嘿嘿。"胜治也哼了一声。

"我是散步的。"父亲笑了笑说。接着，向有原那边点点头："从前我们也经常到这一带来玩的。好久没来了，这次来一看，好像也没有多少变化嘛！"

然而氛围十分尴尬。就此无话，四个人毫无目标慢腾腾地走了起来。来到了沼泽岸边。因几天前下雨，沼泽的水涨了。水面像煤焦油一样黑得发亮，没有一丝涟漪，万籁俱寂。岸上有一只别人乘过丢下的小船。

"坐上去啊！"胜治大喊，好似在掩饰羞耻，"先生，坐上吧！"

"抱歉，我不坐！"有原消沉地拒绝了。

"也罢！那么就鄙人自己坐。"说着，胜治腿脚悬乎乎地上了那小船，"正好还有桨，那就在沼泽里转一圈回来。"胜治骑虎难下了。

---

1. 银座的柳啊：1929年间的歌曲，诗人西条八十作词、中山晋平作曲，佐藤千夜子演唱。

"我也坐上吧！"父亲轻巧地跳上已开始滑动的小船。

"荣幸！"胜治说着，用桨拍打水面。小船嗖地离开了岸边，又传来啪啪的打水声，船被顺顺当当地吸入小岛的黑暗中去了。"父亲啊，祝您平安无恙，欸……还和母亲……"[1]胜治酩酊大醉的歌声传了过来。

节子和有原并排盯着水面。"我感觉又被哥哥骗了。说七次，有七十倍了——"

"四百九十次。"有原猛地冒出一句，接着又接下去说，"首先是五百次。必须道歉！我们也都不好，把鹤见君当成一个好玩的玩具了，不相互尊重的交友就是罪恶。我想我是可以保证的，把鹤见君当成好哥哥，来回报你。"

是一种可以相信的一本正经的语气。

啪嚓一声响起了桨声，船从小岛的背阴处出现了。船上只有父亲一个人，哧溜哧溜地在水面滑行，然后咣当一声撞到岸上。

"哥哥呢？"

"在桥那儿上岸了，好像醉得够呛。"父亲平静地说着，然后上了岸，"回家吧！"

节子点了点头。

次晨，胜治的尸体在桥桩间被发现。

---

1. "父亲……"：原本是中学教师斋藤信夫于 1941 年所作名为《星月夜》的鼓吹"圣战"的歌中两句歌词。战后，斋藤痛感自己蛊惑学生为军国主义卖命的罪恶，修改了第三、四段以赎罪，后改名为《故乡之秋》(《里の秋》)。

胜治的父亲、母亲、妹妹都被调查了，有原也作为证人被传唤。要么是胜治烂醉失足要么是自杀，不管哪一种，看来事件都将简单地结案。然而，在临近结案的最后关头，保险公司横插一杠，申请重新调查案子。两年前，胜治购入了生命保险，而受益人是仙之助氏，金额超过两万日元。这件事实对仙之助的处境十分不利。检察当局开始了重新调查。世人都相信仙之助氏的无辜，当局也似乎觉得鹤见仙之助氏那样的名人不可能愚蠢到无法无天地去犯罪，但保险公司态度很强硬，所以才决定不管怎样都要再次重查。

父亲、母亲、妹妹、有原再次被传唤，这次是被拘留在警察局了。在进行调查的同时，松哉也被传唤了。风间七郎及其众多马仔一齐被逮捕。仙之助氏的供词也开始乱套了。案子极其意外地变得复杂而可怕。然而，讲述这个不愉快事件的来龙去脉并非作者的本意，作者只是想将一位少女如下的奇怪言辞传达给读者——

节子最先被释放。检察官在分别时用沉重的语气说："那么，请珍重！即便是坏哥哥，既然没有得好死，骨肉情分还是有的。你也会很悲痛吧，还请鼓起勇气来！"

少女抬头回答。她的话甚至连耶和华都定会沉思。当然，那是世界文学里也未曾出现过的新语言。

"不，"少女抬头答道，"哥哥死了，我们幸福了。"

归去来

　　我一向承蒙人家照顾才有了今日，今后恐怕也会这样吧？被大家众星捧月，一副游手好闲的面孔，就这样活下来了。或许今后也还是一副游手好闲的面孔活下去吧？一想到如此一来那种种大恩恐怕到死也没法报答了，心中确乎有些难受。

　　实在受太多人的照顾了，真的受照顾了。

　　这次只写一下我和北先生、中畑先生的事，其他大恩人的事我想等工作做得再好一些后再陆续写出。眼下写作还很拙劣，一些麻烦的关系之类的我感觉无论如何还写不好。不过，我认为北先生、中畑先生的事，以我目前的能力还能比较准确地写出来。牵强附会地说，因为是单纯而清晰的关系。

　　我绝对不能写谎话。

　　北先生、中畑先生都差不多五十岁上下，中畑先生或许年轻一两岁。中畑先生似乎很受我故去的父亲疼爱。离我所住的城镇十二公里左右的地方有个市镇叫五所川原，那里有个和服店，中畑先生就是那家店的掌柜。他经常到我家来，好像有个大事小情就连我们的家事也给帮忙。我父亲称呼中畑先生为"草木"，父亲是在嘲笑中畑先生毫无春心，年近而立却不想娶媳妇，似乎因此称呼他为"草木"的。最后终于在我父亲的斡旋下，给他娶了和我家有远亲的一位佳人。中畑先生不久独立出去，开了家和服店并获成功，现在已成了五所川原的名士。这十年间，我让中畑先生一家又是担心又是费心，实在是给人家添了麻烦。我十岁时，到五所川原的姑妈家去玩，独自在街上走着时，被大声招呼一声"小修"，吃了一惊。是中畑先生从那附近的和服店最里间招呼我的。因为有点突然，我着实吃了一惊。在那之前我不知中畑先生在那个和服店工作。中畑先生坐在昏暗的店里，啪啪地拍着手，然后向我招手，可是那么大声招呼我名字令我感到害羞，逃掉了。我的本名是叫修治的。

　　意外被中畑先生突然招呼而吃一惊的情况，在我上初中时也有一次，我想是青森中学二年级时。早晨上学途中与一个班的士兵擦肩而过时，意想不到被喊了一声"小修"。我非常吃惊，原来是中畑先生扛着枪走着。帽子戴得较靠后脑勺，可能是预备兵员在集合受训吧？看到中畑先生是个兵实在太意外，我语无伦次了。中畑先生满不在乎地微笑着稍微离开了队列，我更加狼狈了，满脸都热到耳根逃掉了，其他士兵的笑声也传了过来。

我被招呼的那两段记忆，我想永远珍藏在心底。

昭和五年，我进了东京的大学，接下来，中畑先生对我来说就成了必不可少的人。中畑先生也已独立经营和服店，每月到东京来进一次货，每次都悄悄地到我这里。当时我和一个女人有一栋房子作为家，已经和故乡的人们不通音信了，但中畑先生是受我老母等人悄悄拜托，居中为我们转达各种大事小情的。我和女人都承蒙中畑先生厚意放纵任性，真的是受惠良多。手头有一篇文章能极端明白地表现当时的情形，现介绍一下吧！这就是我的创作《虚构之春》末尾部分的信，当然那是虚构的信。但我觉得即便在事实上有颇大出入，但在氛围上倒可谓接近真实。是某人（绝不是中畑先生）给我寄来的信的形式，当然这在事实上全是子虚乌有，中畑先生真的从没有写过这种怪信，所以我要反复强调这些不过是我个人捏造的"小说"而已，在这里让我介绍下列一文吧！只要诸位明白了我是何等狂妄自大不知天高地厚，给大家添了麻烦就可以了。

"前不久（二十三日），遵令堂大人吩咐，奉寄新年所用年糕、咸鱼一包、黄瓜一罐，但据来函云黄瓜未到，我已复信称烦请在贵处车站查询，以上情况望向夫人转达。以下追加两句，我从十六岁那年秋天到四十四岁的如今，过了年已二十八载，此期间乃一介出入于津岛家的贫穷商贩，无知无识，然明知失礼僭越，现并非喋喋进忠告之时，却汗颜叩拜倾述逆耳之言，万乞姑且恕罪。据传近日君一再显露借钱之恶习，甚至向素不相识之名人告借，且低贱如犬苦苦哀告，又遭断绝关系，恬不知耻，反扬言：借钱有何不好？他日如约返还，未予对方增添麻烦，却救得自己一命有何不可？前日亦为此向夫人投掷火盆，损毁窗玻璃两块，夫人话没说完，暗泪长流不止。贵族院议员、勋二等之门第，对贵方文学家实无可自豪者，必认为乃陈腐之物，然思及自令尊作古后承蒙天地一人之令堂大人荫庇，我等体面方得留存。'将我一人作恶人断绝关系逐出家门，离乡背井之于今，越加恶意辱骂，为此，各方显平静之态'此等言论窃深感怨恨。如今扬名成家立业后，令兄令姊以何理由辱骂于你乎？窃以为无需如此曲解。前日嫁至山木田家之菊子令姊发出由衷慨叹。我虽类似演戏，接受了扮演政冈大角色[1]，因是讨厌之人，尽管是主家血统，然如此对其关照不敢从命。不独我一个，菊子令姊也因对你之照顾而在婆家处境维艰。勉强为之奉劝，自即日起务须放弃向外人借钱之念，万不得已时望向本人提出，万望尽力忍耐，此事如被令兄知晓非同小可，此次由本人暂为垫付，此点万望考虑。再次重申，我对讨厌之人不拟说三道四，在明白此点前提下，恭请珍重，自爱！诚为至望。"

---

1. 政冈大角色：原文作"政岡の大役"，歌舞伎狂言"伽羅先代萩（めいぼくせんだいはぎ）"中的乳母。因该角色对演技要求极高，既要表现出自己眼睁睁看见自己儿子被杀的烈女形象，又要显露出母亲对骨肉的亲情，中村七之助首演很成功一时成为话题，被称为"政冈大角色"。

昭和十一年（1936）初夏，我的第一本创作集出版，朋友们在上野的精养轩为我开了祝贺会。在那事三天前，中畑先生偶然来东京到了我这里一坐。我要跟中畑先生讨一套和服，请他把最高级的麻料和服和刺绣有家徽的和服外褂以及夏天的裤裙、角带、长衬衫、白色短布袜全套给我凑齐。中畑先生很困惑的样子，觉得无论如何也来不及。中畑先生说，裤裙与和服带马上就能解决，但和服和衬衫要现量尺寸后再做，但我威逼他说："可以呀！可以呀！拜托三越或者哪家和服店给做一下嘛！不分白天黑夜地给我缝，裁缝十个二十个齐上阵缝一件衣服，马上就能做好。在东京，任何事没有办不到的。"我信心十足地说着自己也不甚了然的事。终于，中畑先生也说："那就做做看。"第三天那个祝贺会的早晨，我预定的东西由一家和服店全部送达，全是高档料子。今后永远也没有像那样穿着高档和服的机会了吧？我穿着那些出席了祝贺会，和服外褂，一穿上好像艺人一般，虽然有点可惜但还是没有穿去。那个聚会的次日，我把那些东西全部拿去当铺了，就这样，到最后也没有赎回，不知流落何处去了。

我邀请中畑先生、北先生一定要参加这次祝贺会，但两人都没有出席。或许是客气，抑或是生意上很忙没有空闲。我本来想给中畑先生、北先生看一看我的前辈和朋友，这也许是我自鸣得意的狂妄。即便让他们看了祝贺会，中畑先生、北先生非但不能放心，说不定只会对我的未来越加提心吊胆。

我给北先生也实在添了麻烦。北先生是东京品川区的一家西装店主。虽说是西装店主，但并非普通的西装店主，而是有点不同寻常。他家的房子是普通的宅邸，既无招牌也无装饰窗。就这样，在最里面的一间屋子里，两名熟练工徒弟在嘎哒嘎哒地踩着缝纫机。北先生只做特定的老主顾的西装。他是个带有名人气质的任性的人，有类似"富贵不能淫"的一面。我父亲我哥哥的西装似乎都是固定请北先生给做的。我进了东京的大学以后，北先生专门监督我。而我呢，则一味地欺负北先生，接二连三地干特坏的坏事，甚至有一次终于被关在北先生家的二楼，不得不过暂时的寄居生活。故乡的哥哥被我的放荡惊呆了，经常扬言停止给我寄钱，但每次北先生都居中为我和哥哥谈判，拜托哥哥再寄一年钱。我决定和在一起的女人分手，当时也实在给北先生添了麻烦，事例不胜枚举。以我的切身实感来说，那操劳差不多相当于写出二十篇长篇小说。就这样，我仍然是一副满不在乎的嘴脸，只是一味靠人照顾，就连自己的身边琐事自己都不想做。

三十岁那年新年，我和现在的妻子举行了婚礼，当时的一切也全是受中畑先生、北先生关照。当时我几乎是一文不名的状态。彩礼钱二十日元，那也是跟一位前辈借的。婚礼的费用等也无处筹措。当时，我在甲府租了个小房住，婚礼那天的程序是：我穿着平素衣装到东京那位前辈家去拜望，在前辈家和新娘见面，再由前辈举杯祝福，然后带着新娘回甲府。北先生、中畑先生那天都以我父母代理人身份到场。我清晨从甲府出发，中午时分到了前辈家。我真的是一身平素打扮，头发也没有理，裤裙也没有穿。只穿着身上衣服，什么也没带，而且怀中近乎一文不名。前辈在书房静静地工作（所谓前辈实际上就是某某先生，我历来很讨厌他以写小说、随笔出名，才故意使用前辈这一称呼的）。看样子前辈似乎忘记了有什么婚礼，一面收拾稿纸一面给我讲解院中树木的事情，接着似乎忽然想起似的说："和服到了，是中畑先生送来的。感觉料子好像不错嘛！"

双层黑羽毛花纹带家徽和服一件，还有裤裙及另一件丝绸条纹料子和服，从没想到的东西，我惊呆了。只是接受了前辈的新婚祝酒，然后，本想就那样带着新娘回去了，但不一会儿，中畑先生、北先生笑着一齐来了。中畑先生是国民服，北先生是晨礼服。中畑先生性急地说："开始吧！开始吧！"

那天的料理是正规日式宴席，盛在无腿漆盘里，还有真鲷鱼。我被人帮忙给穿上了带家徽的和服，还拍了纪念合影。

"修治桑，来一下！"中畑先生把我带到隔壁房间，北先生也在那里。

先让我坐下，然后两人都端坐，一齐鞠躬后说："今天祝贺你啦！"接着中畑先生一本正经地说："今天的饭菜很简陋，失礼啦！不过这是我和北先生为修治桑提供的，你就放心地接受吧！我们也是从上一代以来一直多蒙关照，想借此机会表达回报之万一的。"

我想我永远不会忘记。

"中畑先生的操劳。"北先生总是将功劳让给中畑先生，"这次的和服和裤裙都是中畑先生跑遍你家亲戚，把各处的捐赠凑起来给你做的呀！唉！你要争气呀！"

那天晚上很晚了，我带着新娘坐新宿出发的火车回去的，当时我不是故作潇洒，也不是开玩笑，怀中只有两日元。钱这种东西，没有时那就是一文不名。为防万一，我打算要回二十日元彩礼钱的一半，有十日元，就够买两张回甲府的车票了。

离开前辈家的时候，我小声对北先生说："彩礼钱能还给我一半吗？"

"我还指望着呢！"当时北先生着实发怒了，"你说什么？你那样可不行！想什么呢？你那样可不行！你不是一点儿也没有改吗？说出这种话，简直就是完蛋！"说着，从自己的钱包里嗖嗖地抽出纸币轻轻地交给了我。然而，我在新宿站要买票时，新娘的姐姐夫妇已经给我们买了票（二等座[1]），我已经不需要钱了。

在月台上，我要把钱还给北先生时，他说："随礼！随礼！"摆手不要。做得漂亮。

婚后我也没什么大错，一年后搬离了甲府的家，在东京

---

1. 二等座：旧日本国营铁路列车车票分三个等级，一等座设备最好，三等座最差，二等座居中。

郊外的三鹰租了个有六张、四张半和三张榻榻米三间的房子，老老实实地写小说。两年后，女儿出生了。北先生、中畑先生都很高兴，给我拿来了相当漂亮的襁褓。

现在，北先生和中畑先生都对我稍微放下心的样子，不再像从前那样经常来指手画脚了。然而，我自己却和过去毫无变化，仍然是苦度着走投无路的每一天，故而北先生、中畑先生不来了我倒感觉有点孤寂，希望他俩能来。去年夏天，北先生突然在雨中穿着长靴来了。

我立即请他去了三鹰的一家炸猪排餐馆。店里的女人来到我们饭桌旁，因为管我叫"先生"，又是当着北先生的面，我相当尴尬。北先生装作没发现我的狼狈，微笑着问那女人："太宰先生对你们亲切吗？"女人哪里知道这是我从前的监护人，便用随便调侃的语气说："嗯，很亲切呀！"听得我提心吊胆。那天，北先生是来和我商量一件事的。与其说商量，或许莫如说是命令，说是要我和北先生一起回故乡的家。我的故乡在本州北端、差不多在津轻平原的最中心。我已阔别故乡十年了。十年前，我闹出一个事件，接下来就处境尴尬无颜回故乡了。

"我哥哥许可了吗？"我们在炸猪排餐馆一边喝啤酒一边谈话。"倒是没有许可。"

"那件事么，作为令兄的立场还远不能原谅。所以呢，一码归一码，我个人主张带你去。怕什么，没问题！"

"危险啊！"我郁闷了，"恬不知耻地回去，遭遇闭门羹而闹得满城风雨，那才真是打草惊蛇自寻烦恼哪！还是一如原样别去惊动他为妙啊。"

"没有的事！"北先生信心十足，"我带你回去就没问题。你想想，说句失礼的话，故乡的令堂大人已经年满七旬啦！听说近来身子显著衰弱，不知道什么时候有个山高水低呀！那种时候，仍然是这种关系的话就很不妙，事情就麻烦啦！"

"是啊！"我忧虑起来。

"是不是？所以，趁此机会我带你去见见府上的各位，见过一次，下次再出什么事，你就可以自然地回去了。"

"要是能那样顺利敢情好，不过——"

我异常不安。北先生不论说什么，我对返乡计划也是彻底持悲观态度，预感总会发生什么意外事件。我这十年来在东京丢尽了人，无论如何也不可能被宽恕。

"不算什么！会顺利的呀！你就当是柳生十兵卫[1]！我呢，主动扮演大久保彦左卫门[2]的角色。令兄就是但马总督[3]，必然会顺利呀！管他但马总督还是什么总督，都敌不过

---

1. 柳生十兵卫（1607—1650），全名柳生十兵卫三严，是日本历史上的著名剑客。他与祖父柳生石舟斋宗严、父亲柳生宗矩（但马守）合称为"柳生三天狗"，是日本封建时代最著名最被浪漫化的武士之一。

2. 大久保彦左卫门：大久保忠教（1560—1639），日本战国时代及江户时代前期武将，通称彦左卫门，幼名平助。是德川幕府的旗本，大久保忠员的第八子。著有《三河物语》等。

3. 但马总督：原文作"但马守（だじまのかみ）"。"但马"是旧国名之一，相当于现在的兵库县北部；"守"即地方最高行政长官，译者试译为"总督"。文中所说"但马守"指注释1所提到的"柳生三天狗"之一、十兵卫之父柳生宗矩；而小说中指主人公的长兄。

彦左卫门的蛮横吧？""可是，"柔弱的十兵卫突然持怀疑态度，"可能的话，还是不要蛮横为妙。我呢，没有十兵卫的资格，贸然出来个大久保，我觉得可能要发生意外。"

生性耿直、脾气暴躁的哥哥让我怕得不得了。哪里谈得到什么但马总督之类的幽默风趣呀？

"我担责！"北先生语气强硬，"不管结果如何，我负全责！你就当坐上大船，一切包在我彦左卫门身上！"

我已无法再提反对了。

北先生也是个急性子，说是坐次日晚七点从上野发车的特快列车；我呢，就一切由着北先生了。当天夜里，我到三鹰的酒馆喝了个烂醉。

次日下午五点，我们在上野站碰头，在地下食堂吃了饭。北先生穿着麻料白和服，我穿着铭仙绸单和服，不过皮包里准备着捻线绸的和服和裤裙。北先生一边喝啤酒一边说："风向变啦！"思考了一下后，接着说，"其实令兄来东京了。"

"瞎闹什么呀？那样的话，这次旅行毫无意义。"我很失望。

"不对，去故乡见令兄不是目的，能见到令堂大人就可以了，我是那样想的呀！"

"可是，我们趁哥哥不在回去，总感觉像个胆小鬼似的。"

"没有的事！我昨晚见了令兄，跟他说了一下。"

"你说了带修治回老家？"

"没有，那话不能说。要是说了，令兄会说'老北呀，

那可难办啦'的话吧。不管他心里怎么想的，站在他的立场
必须那样说。所以，我昨晚见到了他，也是什么都没说呀！
说了就砸锅了。我只说在东北那边有点事，打算坐明晚七点
的快车动身，可能顺便拜访一下津轻您的府上呢。这就行
了。令兄不在反而更方便。"

"如果你说了去青森玩的话，家兄会高兴吧？"

"嗯。令兄说往家里打个电话，吩咐陪同参观一下各处，
但我谢绝了。"

北先生很固执，以前从没有到津轻我老家去玩过。他极
端讨厌吃请或者受人照顾。

"不知家兄何时回去，不会今天在一趟火车上吧——"

"不可能。别开玩笑！这次令兄还把镇长带来了呢！好
像是比较麻烦的事。"

哥哥经常到东京来，不过，绝对不跟我见面。

"回了老家见不到哥哥，那就太没劲啦！"我是想见哥哥
的。而且，想默默地给他行个久久的大礼。

"没关系，以后可以随时和令兄见面的呀！比起见令兄，
问题在于令堂大人，怎么说也七十，不，六十九岁啦！"

"还可以见到老祖母吧？应该年近九旬啦！还想见见五
所川原的姑妈——"

这样一想，想见的人有很多。

"当然，所有的人都能见到。"北先生口气很坚决，看来
相当有把握。

我不禁渐渐觉得这次回乡很快乐了，二哥英治我也想见，姐姐们我也想见，都阔别十年啦！而且，我也想看看那个家，想看看我生于斯长于斯的那个家。

我俩乘上了晚七点的火车。上车前，北先生给五所川原的中畑先生拍了电报：

"七点启程"北

究竟是什么事？就说这几个字中畑先生就一清二楚了，据说两人彼此心领神会。

"带你回乡这件事，如果明确地告诉中畑先生，他也会被置于为难境地。中畑先生不知道，一无所知，这样他到五所川原车站去接我，看见你会大吃一惊。如果不通过这种方式，会让中畑先生处境尴尬，回头对令兄无法交代，或许会被令兄埋怨：既然明知为何不制止？可是，中畑先生不知道啊！是到五所川原车站去接我才知道而大吃一惊的。这样一来，唉，好不容易从东京过来，让他见老母一眼的话，中畑先生的责任也就减轻了。其余全都由我负责，我是大久保彦左卫门，但马总督就算生气或是怎样，我也不在乎。"相当复杂的解释。

"可是，中畑先生知道底细吧？"

"所以，这里就微妙啦！'七点启程'，这就行了。"大久保的计谋有点过于繁琐，很难理解。不过，总之我把一切都交凭北先生来办了，不该说三道四提出异议。

我俩上了火车，二等座，相当拥挤。我和北先生隔着过道总算都找到个座位。北先生戴上老花镜看起了报纸，很冷静；我呢，看起了乔治·西默农[1]的推理小说。我坐火车长途旅行时都是尽量看推理小说，无心看《纯粹理性批判》[2]之类的书。

北先生冲着我展开报纸并递给我，我接过一看，是当时我发表的长篇小说《新哈姆雷特》的书评，标题分成三截，字号很大。是一位前辈充满厚意的感想，那可真是过奖。我和北先生无言地相互对视了一眼，同样高兴地一起笑了，我感到这趟似乎要成为一次愉快的旅行。

到达青森车站时已是次晨八点钟了。虽然是八月中旬，但还相当冷。下着雾一般的毛毛细雨。我们换乘奥羽[3]线，接着买了便当。

"多少钱？"

"——分。"

"咦？"

"——分！"

---

1. 乔治·西默农（Georges Simenon，1903—1989），生于比利时，是用法文写作的推理小说作家。

2. 《纯粹理性批判》：原书名《プロレゴーメナ》，源于德文 Prolegomenon（绪论），德国哲学家伊曼努尔·康德作，此书作于 1781 年。

3. 奥羽：旧国名，指陆奥国和出羽国，相当于现在的青森、秋田、岩手、宫城、山形、福岛 6 县。

所谓"分",我虽然明白说的是几角几分,但不知道究竟是几角几分,有些愕然。

"北先生,现在的车站上售货员的话,你听懂了吗?"

北先生认真地摇了摇头。

"是吧?不懂吧?就连我都不懂。不是的,我不是装'老江户'¹说这种话的。便是我,也是津轻生、津轻长的土包子,一连串的津轻土话,在东京净被大家笑话了。不过,阔别故乡十年,突然接触纯粹的津轻土话却听不懂了,根本不懂。所谓人这种动物,真是靠不住啊!离开十年语言就已经没法互相沟通了。"

感到现在自己已背叛故乡的确凿证据被明示,我紧张起来。

我侧耳倾听车中乘客们的谈话,听不懂。重音又重得离奇。我潜心谛听,一点点明白了。刚明白一半,后面的就像干冰碰到液体猛地白烟弥漫一般,以超快的速度开始理解了。我本来就是津轻人嘛!在川部车站换乘五能线²,十点左右抵达五所川原车站时,再没遇到一句难懂的津轻方言,毫无问题,全能清晰地听懂了。可是,对于自己能不能用纯津轻方言来说话,还是没有自信。

---

1. 老江户:指三代以上的老东京(江户)人。有虚荣、莽撞、爱吵架等缺点外,也有讲义气、路见不平拔刀相助的正义感。

2. 五能线:指穿过日本海沿岸青森、秋田县的东日本客运铁路的名称。1924年到1936年能代线和五所川原线合并,改称"五能线"。

在五所川原车站，中畑先生没有来接站。

"理应来的嘛！"到了这个时候连大久保彦左卫门也表情暗淡了。

出了检票口，环视一下小站内部，也没有见到中畑先生。站前广场虽说是站前广场，但只有卵石和马粪以及铁轮公共马车[1]，我和大久保孤零零地站在萧索的广场上。"来啦！来啦！"大久保拼命大喊。

一个大汉笑着从街上走过来，那是中畑先生。中畑先生看到我的身影也丝毫没有吃惊。"欢迎！"他嘴里说着，很豁达。

"这是我的责任喽！"北先生反倒用几分洋洋得意的口气说，"后续的所有事，请关照！"

"有数，有数！"和服装束的中畑先生很像西乡隆盛[2]。

先被引到中畑先生家里。我姑妈听到消息摇摇晃晃地赶来了。十年岁月，姑妈已然成为小老太婆。坐在我面前望着我的脸，热泪横流。这位姑妈在我小时候曾执拗地支持过我。

在中畑先生家里，我换上捻线绸和服，并穿上了裤裙。离五所川原镇十二公里远的地方有个叫金木町的镇子，那里

---

1. 铁轮公共马车：原文是"ガタ馬車"，因为不是胶轮，车行走时嘎哒嘎哒响，故而得名"嘎哒马车"。

2. 西乡隆盛（1828—1877），日本政治家、武将，"维新三杰"之一，号南洲。曾在讨幕战争中任高参并成为明治新政府的参议和陆军大将。1873年在征韩问题上与大久保利通等产生分歧而退出明治新政府，发动西南战争失败而自杀。

有我出生的老家。从五所川原车站坐汽车一直向北穿过津轻平原半小时即能到达。中午时分，中畑先生、北先生和我三人坐汽车前往金木町。

抬眼望去满目稻田，一片淡绿。所谓津轻平原就是这样的地方啊——内心有几分意外的激动。去年秋天我去新潟，顺便也去了一下佐渡岛，里日本[1]的草木绿色很淡，土泛着白色很干燥，甚至感觉阳光都很微弱，心中无底到难以忍受的程度。眼下所见与那时完全一样。当想到原来我是生于斯，倒也没有察觉这种景色带来的淡淡哀愁，而无忧无虑长大的时候有种异样的感觉。抵达青森时下着小雨，不久天放晴了，现在已射出了微弱的阳光。然而，有阴凉之感。

"这一带全是令兄的土地吧？"北先生嘲笑我似的笑着问道。

中畑先生从旁插言道："是的。"他也是笑着说，"一望无际，全是。"似乎有点像吹牛。"不过，今年是歉收呀！"

遥望前方，已经能看到我出生的家那红色大屋顶，漂浮在淡绿色稻田的海洋里。我独自感到羞愧："意外得小嘛！"我小声说。

"不对！怎么说小？"北先生用责备的语气说，"是个城堡。"

汽车慢吞吞地向前开，到达了金木町。一看，二哥站在

---

1. 里日本：指日本海这一侧的日本，包括石川、富山、岛根、新潟、青森等县。

检票口笑着。

我踏上了阔别十年的故土。萧索的一方啊！有冻土的感觉。年复一年，地下都冻了几尺深，因此感觉地面凸起泛着白色，感觉房子、树和土宛若洗褪了色一般。道路干燥泛着白色，踩上去脚底毫无反应，让人产生一种强烈的无所依靠的感觉。

"这是墓地。"不知谁低声说。仅此就让大家都了解了。四个人默默地直奔寺院，并在那里拜谒了父亲的墓地，墓旁的大栗子树一如往昔。

进我出生的家的玄关时，我的心毕竟扑通扑通跳起来。家里鸦雀无声，感觉似乎是寺院的库房。每间屋子都擦拭得很干净。本该更加古色古香一些，却给人整洁雅致的感觉。不错。

我被带到佛堂。

中畑先生将佛堂的门大开，我面向佛龛而坐，鞠了躬。接着向嫂嫂请安。一位很有品位的姑娘端来了茶，我猜是不是哥哥家的长女呢，笑着鞠了躬，原来却是女佣。

背后传来了嚓嚓的脚步声，我紧张了。是母亲。母亲离我相当远地坐下了，我默默地鞠了躬。抬头一看，母亲在擦眼泪，她已然成了小老太婆。

背后又响起嚓嚓的脚步声，这一瞬间，产生了一种奇妙的（虽然不胜惶恐）恐惧感。在人出现在眼前之前，感觉有点害怕。

"小修子！回来得好，欢迎啊！"是祖母，八十五岁，她用很大的声音说，比母亲精神得多。"想见你啊！我老太婆虽然什么也不说，但是想见你一面啊！"

祖母是个爽朗人，听说即便现在，每晚也少不了喝两杯。

饭来了。

"喝吧！"英治二哥给我倒了啤酒。

"嗯。"我喝了。英治二哥学校毕业后，一直在金木町协助大哥工作，而且几年前分家了。按说英治二哥在各兄弟中体格最魁梧，脾气也豪爽，而阔别十年一见面，却变成了温柔苗条的人了。我在东京十年间和千种百样的人争斗，过着粗野龌龊的生活。比起这样的我，二哥气质高雅，完全是另外的人种一般。脸上的线条很细腻，很清秀。我清楚地意识到，在众多骨肉亲人中，只有我一个成了低等的丑陋汉子，浑身充满穷酸的劣根性。我悄悄苦笑了一下。

"卫生间在哪里？"我问道。

英治二哥一脸诧异："什么话？"北先生笑道："还有回到自己家还问这种问题的人吗？"

我站起身走到走廊。我倒也知道走廊尽头有客用卫生间，但觉得长兄不在期间我随随便便装作很熟悉家里似的，恬不知耻地到处乱晃不太好，所以就问了英治二哥一声，也许英治二哥认为我是个装腔作势的家伙。我洗过手之后又在那里多站了一会儿，从窗户向外眺望了一下。一草一木都毫无变化，我还想在家里各处多转转，想看一眼的地方太多太多了。然而那好像是很厚脸皮的事，所以仅仅从小窗户贪婪地往外眺望了一下便忍住了。

我们下午四点左右时从金木町的家撤离，坐汽车奔向五所川原。趁着没发生什么尴尬之事前就赶紧撤吧，这是我和北先生事先说好了的。没什么大的纰漏，我们乘上了包租汽车。北先生、中畑先生、我，还有母亲。在嫂嫂和英治二哥的恳切劝说下，母亲也决定和我们一起去五所川原。目的地是姑妈家。我决定在那住一晚，北先生也在那里住一晚。次日我俩到浅虫温泉啦十和田湖啦各处玩玩，这是我们从东京出发时的计划。可是，今早北先生东京的家里来了坏消息的电报，今晚他无论如何也要乘特快列车赶回东京。原来，电报内容是北先生邻居的太太去世了。北先生说，这可不行，那户人家非常可怜，我不在连丧礼都举行不了，必须立刻去。固执的大久保氏，话一经出口便谁说什么都听不进去了，我们也就没有勉强挽留。在姑妈家一起吃了晚饭，然后到五所川原车站去送他。想到北先生再次乘上火车有多疲劳时，我心如刀绞，不堪忍受。

当晚，在姑妈家，母亲、姑妈和我三人，没外人地尽情唠到很晚。我边笑边讲了妻子在三鹰的家中小院里进行耕作种了各种蔬菜时，她二人相当中意，"好啊！""好啊！"连连对视颔首称赞不已。我也是呢，比较自然地能用津轻方言谈话了，但一出现复杂错综的话，我还是用了东京话。母亲和姑妈看样子都不知我做的是什么行当。我给她们讲了稿费、版税等，她们似乎只能听明白一半，冒出"做书卖的行当，那不是书店吗？不对吗"这样的疑问来。我看想要解释清楚是无望了，就回答说："嗯，就是那种行当。"因为母亲问"有多少收入"，我就爽朗地答道："来稿费时，有时五百有时一千。"母亲冷静地问："几个人分呀？"我失望了，她误以为我是开书店的了。当时我想：稿费也罢版税也罢，不能认为是自力所得，而要认为是大家合作的产物，或许大家平分才是正确的态度。

因为母亲和姑妈不承认我的实力，我有几分焦躁，从怀中掏出钱包，在她俩桌前摆了两张十日元[1]纸币："请收下吧！做参拜寺院时的香资吧！我有很多钱，这是我的劳动所得，请收下吧！"我甚为害羞，却变得破罐子破摔地说。

母亲和姑妈面面相觑，小声笑了。我固执地坚持，终于让两人收下了那钱。母亲将那纸币装入她的大钱包里，然后从那钱包里取出谢仪袋给了我。我回头一看谢仪袋里，装着差不多相当于我要创作一百页文章的稿费钱。

翌日，我和大家告别去青森，到了一下亲戚家并在那里住了一晚，然后就哪也不去逃也似的回了东京。虽然是阔别十年返乡，但对故乡的风物我也只是一瞥而已。还能有再从

---

1. 十日元：此文章首刊于昭和十八年（1943），那么，可能写作时为1942年前后，据查当时大学生初任工资约为70—75日元。假定大学生现在初任工资为20万日元，粗粗估算，当时的10日元大约相当于现在的3万日元（折人民币1800元）左右。本卷中其他处所出现日元数额和现在之比例，请参考此条脚注。

从容容回去的机会吗？如果母亲有个山高水低，我可能会再回故乡，但那又是伤心话了。

那次旅行两个月后，我在街上偶然遇到了北先生，他脸色铁青，没精打采。

"你怎么啦？瘦了嘛！"

"嗯，得了盲肠炎了。"

说是那天晚上坐青森发车的特快回东京，一到东京就开始腹痛了。

"那可不得了！果然是硬撑过头了。"我以前也得过盲肠炎，而且自己从那时的经验就知道过劳会成为盲肠炎的病因。

"总之，当时的北先生是强行军了呀！"

北先生怅然地笑了，我肝肠寸断，全怪我！我的缺德行为确实让北先生损寿十年；而我自己呢，一副吊儿郎当的嘴脸却依然如故。

故乡

　　去年夏天，我回到了阔别十年的故乡。今年秋天，将其过程整理成四十一页的短篇，加上《归去来》的标题寄给了某季刊小册子的编辑部。下面是紧接着发生的事，北先生、中畑先生二位一起到访了我在三鹰的寒舍，并告知我说故乡的母亲病危之事。我内心也预期到五六年间必定会收到这样的通知，但没想到来得这样快。去年夏天，我由北先生带领回到了阔别几近十年的故乡出生地，当时大哥不在家，我见到了二哥、大嫂、侄男外女，还有祖母、母亲，全都见到了。当时六十九岁的母亲异常衰老，走路连脚跟都不稳，悬乎乎的，但绝不像个病人。我曾经贪婪地梦想她再活五六年没问题，不，还能活十年什么的。当时的情形我认为已尽可能准确地写进了小说《归去来》中。总之，当时因为种种原因，我在故乡生养我的家里只逗留了三四个小时。在那篇小说末尾，按说我也写了如下的话——我还想更多更多看看故乡，这个那个，想看的东西太多了。然而，我只是对故乡匆匆一瞥，何时才能再见到故乡的山河啊？万一母亲有个好歹，或许下次能从容地看看故乡，但那又是伤心话了——没想到，稿子刚寄到编辑部，"再见故乡的机会"马上就到来了。

"这次也是我负责。"北先生很紧张，"太太和孩子也要带过去！"

去年夏天，是北先生带我一个人回去的。说是这次不仅我自己，妻子和园子（一年零四个月大）都要一起带回去。北先生和中畑先生的情况，我在小说《归去来》里都详细地写了，北先生是在东京开西装店的，中畑先生是在故乡开和服店的，两位和我的出生家庭都是故交；我呢，曾经干了五次、六次，不，数不清次数的坏事，与老家断绝来往后，此二人出于纯粹的好意长期照顾我，从来也没有摆出过嫌弃的面孔。去年夏天也是北先生和中畑先生商量后，做好了得罪我大哥的思想准备的情况下策划的。

"可是，没问题嘛？带老婆孩子回去，要是吃了闭门羹，那就惨不忍睹啦！"我总是一味预想到最坏的结果。

"没有的事！"两人都一本正经地否定。

"去年夏天最后怎样了？"我的性格中似乎也有一种严重的谨小慎微且卑屈的东西。"其后，文治（长兄名字）没有说你们二位什么吗？北先生，怎么样啊？"

"关于那个么，作为令兄的立场，"北先生深思熟虑地接下去说，"又是在亲戚的面前，他不能说'欢迎'。不过，要是我带过去的话，我认为没问题。"

"去年夏天的事也是，其后和令兄在东京见面时，他仅仅对我说了一句：'北君人真坏啊——！'仅此而已。哪里生什么气了？"

"是吗？中畑先生那边怎么样啊？家兄没有说你什么吗？"

"没有。"中畑先生抬起脸，"对我一句话也没说。以前只要我为你做了什么，他总要说点讽刺的话，唯独去年夏天的事，令兄一句话也没说。"

"原来这样啊！"我稍微放下心来。"如果不给你们添麻烦的话，我就想请你们给带过去。老母也不可能不想见，另外去年夏天没能见到文治大哥，这次可一定要见到。如能带我回去就太感谢啦！我老婆那方面怎样？这次是首次见丈夫家的骨肉亲人，女人总会有衣服啦什么啦一些麻烦事，说不定感到难办。这一点也请北先生对我老婆说几句。要是我说，那丫头肯定会嘟嘟囔囔不情愿的。"我把妻子叫到屋里。

然而，结果却是意料之外。

北先生向我妻告知老母病危，希望看看园子等等，话没说完，妻子一下子双手拄在榻榻米上："请多关照！"

北先生将目光投向我："何时启程？"

定为二十七日。当天是十月二十日。

还有一周时间。妻子手忙脚乱地准备。妻妹也从妻子故乡过来帮忙。有很多东西无论如何也要新买，我几乎濒临破产。只有园子一无所知，在院中摇摇晃晃地到处学步。二十七日十九点，上野发车的快客，满员。我们到原町¹为止站了五个小时。

　　"母病每况愈下太宰火速来归。专等。"　中畑

　　北先生把电报拿给我看。这是早一步回故乡的中畑先生今早往北先生处拍的电报。

　　次日八点到达青森，立刻换乘奥羽线。那一带列车两侧已经变成了苹果园，今年苹果好像是丰年。

　　"啊呀！好看！"妻子睁大了因睡眠不足而有点充血的眼睛，"原来我就想过看看苹果成熟的模样来着。"

　　苹果泛着红光，离车太近，以至伸手即可摘取。

　　十一时许，到达五所川原车站。中畑先生的女儿来迎接了，中畑先生的家就在五所川原。我们计划在中畑先生家休息一下，妻子和园子换换衣服，然后去拜访金木町的老家。所说的金木町在从五所川原坐津轻铁道线火车北上走四十分钟的地方。

　　我们在中畑先生家里一边吃着丰盛的午餐，一边被告知了母亲的详细病情，母亲几乎是病危状态。

　　"你们来得太好啦！何时来呀？何时来呀？我真急得像热锅上的蚂蚁。总之，这样我也放心了，令堂大人虽然没有言语，但是在等你们的样子啊！"

―――――――

1. 原町：福岛县东北部的一个市，2006年1月与鹿岛町、小高町合并，组成南相马市。

我脑中瞬间浮现出《圣经》里的"浪子回乡"[1]。

吃完午饭出发时，"皮箱还是不带为好，你说呢？是不是？"北先生用比较硬的语气对我说，"令兄还没有发出许可，提溜个皮箱——"

"明白了。"

行李，决定全都存到中畑先生家。北先生是提醒我，是否允许见病人，甚至连这还不得而知呢。

只带上园子的褓褓，我们坐上了开往金木町的火车。中畑先生也一起上了车。

我的心情是一刻比一刻忧郁。全是好人，没有一个坏人。我自己在过去做过有失体统的事，便是现在也不十分聪明，是个臭名昭著、过一天算一天的穷酸文人，因为这个事实，一切都变得尴尬起来。

"是个风景优美的地方啊！"妻子眺望着车窗外的津轻平原说，"想不到是个很明朗的地方嘛！"

"是吗？"稻子已收割完毕，满目的稻田呈现出颇浓的冬色。"我倒看不出来。"

当时的我，连夸耀自己故乡的心情也没有，只是愁肠百结，苦不堪言。去年夏天不是这样的，那时还正心情激动地眺望阔别十年的故乡风物呢。

---

1. "浪子回乡"：源自《圣经·新约·路加福音》第15章第11—32节，是耶稣基督所讲的故事。一人有两个儿子，父亲给两人分了财产，小儿子外出将财产荡尽沦为放猪人，之后悔悟回到家受到父亲厚待，父亲认为知悔的小儿子是"失而复得"。

"那个叫岩本山，说是有点像富士山，被称为津轻富士。"我苦笑着说明，毫无热情。"这边这片低矮的山脉叫梵珠山脉，那个是马秃山。"实在是草率而漫不经心的说明。

"此乃俺出生之所，走过四五丁[1]……"洋洋得意地加以说明的梅川忠兵卫[2]的《新口村》[3]是非常可爱的戏剧；而我呢，则全然不同。我这个忠兵卫怒不可遏，扫了一眼稻田对面的红屋顶。

"那个就是……"我刚说了半句"我的家"有点拘谨了，改口说道，"哥哥的家。"

不过，那个是寺院的屋顶，我老家的屋顶在那右边。

"不，说错了。是右边大一点那个屋顶。"

到了金木町，小侄女和年轻漂亮的姑娘来迎接了。

"那姑娘是谁呀？"妻子小声问我。

"女佣吧？不需打什么招呼。"去年夏天也是，我把和这姑娘同样年龄的一位很有品位的女佣误认作哥哥家的长女，而给她深深地鞠了躬，结果闹得很尴尬，所以这次我这样说道。

---

1. 丁：亦作"町"，日本的距离单位，1丁等于60"间"，约109米。
2. 梅川忠兵卫：近松门左卫门作的净瑠璃脚本《冥途の飛脚》（めいどのひきゃく），其中男主角大阪飞脚（信使）业者龟屋之养子忠兵卫为了给游女梅川赎身，动用公款与梅川一起逃回其故乡新口村后被捕的故事，人们将该故事称"梅川忠兵卫"。
3. 《新口村》：前述忠兵卫的故乡；另外，也是净瑠璃《恋飞脚大和往来》的别名，该脚本是《冥途の飛脚》的改编本。"梅川忠兵卫"和"新口村"都是本作品主人公失意心情下的调侃。

小侄女是哥哥的次女，去年夏天见过，所以认识，她八岁。

"小茂！"我一招呼，小茂无拘无束地笑了。我感到有点得到解放的意思，只有这孩子不知我的过去。

进了家，中畑先生和北先生马上到二楼哥哥的房间去了。我和妻子一同到了佛堂拜了佛，然后退到一个只有家人聚会的名叫"常居"的房间，坐到一个角落，大嫂和二嫂都笑着迎接了我们。祖母也由女佣拉着手赶来了。祖母八十六岁，虽然看样子耳朵有点背，但很有精神。妻子煞费苦心想让园子鞠躬，但园子根本不想鞠，只是在屋里摇摇晃晃地走，大家很担心她会摔倒。

哥哥出来了，嗖地穿过这房间到隔壁房间去了。脸色也很难看，瘦得吓人一跳，表情很严厉。隔壁房间有客来探望母亲的病，哥哥和那位客人谈了一会儿。不久，那客人走后，他来到"常居"，我啥也没说之前便颔首"啊！"了一声，并将双手拄到榻榻米上，轻轻地鞠了个躬。

"让您多费心啦！"我僵硬地再次鞠躬。"这是文治大哥。"我向妻子介绍。

"咦？"我感到奇怪。我乖僻地想："是不是出了什么事？"这位哥哥以前只在情绪不好时才这样很见外地恭恭敬敬地鞠躬。中畑先生和北先生上去后都一直没有下楼，是否北先生办砸了什么？想到这儿，不知是心里没底还是害怕，我扑通扑通地心如鹿撞。大嫂微笑着出来催促我们："快点！"我放下心站起来，可以见母亲。并未经历什么尴尬，被允许见母亲了。这事闹的，我有点过于心有余悸了。

走过走廊，大嫂对我们说："两三天前就在等你们，真的在等！"

母亲在厢房十张榻榻米大小的房间病卧在床，她像一根枯草般憔悴地睡在一张大床上，但意识很清楚。

"来得好，欢迎。"妻子首次面见母亲请安时，母亲先抬起头，然后又点点头。我抱着园子，把园子的小手放在母亲瘦弱的手掌上时，母亲手指颤抖地紧握着。枕边五所川原的姑妈微笑着擦拭眼泪。

病室里除了姑妈和两位护士小姐，还有大姐、二嫂、亲戚家老奶奶等很多人。我们到隔壁六张榻榻米大小的休息室去，和大家一一寒暄，大家说"修治一点都没变，稍微胖了点反而显得年轻"等等。园子也一点都不认生，见谁都笑脸相迎，惹人怜爱。大家围在休息室的火盆周围，开始小声地悄悄交谈，紧张情绪也一点点地放松了。

"这次多待几天再走吧？"

"啊呀，怎么说呢？还是像去年夏天一样，两三个小时就告辞吧？北先生说是那样为好。我呢，想一切都按北先生的安排去做。"

"可是，母亲病情这样危重，你能丢下不管吗？"

"反正得和北先生商量——"

"没必要那么在乎北先生吧？"

"不能啊，以前一直颇受北先生关照。"

"那倒也是，不过，便是北先生，也总不会——"

"不，所以说呢，要和北先生商量商量看的。按北先生的指示办没错。北先生好像还在二楼和哥哥谈话，是不是又发生什么节外生枝的麻烦了哪？我们一家三口连允许也没有获得就恬不知耻地进入——"

"那种担心没有必要吧？听说英治（我二哥）都给你发了'即来！'的快信了呢！"

"那是多会儿的事？我们没有见到。"

"哎呀！我们还一门心思地认定你们是见到快信才回来的呢——"

"这事搞糟啦！前后脚闹两岔去啦！这太糟啦！成了北先生奇妙地出风头的结果啦！"

这时，我总算全闹明白了。我想道：运气太坏了。

"没什么糟糕不糟糕的，早日赶来了就好嘛！"

然而，我情绪变得低落了。北先生丢开自己的生意特意把我们带过来，我觉得很对不起他；而认为"正合适的时期通知了你，你却……"的哥哥们的埋怨情绪我也能理解，实在是很不凑巧的事。

先前到车站接我们那姑娘进了房间，笑着向我鞠躬。我又失算了，这次是小心过度失算的。她根本就不是什么女佣，人家是大姐的女儿，这孩子七八岁之前我也认识，当时是个皮肤黝黑、身材矮小的孩子。现在一看，出落得身材苗条、气质高雅，简直判若两人了。

"这是小光呀!"姑妈也边笑边说,"成了相当漂亮的美女了吧?"

"成了美女了。"我一本正经地回答,"长白了。"

大家笑了。我的心情也有了几分舒畅。这时,猛然一看隔壁房间里的母亲正无力地张开嘴巴,耸着肩膀粗粗地呼吸两三次,并且突然抬起一只瘦弱的手,像赶苍蝇似的在身体上空挥动。我觉得奇怪,站起身来到母亲床边。其他人也都一脸担惊受怕,悄悄聚集在母亲的枕边。

"好像常常感到难受。"护士这样小声解释,然后将母亲的手放入被子里,拼命按摩母亲的身体。我蹲在枕边问道:"哪儿难受?"母亲微微地摇了摇头。

"请加油坚持!"

"您得看到园子长大呀!"我忍着羞愧那样说道。

突然,亲戚家的老奶奶抓住我的手和母亲的手握在一起。我不是用一只手,而是用双手包住母亲冰凉的手,给母亲捂热。亲戚家老奶奶把脸伏在母亲的被子上哭了,姑妈和阿贵(二嫂名)也哭起来了,我瘪着嘴忍住了。忍住了一会儿实在忍不住了,我悄悄离开母亲来到走廊,穿过走廊进了西式房间。这房间很冷,空空荡荡的。雪白的墙壁上挂着罂粟花油画和裸女油画,壁炉台上孤零零地摆着一个技术拙劣的木雕,沙发上铺着豹子的毛皮,桌椅和地毯都一如往昔。我在西式房间里兜着圈子,自己对自己说:"现在要是流泪就是假的!现在要是流泪就是假的!"竭力忍住让自己不哭，悄然逃到西式房间独自哭泣。值得佩服的好儿子，体贴孝敬母亲、心地善良的好儿子，装模作样！整个一个故作姿态！看过那种粗制滥造的电影。已经三十有四，算什么？还是心地善良的修治吗？撒娇任性地做戏，打住吧！事到如今已不是孝顺儿子了吧？干出任性放纵的事被刑拘，得了吧！哭了的话就是假的！眼泪是假的——我在心里这样说着，抄着手在房间里兜圈子，马上就要哭出来。我实在是没辙了，又是抽香烟又是擤鼻涕，想了种种办法坚持，终于，一滴眼泪也没有落到眼睛之外。

天黑了，我没有回到母亲的病房，默默地躺在西式房间。这间厢房的西式房间看样子目前没有使用，打开电灯开关电灯也不亮。我在寒冷的黑暗中独处，北先生、中畑先生都没有到厢房来。他们在做什么呢？妻子和园子似乎在母亲的病房。今晚，我们下面该怎么办？先前的预定计划是按北先生的意见看望完母亲立即撤离金木町，当晚在五所川原姑妈家住一晚。然而，母亲的病状如此危重，如按计划立即撤离反而会引起不快，总之，我想见到北先生。北先生究竟在何处呢？难道是和哥哥的谈话越来越麻烦，发生纠葛了吗？我有一种无地自容的心情。

妻子进了这黑暗的西式房间。

"我说你啊！要感冒的呀！"

"园子呢？"

"睡了。"说是让她在病房的等待室里睡了。

"没问题吗？给她弄好保暖了吗？"

"嗯，姑妈拿来了毛毯，我们暂借一下。"

"怎么样？都是好人吧？"

"嗯。"不过，她仍然很不安的样子，"下面我俩怎么办？"

"不知道。"

"今晚我们在哪里睡觉呀？"

"那种事你问我也没用啊！必须一切听北先生的。十年来，已经养成了这样的习惯。抛开北先生直接去和哥哥谈，要闹起来的。我现在没有任何权利，连提溜个皮箱都不能啊！"

"你好像有点恨北先生啊？"

"蠢话！北先生的好意我切身知晓，不过，因为北先生插在我和哥哥中间，我和哥哥的关系也就变得微妙、有点麻烦的情况也是有的。必须给北先生面子给到底，谁也不是坏人——"

"可不是嘛！"妻子也似乎一点点明白过来了，"北先生好不容易把我们带了过来，我想谢绝也不太好，就连我和园子也陪着来了，这样给北先生添麻烦，便是我也感到不安呢！"

"那倒也是啊！他不是随便帮人的呀。有我这样一个棘手的人存在，真是糟糕。这次也太对不住北先生啦！特意千里迢迢赶到这里，我们和哥哥们都不领情的话，他就太狼狈了。如果光是我俩，这个事还可以想方设法务必保全北先生的面子，但不巧的是我俩没有那个力量，多嘴多舌闹得不好就搞得乱七八糟。唉，暂时就这样晃荡着吧。你呢，到病房去，给母亲按摩按摩脚！你就光想着老娘的病就行啦！"

可是，妻子并不想马上离去，她在黑暗中垂首站立。我想，如被别人看到两人在这种黑暗中相当难堪，所以我从沙发上站起身来到走廊。寒气逼人。这里是本州岛的北端。透过玻璃窗眺望天空，星斗全无，只是黑得吓人。我异想天开地想工作了，不知什么原因。好！干吧！内心一心一意那样想。

大嫂来找我们了。

"哎呀！在这呢！"她发出爽朗而吃惊的声音，"吃饭了呀！美知子桑也请一起去。"看样子大嫂对我们已毫无戒心，我对此不由得感到她足以信赖。我想，任何事都和她商量的话，那准没错。

我们被带到正房的佛堂，背靠壁龛，五所川原的先生（姑妈的养子），还有北先生、中畑先生，与他们相对是大哥、二哥、我、美知子，只有七个人的座席。

"快信脚前脚后错过了。"我一看见二哥的脸，便不由得说出了这番话，二哥轻轻地点了点头。

北先生无精打采的，愁眉紧锁。正因为他是酒席间最好热闹的人，故而那晚的愁眉苦脸分外显眼。我确信还是出了什么状况了。

尽管如此，因为五所川原的先生有些微醉，起了活跃气氛的作用，所以，酒宴氛围还比较热闹。

　　我伸手给大哥二哥斟了酒。我得到哥哥们的原谅了吗？还是没得到原谅？我已经竭力不想去考虑那种问题了。我终生既不可能得到原谅，也丢弃了请求什么原谅不原谅那种只顾自己的任性想法。其结果就是我爱不爱哥哥们，问题在这里。有爱的人幸运哉？我爱哥哥们就行了。那种依依不舍、贪心不足的想法要丢掉——我一边自饮自酌，一边继续着无谓的自问自答。

　　北先生当晚住在了五所川原我姑妈家。是不是因为金木町的家里有病人乱哄哄的，北先生有些客气呀？总之，他决定住在五所川原了。我把北先生送到车站。

　　"谢谢啦！多亏您的帮助！"我发自内心表示了谢意。

　　现在就要和北先生分别，我感到心中无底。现在开始没有任何人指点我了。

　　"我们今晚就这样在金木町住下无妨吗？"各方面的事我都想问个明白。

　　"没关系吧。"或许是我的心理作用，他的语气有点见外。"毕竟，令堂大人病情那么危重。"

　　"那么，我们在金木町再住两三天——那是不是有点厚脸皮呀？"

　　"那要看令堂大人的病情了。总之，明天打电话商量吧！"

　　"北先生您呢？"

　　"明天回东京。"

　　"那也太紧张啦！去年夏天也是，北先生立刻就回去了，今年这回我们可准备一定陪同您到附近洗个温泉什么的呢！"

"不要，令堂大人病情那等危重，哪里谈得到洗什么温泉！实际上，我没想到病情变得危重，意料之外。你给我买火车票的钱，回头算一下还给你。"他突然提出火车票钱，我不知所措了："别开玩笑！您回程的火车票也必须由我买，那种担心大可不必！"

"不行，还是算清吧！你们存在中畑先生家里的行李，明天我拜托中畑先生尽快寄到金木町的家里吧！这样，就没有我的事了。"他在黑咕隆咚的路上快步走着，"车站是在这边吧？行了，送到这已经可以啦！真的。"

"北先生！"我加快脚步紧追两三步，"是不是我大哥说您什么了？"

"没有。"北先生放慢脚步，用沉静的语气说，"已经不必有那种担忧了。今晚我高兴，见到文治桑、英治桑和你，你们三个优秀的孩子并肩而坐，我高兴得热泪沾襟。我心满意足，已经什么都不需要了。我压根就没指望要一分钱的报酬。这一点，即便你也知道吧？我只是想让你们兄弟三人并肩而坐。心情特好，心满意足。修治桑今后也要加油干！我们老的该是退居幕后的时候了。"

送走北先生，我返回家中，现在开始已经依靠不成北先生，我得直接和哥哥们谈话了。想到这，我没有兴奋而是感到恐怖。我满怀不安：刚才是不是我又疏忽大意而有失礼仪，惹哥哥们生气了呀？

　　家里因探病来客而混乱无序，为了不让来客们看见我，我悄悄地从厨房进到厢房病室，不经意瞥一眼"常居"隔壁的小屋，发现二哥独自坐在那里，我似乎被什么可怕的东西拉扯着似的，顺顺溜溜地走到他身边坐下了。内心颇感战战兢兢地问道："母亲无论如何也不行了吗？"疑问过于唐突，就连我自己都感到很难堪。英治桑浮现出苦笑环视了一下周围："啊呀！这次你必须得知道情况艰难啦！"这个当口，大哥突然进来了。我有点手足无措，在屋子里兜圈子，打开壁橱又关上壁橱，然后一屁股坐到二哥身旁。

　　"没辙了。这回没辙啦！"大哥说着低下脸，把眼镜推到额头上，用一只手捂住了双眼。

　　猛然一回头，不知不觉之间发现我身后悄然坐着大姐。

戒酒之心

我想要戒酒。最近的酒似乎太让人低三下四了。从前，据说靠酒能养所谓"浩然之气"，然而如今只能让人精神思想愈加浅薄。最近我憎恨酒已到了极点。倘是一个有作为之人，当下应断然摔碎酒杯。

平素喜爱杯中物者，其精神正在变得何等的吝啬卑微啊！一升装的配给酒瓶有大小相等十五格刻度，每天只能喝刚好一格，偶尔过头喝了两格时，就要掺入相当于一格的水，然后横抱着酒瓶摇晃，试图将酒和水化合发酵，真是让人不禁哑然失笑。另外，三合的烧酒里，要加入满满一铁壶的粗茶，将那褐色液体倒入小杯里喝，这"威士忌"酒里面竟然竖立着茶叶棍。说着不服输的虚荣话"真愉快！"豁达地现出笑容，身旁的老婆却毫无笑容，显得更加大煞风景。倘若是从前，正吃晚饭喝两杯时，突然有客自远方来，那就立刻成了如下场面——"呀！你来得正好！虽然也没有什么好招待的，嘿，先来一杯如何？"顷刻之间充满活力。而现在，氛围则相当阴沉忧郁。

"喂我说！那么，就开喝那一格啦！把大门关上把锁锁好，还有把挡雨板窗也放下来关好！被人看见羡慕不已多尴尬呀！"吃晚饭时喝那么一小格酒，明明没什么人羡慕，可这里有精神变得吝啬卑微的问题，那可真是风声鹤唳也会让人心惊肉跳，每每外面有脚步声都会吓得心惊胆战，似乎自己犯了弥天大罪一般，似乎被世上所有人怨恨的一种无以言状的恐怖、不安、绝望、愤懑、幽怨和祈祷，心情极端复杂，百感交集，我遮住室内的电灯光，弓着腰一点点地喝着那点酒。

"主人在家吗？"玄关有人叫门。

"来了呀！"我急速拉开架势，这酒怎能给别人喝掉？来！把这瓶子藏进碗橱里！还剩两格呢，是明天和后天的份。这把酒壶里还有三小盅，这是准备睡前喝的，所以酒壶原封不动不能碰！用包袱皮包起来！接下来看看有没有疏漏？眼珠子一转环视一下整个房间，用柔和的声音问道："是哪位呀？"

啊呀！我一边写一边想吐。人到了这个分上也就完蛋了。早已没有了什么"浩然之气"。必须努力反思，学一点古人吟咏"赏月酒，赏雪酒，赏花酒，把盏乐逍遥，乃助万般之兴者也"[1]佳句的心境。难道那么想喝酒吗？沐浴着火红

---

[1] 此为吉田兼好著日本三大散文之一《徒然草》第175段之节录，文中汉译为本书译者试译。

的夕阳，挥汗如瀑，留着漂亮胡须的帅气男子们在啤酒馆前有礼貌地排着队，不时地悄悄踮起脚从啤酒馆的圆形窗户往里窥测，然后摇头叹息。看来一时还轮不到他们。酒馆里面呢？简直像下饺子一样地拥挤。胳膊肘与胳膊肘相碰，挨着的顾客互相牵制，也有的用不相上下的东北方言高声喊着："喂！快拿啤酒来！""喂！啤酒！"一片喧嚣。总算弄到一杯啤酒的，几乎是不顾一切地一喝完，下一位皮肤黝黑目光非同寻常的顾客就连句"对不起！"都不说，就把他从椅子上推开而挤进来。也就是说，他必须呆呆地退场。要重整旗鼓，"也罢！那就再来一次！"而重新排到外面长蛇阵末尾来等候。这样反复三四次弄得身心疲惫，像霜打的茄子一样无力地自语着"啊！醉了！"踏上归途。我想，国内的酒绝非那等极度地不足，我不由得想到这阵子饮酒者变多了。风传酒不足了，故而就连过去从未喝过酒的人也想：也罢，趁着现在咱也尝尝酒这玩意儿的滋味吧，任何事不体验一次就亏了，那就体验体验吧！——他们出于这种万分古怪的小人渴望精神，认为反正是配给的酒不喝白不喝，啤酒店那种地方也去冲一冲，尝尝被大家推来挤去的滋味，任何事情都不甘落后，杂烩店这种地方也想去试试，咖啡店过去听人家讲过，但究竟是怎么个情形，趁着现在无论如何也要去实践一下。我不禁油然感到，这样的人也相当不少——他们出于这种无聊的上进心，不知不觉之间也称得上是酒鬼了，没钱时就舍不得喝那一小格，为竖立着茶叶棍子的"威士忌"而喜悦，最后已经戒不掉了。总之，小人是难以理解的。

　　偶尔到酒店进去一看，讨厌的事实在太多。顾客浅薄虚荣、低三下四；店主老爷子傲慢贪婪。每去一次，我这种"唉，酒已经讨厌了！"的戒酒决心就更甚几分。是不是时机还没成熟啊？目前还没有进入决断实施的阶段。

　　进了酒店。店家说一句"欢迎！"并笑脸相迎，这已是老黄历了，眼下则是顾客装出笑脸了。顾客脸上堆满卑屈的笑容，对店主或女佣主动问候一句"您好！"似乎通常无人理会。也有的绅士礼节周到地摘下帽子鞠躬对店主叫一声"先生！"，令人以为是推销人寿保险的来了呢。实际上，此人也正是来喝酒的顾客，就这样，仍然无人理会的情况是通例。更有细致的家伙一进屋立即开始侍弄装饰在柜台上花盆里的花草。"不行了，还是浇点水为好。"故意大声自言自语说给店主老爷子听，然后双手捧起洗手水唰的一声倒入花盆中。光是身体动作十分吃力，而进入盆里的水不过两三滴而已。从衣袋中取出剪刀，咔哧咔哧修剪花木枝条帮助整枝。你在想是不是花匠啊？其实不然，极其意外，那是个银行董事监事之类的高管，是为了讨好店主老爷子特意偷偷带来一把剪刀的。苦心也没有奏效，老爷子仍然对其视而不见。素雅的演技，花哨的演技，种种手段无所不用其极，但没起任何作用，同样都被漠视。然而，顾客对其漠视毫不畏缩，仍然千方百计希望哪怕能多喝一瓶也好而大献殷勤。在这种心情支配下，明明自己并非店里人，到最后，店里一来客便一

次次大声喊"欢迎光临！"，而有人走出店里则必定大喊一声
"实在谢谢惠顾啦！"，明显地呈现出错乱、发疯的状态，委
实可悲。老爷子独自冷静地自语："今天有盐烤鲷鱼呀。"

　　一个青年间不容发地敲了敲饭桌："难得！谢谢！是我
最喜欢的。那玩意儿，太好啦！"可内心一点也不觉得好。
恐怕很贵吧！那玩意儿。我过去还从没吃过盐烤鲷鱼呢。但
现在必须做出兴高采烈的样子，心里真难受。妈的！"听到
盐烤鲷鱼，简直馋得受不了啦！"实际上，是贵得受不了啦。

　　其他顾客在这里也不甘示弱。争先恐后地点一盘两日元
的盐烤鲷鱼。反正这样就能喝到一杯。然而老爷子心狠，用
沙哑的声音喊道："还有炖猪肉哇！"

　　"什么？炖猪肉？"老绅士莞尔一笑说，"我正等着呢。"然而
内心却很煎熬。因为老绅士牙口不好，炖猪肉他根本咀嚼不动。

　　"接下来炖猪肉要来了吗？不错呀！老爷子！有见识！"
其他顾客一边说着露骨愚蠢的恭维话，一边争先恐后地点上
一盘两日元的不靠谱的炖猪肉。不过也有的顾客这时已经囊
中羞涩而放弃了。

　　"我，炖猪肉，不需要。"完全是意气消沉，用六号铅字
那么小的声音说完，站起身来问了一句，"多少钱？"

　　其他顾客目送着这位可怜的失败者退场，因为一种荒唐的
优越感而感到来劲："哎呀，今天叨扰啦！老爷子，还有没有什
么好吃的？拜托！再来一盘！"顺嘴胡诌出疯疯癫癫的话，自
己究竟是来喝酒的，还是来吃东西的？似乎已不清楚了。

　　酒，实在是个魔鬼。

黄村先生言行录

（首先，给大家讲讲黄村先生迷上鲵鱼吃了大苦头的故事吧。因为他是个轶闻趣事很多的人，所以今后也想时常这样加以介绍。在介绍了三四个故事的过程中，我想读者也自然会知晓黄村先生的人品全貌，故而现在希望避开关于先生的抽象解说。）

黄村先生开始对鲵鱼这种奇怪之物着迷这件事，不得不说我也多少有点责任。早春的一天，黄村先生朝后戴着他那顶鸭舌帽（是一顶极其花哨的方格花纹质地的鸭舌帽，和先生根本不相称。我看不下去，就不顾失礼地跟他说不要戴了如何，当时先生重重点了一下头说："我也一直那样认为。"可是至今他也没有摘掉）。他来我家玩，然后我俩一起到了附近的井之头公园。这种时候我总是想，先生一点也不风流。我从很早以前就看透了这一点：

"先生，梅花！"我指着花说。

"啊！梅花！"他看也没好好看一眼就随声附和了一句，"梅花么，似乎还是这种白梅比红梅更好啊！"

"好东西。"他说着，大步流星地就要走过了。

我追上去问道："先生，讨厌花吗？"

"很喜欢。"

然而我看透了，先生没有丝毫的风流之心。即便在公园散步，也是大步流星地走着，对梅花呀柳树呀不屑一顾，唯独对擦肩而过的女人眼睛尖得要命，并不时地对我发出不成体统的喃喃细语："美女呀！"对此我感到万分反感。

"那不算美女呀！"

"是吗？看起来倒是年方二八。"

我只有吃惊的分儿。

"累了吧？要休息一下吧？"

"是啊！我想对面的茶馆景致很好，可以吧？"

"一样呀！离得近的就好。"

他满不在乎地进了离得最近的脏兮兮的茶馆坐下。

"想吃点东西啊！"

"是啊！是要甜酒，还是要年糕小豆汤啊？"

"想吃点东西啊！"

"快点！另外没有其他好吃的了吧？"

"没有鸡肉鸡蛋盖浇饭那类的东西吗？"明明一大把年纪

了，却饭量惊人。

我只有涨红了脸。先生是鸡肉鸡蛋盖浇饭，我是年糕小豆汤。吃完以后，他说："碗也大，饭的量也多啊！"

"可是，不好吃吧？"

"是不好吃。"

他又站起身来大步流星地走起来。先生一刻也安静不下来，现在进了公园中的水族馆。

"先生，漂亮的红鲤鱼吧？"

"漂亮啊！"他立刻转到下一个展池。

"先生，这是香鱼。样子长得还是很好看哪！"

"啊！在游着水呢！"转到下一个展池，他一点也没看。

"这回是鳗鱼。有意思呀！全在砂子上趴着呢！先生，您看哪里呢？"

"嗯，鳗鱼，活着呢！"他说了一大堆前言不搭后语的话后，大步流星地往前走去。

突然，先生发出尖叫："啊呀！你看！鲵鱼！鲵鱼。的确是鲵鱼，还活着呢！喂，这可是个可怕的东西呀！"是不是可谓前世的缘分啊？先生一眼瞧见水族馆里鲵鱼的瞬间，便晕头转向了。

"头一次看见。"先生是用赞叹口气说的，"不，我感觉以前也见过几次，但离这么近、这么清楚地看到还是第一次。小伙子，它不是发出了古代的气味吗？好像深山特有的峦气¹在升腾。'峦气'的'峦'字是两个'糸'字夹着个'言'字，下面是一个'山'字。可谓深山里的精气吧？真令人惊叹！嗯！"他一个劲地赞叹，我感到特别不好意思。

"我很意外您对鲵鱼那么中意。它哪里有那么好呢？不过，有倒是有一位我们的前辈写过有关鲵鱼的小说。"

"是吧？"先生煞有介事地点着头，"那必定是杰作啦！你们还远不能对这种幽玄的兽类，不对，鱼类，还不对，"他开始极度慌乱起来，涨红了脸揉搓着胡须，"这叫什么类呢？水族，就是说，海狗类啊，海狗——"完全说不出其纲目了。

先生对此似乎万分遗憾，似乎对自己在动物学方面造诣浅薄暴露无遗感到十分意外。

其后过了一个月左右，我到位于阿佐谷的先生府上拜访时，先生已经称得上一位动物学者了。对任何事都不想服输的先生，要一雪在那个水族馆之耻，似乎夜里悄悄翻阅起动物学书籍了。

"闹了半天，上次那东西就是两栖类中的有尾类。"他得意洋洋地讲着谁都明明白白的常识，"你不懂吗？那个，你读读就知名如其字，因为有尾巴，所以是有尾类嘛！哈哈哈！"看样子就连先生自己也感到羞愧了，他笑了。我也笑了。

"不过，"先生认真起来，"那是一种很有意思的动物，

---

1. 峦气：山中特有的阴湿凉爽的空气；日文原文为繁体汉字"巒"，两个"糸"夹着一个"言"字，下面是一个"山"字。

这一来，也就可称之为珍奇动物了吧。"话变得越来越郑重其事。我坐在廊下边缘，怏怏地从怀里掏出笔记本。当先生用如此正儿八经的语调开讲时，我必须立刻掏出笔记本记笔记，这成了习惯。有一次，本来毫无必要记笔记，但我想讨先生喜欢，便说："先生的谈话很有趣，请允许我记一下笔记。"说着掏出笔记本，这一动作令先生极为满意，接下来先生便动辄正襟危坐，要以从容的语调开讲。如我没掏出笔记本，先生则表情难看，有一种无以言状的不满，用一种带刺的讥讽语气开讲。因此，无论如何我也不得不掏出笔记本。对于这个习惯我内心感到万分棘手，但这肯定是我无聊的阿谀奉承的报应，也无法去怨恨别人。以下就是那天记下来的笔记全文，括号内是速记者我本人私下的感想。

　　那么，今天讲点什么呢？倒也没什么值得讲的珍闻趣事，不过（不这样装腔作势一下，就是好先生了）真的，总是类似的话题，大家（根本没有其他人）恐怕也感到腻歪，所以呢，今天便就着鲵鱼这种珍奇动物发表一下本人浅薄学识之一二吧。前些天，我受一位诚挚之书生之邀（说法很讨厌）去井之头公园行赏梅这一雅事。红梅、白梅花蕾初绽（红梅并没开花），彬彬有礼地争奇斗艳，真正恬静的仙境即如斯乎？以梦境般的心境四处漫步，几欲忘怀自己在尘世（鸡肉鸡蛋盖浇饭，鸡肉鸡蛋盖浇饭），猛然出现在眼前的是幽玄太古之动物，深山（"言"字外加两个"绞丝"吧？）峦气氤氲中的高贵英姿在轻声蠕动。不，无需惊愕。此即是那种所谓鲵鱼是也。原来是我等陶醉于梅花之馨香，蹒跚前行，不觉之间进入公园之水族馆内了。鲵鱼，我一见其姿态便凭直觉观之，是也！此正是我长年寻觅之恋人也。古代原封之气味，纯粹之大和（有点牵强附会）。此乃完全日本之物。我正想向同行之书生缓慢讲述此鲵鱼之可贵，因那书生却狂人般突然发笑起来，我实在不快，便中止讲解匆匆归家。今天，首先给大家讲一点这鲵鱼学理上的说明吧。据说，日本的大鲵在全世界很有名，据我最近依石川千代松[1]博士的著作所做之研究，距今二百年前在德国南方出土了一种前所未见的奇怪化石，某位粗心的学者说"这就是人骨，人类古时就是用这么丑陋的姿态爬行的，你们知耻吧！"云云，以此来恫吓学界的绅士们，那块石头就变得非常有名，贵妇人恨之，丑男喝彩，宗教家狼狈，牛太郎[2]加以肯定，成了无法丢弃的一大社会问题。故而，当时学界权威们聚会研究的结果是：放心吧！这不是人骨，不过是什么不得而知。形状很像美国山谷溪水中栖息的一种名叫鲵鱼的小动物，但美国的那种鲵鱼没有这么大，两者大小之差相当于马与兔之差。结果虽然不知为何物，但就用个机灵的蒙混办法说，权且称其

---

1. 石川千代松（1861—1935），日本动物学者，东京帝大教授。曾进行过萤鱿（萤火虫乌贼）发光机理研究。有著作《进化新论》等。
2. 牛太郎：原文是"妓夫太郎（ぎゅうたろう）"，江户时代对"夜莺"（夜间暗娼）加以保护并为其招引嫖客的男子。因发音一致（ぎふ＝ぎゅう），故亦称"牛太郎"。

为大鲵吧，又大声说是"现在这种大鲵鱼已经灭绝，全世界任何地方也没有，皆无！"使大家闭嘴，事情也暂时平息下来。其后，又有个名叫西博尔德[1]的人来日本，一个偶然的机会发现了那东西满地翻滚，吓得惊恐万状，便给全世界的学者发电说：一直被认定几千年前已在地球上销声匿迹的古代怪物慢吞吞地走着，啊！日本有大型鲵鱼在活着。全世界的学者对此也都仓皇失措，也有的学者以一副万事通的面孔加以否定说："扯谎吧！西博尔德那家伙压根就是个善于吹牛皮的主。"不过，因日本大鲵的骨骼和在欧洲发现的化石一模一样的情况明晰起来，便不能再继续装聋作哑，因此日本鲵鱼便成了全世界的研究课题，但凡关心古代动物的人甚至说出"不看一次日本大鲵鱼便不成体统"的话来。真是无比痛快、不胜同庆之至。你们想想看！（又开始装腔作势了）太古的动物现如今以太古一如原样的姿态仍然在日本的山谷溪水中栖息繁衍，又在静静沉思的模样，这正是天生之神，但所谓的万古不变的丰苇原瑞穗国[2]、其高志[3]的八岐之大蛇[4]，

---

1. 飞利浦·佛兰兹·巴尔塔萨·冯·西博尔德（Philipp Franz von Siebold，1796—1866）德国医师、博物学家，1823年作为荷兰商馆医师来日，1828年曾闹出"西博尔德事件"（试图将禁止出口的日本地图及德川家的葵花家徽和服带出被发觉遭到驱逐）；1859年作为幕府的外事顾问再次来日。著作有《日本植物志》《日本动物志》等。

2. 丰苇原瑞穗国：丰苇原，即芦苇茂盛之原野；瑞穗国，即祥瑞之穗成熟之国。两者均为日本之美称。

3. 高志：越之国，北陆道（包括七国：若狭、越前、加贺、能登、越中、越后、佐渡）的古称。

4. 八岐之大蛇：八尾之神灵之意。

加之稻羽¹的扒兔皮的和迩²，难道不都是该种鲵鱼吗？（跑题，跑题）窃以为，或许有持反对意见之学者，倒也并非拘泥，不过据说在进入距作州³的津山⁴三十六公里的深山里有个向汤原村，那里有个供奉着"半裂"⁵大明神⁶的神社。所谓"半裂"，也就是方言"鲵鱼"的意思。我认为就是说其生命力特强，被割裂成两半了还能活着的意思。这尊作为"割裂成两半还活着"的大明神被供奉的鲵鱼，据说也是强悍得可怕，很粗野的物种，有大肆捉人吃之口碑，此事在《作阳志》⁷这本书中有所记载。因捉人吃太甚，一位勇士终于将其制服并打死，担心其鬼魂作祟，马上就作为大明神供奉起来，比较稳妥地使事件平息下来，这些都详细地记载在《作阳志》这本书里。虽然现在是个小小的神社，但据说从前是个很大的神社，好像还有类似什么八歧大蛇的故事。虽然绝不是拘泥，但据《作阳志》记载，说是那大鲵鱼有三丈长，这对学者来说或许值得怀疑，不过怀疑别人话的家伙我实在讨厌，说有三丈，那你就相信有三丈不就得了？（毫无必要对速记者生气

---

1. 稻羽：旧国名之一，相当于现日本鸟取县东部，古时"稻羽""稻葉"通用。

2. 和迩：即"鳄（わに）"的古用汉字。

3. 作州："美作（みまさか）"之美称，旧国名之一，相当于现在冈山县东北部。

4. 津山：冈山县东北部的一个市名。

5. 半裂：原文作"半裂（はんざき）"，大鲵鱼的别称。

6. 大明神：大明神，也称明神（みょうじん），源自佛教用语，是日本神道教中神的称号之一。也有贵族会被神化封为大明神，用来指代天皇时，发音为"あきつみかみ"。

7. 《作阳志》：现冈山县旧国名为"美作国"，其津山藩主松平康致倡导文武双全，指示家臣正木兵马于宽政三年（1791）编撰的地方志，主要记录当地的风土人情等。

嘛！）总之，我想相信从前各处都有鲵鱼，而且还有相当大的。那种动物一般来说身体扁平，而且日久年深，其头部变得巨大，嘴也变大，呈现出一种当今青年认为是怪诞的样貌对其敬而远之。故而，古人认为此物非同小可而加以敬畏也就不难想象了。另外，实际上即便现在，日本山谷溪水中栖息的二尺或二尺半长的鲵鱼，据说要是咬上你一口也是很厉害的，固然没有尖锐的牙齿，但总之强壮有力，能轻易咬断人的一两根手指，实在讨厌（失言）。仅就此点，我对鲵鱼总是怀着十分敬意而不敢轻慢。虽然是比较老实的动物，但据说因故一旦发怒非常可怕，稻羽国的兔子或许也是被这家伙给扒了皮的吧？对此我固然很憎恨，但就此尚有研究的余地。说来奇妙，看起来那等笨重，吃起东西来却实在是快，即便是当它沉醉于冥思苦想时，如有其他动物来到它的头旁，它便啪地一甩头一口咬上去，据说实在是电光石火般的速度，让听讲的人都很扫兴。说是突如其来地一甩头张开大口吞噬，然后又静静地沉醉于冥思苦想。日本的鲵鱼是吃真鳟的，它怎么能捉住那么敏捷的鱼而将其吃掉的呢？真是让人不可思议。这似乎是由于鲵鱼皮肤起了大作用，它静静地潜藏于山谷溪水的岩石之下，让猎物全然不知是泥是砂，这时它将巨大的头置于岩洞口处沉思，真鳟稍微靠近岩下一点，它便突然张开巨口将其吞掉。因为体型笨重，它无法到远处追赶，可是，只要你到了它的头近旁，便绝对不让你逃掉，张开大口将你吞食。据说其速度快得出奇。白天十有八九躲在岩下，而到夜里它便出来慢吞吞地散步，并且可以顺流到下游很远的地方。好像也有这样的事，说是如在很大的河口撒网的话，它就被网在网中。大致在日本什么地方数量多呢？关于这一点，据说除了那位西博尔德外，荷兰人罕德尔霍门、德国人赖因[1]、地理学者冯[2]也多有考察。另外，在日本古代也有佐佐木忠次郎[3]、石川博士等人踏遍深山进行实地考察，其结果目前是岐阜县纵深地区郡上郡有个叫八幡的地方，这个八幡就成了东部的界线，八幡以东找不到鲵鱼，而以西呢，沿着中央山脉走向本州岛末端就有鲵鱼。据说长门周防[4]也有，石州[5]一带也有；另外还有一点就是从琵琶湖附近到伊势、伊贺、大和那一带有山脉，据说山里面也常有。其他像四国、九州据说目前都没有发现。所谓的箱根鲵鱼栖息在关东地区，但其身体结构殊异，充其量也就有蝾螈大小，不再往大长了。总之日本的鲵鱼跟古代化石一样大这一点很难能可贵，绝对是世界

1. 赖因（Johannes Justus Rein，1835—1918），著名文化地理学家、马堡大学、波恩大学地理学系教授。赖因曾于1873—1875年在日本进行地理学考察，之后出版了著名的两卷本著作《受普鲁士王国政府委托进行的日本旅行与考察》等。
2. 李希霍芬·费迪南德·冯（Richthofen，Ferdinand von，1833—1905），德国地理学家，地质学家，近代中国地学研究先行者之一。多次到中国考察地质和地理。曾任波恩大学、莱比锡大学和柏林大学教授，柏林大学校长。提出地理学是研究地球表面的科学。
3. 佐佐木忠次郎（1857—1938），日本昆虫学者，制丝业的开拓者，东京帝大农学部教授。著作多种，有《农作物害虫篇》等。
4. 长门周防：长门，旧国名之一，相当于现在的山口县西北部；周防，旧国名之一，相当于现在的山口县东部。
5. 石州：旧国名石见国的异称，相当于现在的岛根县西部。

第一没的说，对此我的热情也自然而然地燃起，胳膊上也鼓起了肌肉疙瘩。最近据说在日本发现的鲵鱼最大的有四尺半，那起码就有一米五左右，没有发现再大的。然而，住在伯耆国¹淀江村的一位老翁，从自己孩童时代开始就在自家院子水池中养了一条，经过六十余年如今已长成为一丈多长的漂亮大鲵鱼了，不时将头部露出水面，其头宽三尺，厉害吧？身长一丈。不过，说是这位老翁实在狡猾，他将池水弄得极其浑浊，并在水面种满了睡莲，企图不让任何人看到那条鲵鱼，自己独自虚张声势吹嘘头宽三尺身长一丈，这是在某学者报告中见到的。该学者还特意跑到伯耆国淀江村去见那位老翁，并恳求说："如果真有一丈长的话，我可以高价购买，请让我看一下。"说是老翁抿嘴一笑，问道："带容器来了吗？"实在让人不快。那位学者还在报告书中写道："乃怪老头，坏老头也。"由那一句即可充分察知他气得捶胸顿足的模样。那条鲵鱼其后怎样了呢？其实我也需要一条那么大的鲵鱼，不过要是被问"带容器来了吗？"我就没办法了。用个水桶肯定装不下。可是，我也想什么时候能拥有一条一丈长的鲵鱼，这样与其朝夕相伴直接体验古代的氛围，体味深山幽谷的气息直到沉醉。最近在水族馆见到二尺长的鲵鱼，接下来就心有所想，查阅各种有关鲵鱼的文献，在查阅过程中，总算弄清了那是日本第一，不对，日本第一也就是世界第一。在我有生

---

1. 伯耆国（ほうきのくに）：山阴道的旧国名之一，为现在的鸟取县西半部。

之年看一眼最大鲵鱼的希望在我胸中燃烧，那个贫穷书生（过分）肯定又会笑我是"老而好奇者"，可是，上帝呀！我只是想看看大鲵鱼，人类想看大的东西乃天性，没什么理由可讲（近乎实话）。那是何等精彩的事啊！即便没有一丈长，哪怕六尺也好，甚至想象一下心都碎了。今天就先讲到这吧！（荒唐）

　　那天的讲解如上，甚为怪异。无论黄村先生是多么怪的人，尝试如此怪异的讲解也不大有先例。有的日子能讲出令速记者也不由得肃然起敬的严肃的时事报告，抑或是值得玩味的人生论，以及惹人发笑的怀古故事或讽刺言论，毕竟也能展示出其非凡气质之一鳞半爪。然而今天的讲解实在是糟糕，无一教益。什么"红梅白梅争奇斗艳"啦，什么"梦中漫步"啦，全是漫不经心的一派胡言，接下来就是鲵鱼了，什么"深山峦气氤氲中的高贵英姿在轻声蠕动"啦，就那样"被网在网中"啦，还有什么"张开大口吞噬"啦，最后居然声音颤抖地说出什么"想看一丈长的鲵鱼，至少六尺长的也行，那得多精彩呀！"，我很失望。我怀疑先生也中了鲵鱼的毒，快要完蛋了吧？我心中下了决心，今后这种无聊的讲解我将断然拒绝记笔记。那天因为事情过于离谱，我也被惊呆，甚至不禁觉得先生的脸有点可怕，一记录完我立即告辞，接下来四五天我到甲州旅行去了。甲州市外的汤村温泉是个水田中间普普通通的温泉，虽然离东京很近但偏僻恬静，旅馆也便宜，我的工作一积压起来便经常去那里，把自已闷在一家名叫天保馆的老旧旅馆一间屋子里开工。然而，那次旅行完全失败了。那是二月末的事情，每天狂风呼啸，挡雨板窗摇晃，拉窗的破洞哗啦哗啦作响，夜里也睡不好，我整天魂不守舍地偎在被炉里萎靡不振，根本不能工作。就在这时，旅馆前边空地上搭起了一个杂技小屋，开始了咚咚锵锵的喧闹。我来的真不是时候。每年正好这个季节，汤村有祭祀土地神驱邪的活动。据说是很灵验的土地神，参拜者昼夜不停地从信浓、身延方面结队而来，络绎不绝。杂耍就开始为那些参拜者咚咚锵锵地喧闹起来，以招徕围观群众。我气得捶胸顿足。本来之前我是听说了汤村二月末有祭祀土地神的驱邪活动，但大意了，闹得如此荒唐，我放弃了工作。就那样在旅馆的宽袖棉袍外披着和服外褂。既然如此，就下了决心，姑且参拜一下那位土地神然后离开这里吧。一出旅馆，就见到杂技小屋，帐篷随风飘舞，看门人声嘶力竭地在招徕观众。猛然一瞧招牌画，画着一个大水池里男女老少在拉网，是一幅勾人好奇心的画。我站住了。

"伯耆国淀江村的农夫太郎左卫门，亲手精心饲养——"看门人在大叫。伯耆国淀江村。略加思考后我愕然了，说全身热血沸腾也不夸张。是它！就是那个事！

"身长一丈、头宽三尺——"看门人还在继续叫喊。我更加热血沸腾，就是它！的确，就是它！伯耆国淀江村，没错。这个招牌画的水池就是将那位"坏老头"院子里的水池加以神秘化画出来的吧？那么，事实上那东西肯定栖息在"坏老头"家的水池中了。身长一丈、头宽三尺，也可能有些夸张，但总之，那条大的——鲵鱼存在！而且现在就在我眼前肮脏的小屋里横躺着它那高贵的身体。这真是天赐良机！黄村先生衰老的心中那等激情燃烧苦苦思恋的日本第一，不，世界第一的魔怪，不，不是魔怪，是不胜感激的话题，神秘之物成了意想不到的汤村的杂耍物，那可真是宛在梦中。恐怕谁也不知道这个魔怪的真正价值吧？做记录时那等嘲笑先生的讲述内容，对讲解的主题鲵鱼这种动物漠不关心，甚至对声音颤抖的先生面孔心生恐怖和失礼之情，而偏偏事实上直到眼前出现了伯耆国淀江村那身长一丈的魔怪，我才陡然开始了手忙脚乱。还是正如先生所讲，人类对大型的珍奇动物就不讲什么道理不道理了。无论如何，我的心情也不可能平静了。

我交了一角钱门票钱，猛然钻进小屋，由于用力过猛，一下子冲破小屋里面破席子墙壁，跑到后面水田里去了。我又折回拨开破席子进了小屋一看，中央有一坪[1]大小的水池，说是里面有一丈长的魔怪有点可疑。不过，或许魔怪蜷曲着身体，在异国他乡忍受着不自由也未可知。确切地说即便没有一丈，如果真是伯耆国淀江村那有名的鲵鱼，无论如何也有七八尺长吧？总之淀江村那条鲵鱼在世界学术界已经有名。固然没有更广泛传播，起码有相当一部分人熟知，文献

---

1. 坪：日本土地面积单位，1 坪相当于 3.3 平方米。

上也有明文记载。

水面起了涟漪，一只暗褐色滑溜溜的东西露了露头。千真万确。是淀江村。现在见到的一定是三尺宽的头的一部分。我兴奋得几乎要窒息，从杂技小屋跑出来，冒着刺骨寒风，踉踉跄跄赶到村里邮局，一面端着肩膀喘粗气，一面书写电文：

"发现了鲵鱼""天保馆""于温泉村"

成了让人不得要领的电文。我把那张电报纸撕毁，又要了一张电报纸，这次稍加考虑，首先清楚地告知我的住所姓名，然后决定只写"发现了大鲵鱼"几个字。我想即便不写"即来！"，先生也理应双脚腾空飞来。果不其然，当夜，先生就扑通扑通地上了我住的旅馆的楼梯，哗啦一声打开拉门问道："鲵鱼是哪个？在哪里？"并环视一下屋内，他可能以为鲵鱼在我房间里到处缓缓爬行被我发现我才打电报的。看来，先生的缺乏常识和我不是一个档次。

"成了杂耍的观赏物了。"我简要地介绍了一下事情的来龙去脉。

"淀江村！那么，千真万确。多少钱？"

"一丈。"

"你说什么呢！问你价格！"

"一角钱。"

"便宜呀！扯谎吧？"

"不，军人和小孩半价。"

"军人和小孩？那不是入场券吗？我是打算购买那鲵鱼的呀！钱我都准备好啦！"先生从怀中掏出一个纸包，将其放在被炉上抿嘴笑了。我看到先生的脸，总感觉又有点恐怖起来。

"先生，您没问题吗？"

"没问题。就算一尺二十日元，六尺一百二十日元。七尺一百四十日元，如有一丈的话，二百日元，我在火车里想过了。喂！小伙子，对不起，请把杂技团负责人带到这里来！然后吩咐旅馆人员准备酒席，呀！这屋子也太脏啦！你真行，能在这种屋子里生活。唉，忍一忍吧！咱们在这儿和那个负责人从容地谈一谈吧！谈判嘛，一般都要有酒席，小伙子，拜托啦！"

我快快地站起来到了楼下的柜台，吩咐了安排酒席，然后，"这个这个，好像我要说的有点怪，"实在是难以启齿，"眼前杂技团的负责人，能不能把他请到我房间来呀？不，其实呢，是那条观赏物的怪鱼呢（杂技团招牌上写着纯天然的大怪鱼），有人一定要买那东西。他是我的老师，是一位很靠谱的人，请你信任他。总之，他说：'请把杂技团负责人带过来啊，拜托了啦！'那位先生还说，可以用相当高的价格购买。总之请来一下！拜托！"这种怪异的请求就连我也是平生第一次说出。我意识到自己脸涨得通红地说着，真是冷汗淋漓。旅馆的掌柜表情古怪，脸上连笑容也没有地趿拉着木屐出去了。

　　我和先生在屋里对酌，因为过于紧张两人都不大高兴，是一种互不理睬的状态，只是默默地喝酒。拉门开了，一个四十岁左右的小个子汉子弯着腰挤进来，他就是在门口吆喝的那个汉子。

　　"你请！你请！"先生站起来走过去，把手搭在那汉子肩膀上，硬把他拉到被炉旁，"啊呀，先来一杯！不用客气！快！"

　　"哎呀这——"汉子苦笑一下，"我这身打扮，请原谅！"一瞧，他跟在门口时完全一样，上穿夹克下穿藏青色日式短裤的一副装束。

　　"什么？那杂技小屋呢？"我很挂心，便问道。

　　"现在关门休息。"咚咚锵锵的鼓声也听不见了，只有小贩的叫卖声和参拜者的木屐声夹杂在风声中隐隐传来。

　　"你是负责人吧？一定是杂技团的头头啦？"先生用毫不介意落落大方的姿态给那位负责人斟酒。

　　"哈，不。"负责人用左手将酒杯送到嘴边，用右手的小指挠头，"委托给我了。"

　　"哦！"先生深深点了点头。

　　接下来，先生和负责人之间展开了一场颇为奇妙的谈话——

　　"可以卖给我吧？"

　　"什么？"

　　"那是鲵鱼吧？"

　　"诚惶诚恐。"

　　"其实我长时间以来都在寻觅鲵鱼，伯耆国淀江村。嗯。"

“对不起，请问先生是学校有关人士吗？”

“不是，我和哪儿都没关系。那边那位书生是个文人，还没有成名的文人。小说也写了，画也画了，政治也搞了，也沉溺过温柔乡，但都失败了，唉，就算是个隐士吧！有道是'大隐隐朝市'[1]。”先生似乎渐渐有些醉意了。

“欸！”负责人暧昧地笑了，“啊！是位隐居者呀！”

“很厉害呀！喝一个！”

“已经够了。”负责人点头示意站起身来，“那么，就此告辞。”

“等等，等等！”先生极为慌张地拦住负责人，“我说你是怎么搞的？谈话下面才开始。”

“你说的那个意思我大致明白，我想失陪了。老爷，看样子您有些糊涂呀！”

“厉害！啊，请坐下。”

“我没有闲空。老爷，拿鲵鱼当下酒菜，那是不可能的！”

“净说丧气话！那是个误会。虽然书上也说有人烤鲵鱼吃，但我是不吃的。你让我吃我也不会动筷子的。拿鲵鱼当下酒菜，我不是那种豪杰。我尊敬鲵鱼。如有可能，我是想将其迎接到自家院中池子里朝夕与之相亲相爱的。”先生竭尽全力在强调。

---

1. 大隐隐朝市：道家哲学思想。目前已知最早的文献记载为晋代王康琚《反招隐诗》，"小隐隐陵薮，大隐隐朝市。伯夷窜首阳，老聃伏柱史。"

"所以，我说对那个不中意。倘若是为了医学，或者是当学校的教具之类，我还能理解。当作隐居癖好，红鲤鱼养腻歪了，养德国鲤鱼也无聊了，养鲩鱼如何，打算与其朝夕相伴，啊，喝一杯！那种玩笑能认真对待吗？就是喝醉了，也应有个分寸。我是丢下重要的生意来你这的，你这糊涂虫！荒唐得离谱啦！"

"这下难办了。这是对有闲阶级的郁愤积怨啊！有什么办法能圆滑地平息一下呀？这真是半路杀出个程咬金！"

"别蒙人！我已经看穿你啦！尽管你表面装得很冷静的样子，但你在被炉里的膝头从刚才就哆哆嗦嗦颤抖来着。"

"岂有此理！这也过于品位低下啦！也罢！那我就干脆直说了吧！一尺二十日元，一丈二百日元！"

"请原谅，是三尺半。你还认定这世上真有一丈长的鲩鱼，倒也天真可爱！"

"三尺半？小，太小！伯耆国淀江村的——"

"你算了吧！观赏物的鲩鱼哪个都是出自伯耆国淀江村的。古来如此。太小？对不起啦！便是那条还是我们一家三口精心喂养的呢！一万日元也不卖。一尺二十日元？笑话！老爷，看来你真是痴呆啦！"

"一切都完蛋了！"

"我嘴不好，打是亲骂是爱。不要突起古怪之念为好。那么，就此谢绝啦！""我相送。"

先生歪歪斜斜地站起身来，看了我一眼，悲哀地微笑着

说："小伙子你，请记在笔记本上！业余爱好的古代论者受到
忙于生计之人的训斥，说来是南方之强，还是北方之强啊？"

先生酒醉外加沮丧，看起来脚下不稳了。送走杂技团负
责人从屋里出来，立刻发出咕咚一声，他完全踩空了楼梯，
腰部跌伤很重。因为我次日就出发去信州的温泉处了，所以
先生独自留在天保馆为养伤泡温泉三周。看样子带来的钱都
付了温泉治疗费了。

以上就是先生鲶鱼事件的始末。这种荒唐的失败在先
生来说，是不大有先例的。我想单纯地解释为中了鲶鱼的
毒，想了一下先生谜语般的一番话——"业余爱好的古代论
者受到忙于生计之人的训斥，说来是南方之强，还是北方之
强啊？"而又感到奇妙地逗人发笑也是事实。您可能知道，
"南方之强，还是北方之强？"似乎在《中庸》第十章[1]里也
有。在我想来，二者之间似乎没有什么很深的关系，总之，
黄村先生似乎是一位自己吃了个大败仗，而将其败仗作为我
们前车之鉴的人。

---

1. 《中庸》第十章：出典于西汉·戴圣《礼记·中庸》第十章《子路问强》："南方
之强与？北方之强与？抑而强与？"（子路问什么是强。孔子说："是南方的强呢？还
是北方的强呢？还是你认为的强呢……"）

落
英
缤
纷
[1]

一

　　说起"落英缤纷"这个词的同时，忆起的是勿来之关[2]。满身落英、拍马勇往直前的八幡太郎义家[3]，或许是日本武士道的象征。然而，本次在下所讲故事的主人公仅仅满身落英、战斗这一点稍微与义家相似，却是个颇为懦弱之人物。空怀同样志向，人却形形色色，也有的人是不得出头之日虚度一生之宿命。虽然朝着完全同一方向不分伯仲地前进，但有人成功有人失败。然而，要说正如成功者被奉为圭臬一

---

1. "落英缤纷"：原文作"花吹雪（はなふぶき）"，指落花时节樱花瓣飞雪似的飘落下来，译者试译为"落英缤纷"。
2. 勿来之关：指位于日本福岛县盘城市勿来町的古代关口，处于常陆、陆奥之国境上。
3. 八幡太郎义家：即源义家，日本平安时代后期武将，出身河内源氏嫡系，开辟镰仓幕府的首任将军源赖朝的曾祖父，因其在京都石清水八幡宫元服，故通称"八幡太郎"或"八幡太郎义家"，"八幡太郎"还有"战神长子"之意。

般，失败者也足以成为我们的镜鉴，难道会受到训斥吗？甚至似乎有谚曰：借鉴别人纠正自己，这世上找不到无用之物，更何况那位善良而志存高远之我们的黄村先生乎？所谓黄村先生，本乃隐于市井之人物，时而遭受大败，本来就让人怀疑"黄村"不就是"大损"之意[1]吗？不过，其怪异的言行必然成为我们宝贵之教训，在这一点上是令人难以忘怀的先生。我在今年新年时，曾在某文艺杂志上，以《黄村先生言行录》为题，报告了先生痴迷于鲩鱼而上了大当的情形，遭到世上聪明人嫌弃地说："什么呀！太荒唐啦！"我自己也总觉得甚至好像吃了大亏似的。而本次该先生与缤纷落英搏斗之事件，或许也会招致世上聪明人怜悯并嘲笑。不过，我不禁痛切地感到，那次鲩鱼失败也罢，本次的轶事也罢，对先生来说肯定是相当悲痛之事，故而我才不忌惮上次的坏名声，本次再度记录一下先生的言行吧。按说上次我也有言在先了，我感到先生的失败事会成为我们后辈的极好教训，如你追问：那么，究竟是什么教训呀？一言以蔽之是什么呢？我则感到困惑。似乎既是这样一个教训——人，不要做不合身份之事。不对不对！又好像是一种激励——当热情奔放之时，要毫不踌躇地勇往直前！即便坠毁，那也是男子汉的平生夙愿，无论任何事都要试试。结果，就连我自己也闹得一塌糊涂了。不过，我又从一塌糊涂的事实中，突然感

---

1. 在日语里，如用"音读"，"黄村（おうそん）""大损（おおそん）"发音一样。

到怅然失落，那才是真正的教训。与和歌"这里名勿来，顾名思义风别来"[1]之心情一言难尽一样，似乎越亲切的教训越难以用一句话明示。日前我事隔许久到黄村先生位于阿佐谷的府上拜望时，先生面对四位大学生谈兴正浓，气势高涨。我呢，立刻加入四位大学生之间聆听先生的高论。本次讲演相当畅快，似乎比有关鲸鱼的讲演高出一个档次，所以，不等先生催促我便自觉地从怀中掏出笔记本开始了速记。以下即是该速记全文，若干处括号中文字与上次相同，是我的类似画蛇添足的解释。

不算什么，没什么难事。不要被无聊的知识蛊惑。女人要纯真，其他什么都不需要。在乡下常常看到这样的场景，青年农民在麦田里喊一声"阿里——!"，阿里在那边老远处拉长声答应一声"哈依——"，这实在是又高兴又羞涩的声音。是这个，就是这个呀! 这样就行了。诸位如果要写恋爱小说，正应该写这样健康的恋爱小说呀! 男人和女人咕咚咕咚地大量喝一种称作咖啡豆的东西煮出的汁里加砂糖的饮料啦，称为橘汁的一种黄水里漂浮着橘皮块那种不干不净的玩意啦，然后再轮流去小便，这种恋爱的场景皆可称之为浅

---

1. 此为源义家所作和歌，原文为"吹く風を　勿来の関　と　思へども　道も狭に散る　山桜かな"(《千载和歌集》卷二〈春下·一三〉)，本书译者按五七五七七格律试译为：这里名"勿来"，顾名思义风别来，愿花照常开。于嗟烈风不断吹，缤纷落英路堵塞。

薄。上次，我隔了很久到附近的高砂馆看了一场电影，是什么古装剧，里面有个有点意思的场面，青年武士肩上扛着剑术的武器装具从练武场归来途中，傍晚忽然下起骤雨，他便在一家房檐下避雨。而那个人家有个十六七岁的姑娘，心想要不要借给青年武士一把雨伞，抱着雨伞在玄关转来转去，实在是可爱。我很嫉妒那青年武士。女人，就必须那样。像给年轻的男客沏茶时，还真有可爱姑娘紧张之余把茶碗打翻的，用你们的话说就是意识过剩了。哎呀，那种嘛，就可以说是女性的榜样。要问男人讲究什么？这也是我最近才发现的，现在把这个重大发现向大家轻易披露未免可惜，不过（有一学生说：不要那样说，嘿嘿。轻视老师是古来文科学生的通病）现在，似乎没想到从座位之一隅发生殷切恳求之呻吟声，也罢，无奈，那就向你们传授一下吧！男子的真正价值在于武术！（满座脸色为之一变，欲逃之夭夭者亦有之）必须勇武有力。柔道五段，剑道七段，或者是空手道也罢，刺刀术也罢，什么都行，而三段还是心中无底，至少必须五段以上！或许有人认为我这是愚见，但纵然国家在和平时期，男子也必须经常刻苦努力修练武术。若要成为科学家，若要成为政治家，即便是在那里（用下巴使劲朝速记者上扬）的准艺术家，都首先必须进行武术修练。然而，如你们所见都卑微猥琐毫无例外。别生气！便是我，也和诸位一样。我以前既搞过政治运动，也搞过剧团有关事物，还发明过胃肠药物，甚至还尝试过新体诗，然而一事无成，总是战战兢兢地怀疑自己的力量，心神不定，又是寺院学禅，又是将自己闷在屋里随手读书破千万卷，又是酗酒，又是沉溺女人，想了种种办法，但无论如何也做不到对自己的生活方式有信心。参加了新剧运动，但立刻就产生了"这能行吗？"的疑问，那可真是三天一过马上腻歪。是不是自己有什么根本性的缺陷啊？沉思之余啪地一拍大腿：武术！就是它！我忘记了男子汉最重要的修炼。男子汉，武术之外什么都不需要。男子汉的一生就是战场。不管诸位做什么行当，必须有膂力功夫。有什么好笑的？我是在认真地讲呢！膂力柔弱的男子永远是世间的失败者。与人对谈也罢，在讲台上进行激情万丈的忧国演说也罢，在酒店独酌也罢，没有膂力功夫的汉子总会惶惶然眼色可憎，让人产生不快之感，从而遭到轻蔑。搞文学也是一样（瞪了速记者一眼），文学和武术差距甚大，似乎也有人认为面色青白、脸面瘦长的人才像文学家，这十分荒谬。你当上柔道七段试试！诸位的作品没有任何人敢说坏话，并不是怕挨打而不说坏话，是因为诸位的作品优秀。那里那位先生（这时又用下巴使劲向速记者上扬）其作品不时在报纸的文艺栏目刊登，似乎受到嘲笑说：难道不仅仅是抱怨和挖苦吗？我虽然表示同情，但毕竟也是迫不得已之事，至今为止三十几年间，懒于练武，精神上没有十足的信心，今天左明天右，晃晃荡荡跌跌撞撞的生活中，能产生出什么样的文艺是显而易见的。即便从现在开始每天去柔道或剑道练习场也不晚。真的不是说笑话。在整个明治大正时代，最大的文豪是谁？我想恐怕是鸥外，即森林太郎博士吧？他可是确乎有武术的修养，故而，其文章中也有着一种凛凛然的气韵啊！他即便年近五旬身任军医总监时，在宴会上也毅然决然地对不礼貌者施展拳脚。（有质疑的声音：真的吗？）不，有记录在案，是互相反复撕扯的大搏斗。鸥外尚且如此，更何况古来的大人物悉数都有一身拳脚功夫。被认为平常的学者、政治家，关键时刻尚能展露出非凡的功夫。仅仅有小才无济于事，武术的达人心安神定，没有这个心安神定，男子汉是完不成任何事业的。即便伊藤博文[1]也并非单纯的才子哟！也是几度从刀丛剑下钻过来的。被说成智慧之精的胜海舟[2]也是一样。不精通武术则胆子不壮。仅仅读万卷之书不顶用。便是僧人也是如此。伟大的宗教家毫无例外都是膂力过人。文觉上人[3]的膂力就很有名，日莲[4]也是勇武有力。演员也是如此，名演员必定有武术之经验，在日常生活中施展膂力固然不佳，但私下磨炼武艺，在人不知

---

1. 伊藤博文（1841—1909），日本近代政治家，曾四次任内阁总理大臣，还担任过日本枢密院议长、贵族院院长，首任韩国总监等。出身吉田松阴门下，是发动中日甲午战争的元凶、侵略朝鲜的罪魁。最后死在朝鲜爱国者枪弹之下。

2. 胜海舟（1823—1899），幕末、明治时代政治家，维新时代表幕府方面和西乡隆盛谈判，兵不血刃打开江户城，后任明治新政府海军大臣等。著作有《吹尘录》等。

3. 文觉（1139—1203），平安时代末镰仓时代初的武僧，属真言宗。曾强诉神护寺再兴而遭流放伊豆。后协助源赖朝在伊豆起兵，复兴了神护寺，后又因故被流放到佐渡、对马等，最后殁于九州。

4. 日莲（1222—1282），镰仓时代的僧人，日莲宗的开祖，信仰《法华经》。曾因《立正安国论》遭文字狱之灾被流放伊豆。

鬼不觉之间达到剑道七段的本事，那该多好啊！（先生和学生齐声长叹）不，这一点并非终止于闲人之憧憬，诸位今后必须立即来往于练武场。精诚所至，金石为开。我早已老朽，也许已错过时机，但是，便是我——（闭口不言了，但可以推知其内心似乎下了某种一大决心）

二

这次黄村先生关于武术的报告深得我心。我也油然感到男子汉到最后只有靠膂力而无它。对只是嘴上功夫好、恬不知耻毫无反思的家伙，无需多言，突然给他来一个"背口袋"将其身体悬空旋转一圈咚的一声摔到地上，然后听到"啊！"的一声惊叫后悠然退走的场面，即便想象一下也让人痛快。好像歌人西行 [1] 也是强壮有力的。甚至还有如下传说：粗暴的法师文觉经常对西行说："装腔作势的家伙！下次碰到揍你！"而一旦碰到了，感觉西行看样子无论如何也比自己强大，反而对西行言听计从了。诚如黄村先生所说，或许文人也有拼命习武之必要。我似乎总是感到被某种东西追赶一般，早晨也罢，白天也罢，夜里也罢，总感到坐立不安，其最大的原因之一难道不是因为自己膂力柔弱吗？我心

---

1. 西行（1118—1190），平安时代后期的歌人、僧人。曾作为行脚僧遍游诸国（古国）行吟，《山家集》《新古今集》中有其所作和歌 94 首。

情暗淡了。我从五六年前开始就把身体搞坏，甚至到了打乒乓球都发烧的程度。事到如今就根本不能去练武场习武了。或许我一生就要当一个没用的男人。而说那位鸥外，一把年纪了，还在宴会席间与人互相撕扯斗殴，我是前所未闻。黄村先生断言有记录在案，恐怕不是空穴来风吧？我将信将疑地从头翻阅鸥外全集查找了一下。果然发现那是确凿无疑的事实而记载于全集中，我的心情就更加暗淡了。就连那等高贵的堂堂绅士鸥外都是该出手时就出手，吾辈真乃无用。两三年前在本乡三丁目的街角，被一醉酒大学生寻衅，我当时穿着高跟木屐，即便默默站着那高跟木屐也嘎哒嘎哒地响，我想，只好直言相告了："不明白吗？我这样颤动呢！高跟木屐嘎哒嘎哒响着，你不明白吗？"

大学生也泄劲了似的："喂！对不起，借个火。"说着，将我的香烟的火对到他的香烟上，然后就那样走掉了。不过其后两三天我都终究很不开心，不断感到懊丧不已：倘若我是柔道五段之类，是不会饶恕那种无礼之人的。然而，鸥外是毅然出手了的。鸥外全集第三卷有一短篇题名为"恳亲会"：

（前略）

此时，宴席厅右拐角处有两个空坐垫。刚才跳舞的记者端坐到前面坐垫上，将旁边的火盆拉到自己正面，双手按在火盆边缘，耸起肩膀。然后歪扭下巴斜视着我。我一看，来到旁边的人是一张陌生面孔，留着一点褐色的八字胡并向上翘着。

那汉子这样说道："哼！讨厌的家伙！大沼虽然是个笨蛋，但性情耿直，有分量。"

说着，稍微端起火盆，将盆底在榻榻米上咚咚砸了两三下，看样子是打算以此象征大沼有分量。

"这次那小子做手脚搞暗箱操作[1]，等着瞧！我要去到大臣那儿告状。（隔了一会儿）我去问上次委员会的事时，竟然回答说：'问干事去！'下次见到，把他揪到大街上；在街上见到就必须拔刀向他示威。"

左邻的谣曲还没唱完，（中略）右耳却听到这威胁声。因是意想不到的话，一时间我目瞪口呆了。（中略）而且听到一再重复"下次见到的话"，便无暇考虑地这样说道："为什么现在不干？"

"嗯，干！"

这样喊叫着站起身来。

以上是鸥外文章里的记载，这是打架的开端，最后终于扭打在一起。

（中略）

他想把我摔到院子里，我不想放开他的手，两人互相拉扯着，就那样从走廊边缘滚落。落下时一松手，我从左侧向下

---

1. 译者根据有关资料判断，此处大概是指森鸥外在被正式任命前曾做过的几次官场上的人事拜访。

倒去，左手背被花岗岩擦伤。站起身来一看，他就站在我面前。这时我才产生进攻的念头，但已经晚了。

宴席的宾客过半数都下来分别包围了他和我。包围他的一群人从灌木丛间涌向院子的大门方向。

四五个人劝解我把我从走廊边缘弄上来。因左手背鲜血淋漓，有人让我去用水洗，有人让我用酒洗，还有人说派人去附近的大夫处要石碳酸水。有的拿出纸让我把手包上，也有的掏出了手帕。（中略）

鸥外的描写很鲜明，骚动宛在眼前。然后鸥外写道："因大家劝酒，所以我喝了五六杯讨厌的酒。"恐怕是双眉紧蹙咕咚咕咚喝的吧，类似闷酒。该作品发表的时间是明治四十二年（1909）五月，我们还没有出生的时候。一查鸥外的年谱，鸥外此时四十八岁，已经在两年前的明治四十年（1907）十一月十五日，被任命为陆军军医总监，并兼任陆军省医务局局长。在前一年的明治三十九年（1906），被授予功勋三级、金鸱勋章及二级勋章，并被授予旭日重光章。明明是个必须自重的人物，却与小流氓之类的新闻记者口角：

"为什么现在不干？"
"嗯，干！"

如此这般地开始了干仗，看来鸥外也必定是个相当有勇气的离谱人物。关于这次斗殴，看样子鸥外的战况不太理想，一味处于守势，不过跌落到院子里左手负伤后写着"我这时才产生进攻的念头"，所以很厉害！如果没有人劝阻，两人肯定要大干一场。如不是膂力有些本事的人，是写不出如此有劲的文章的。不过这是鸥外的小说，小说自古都肯定是虚构的，这里所记载的风波，不能立即作为"事实"来相信。我查了一下日记那一卷，倒是果然有所记载：

明治四十二年，二月二日（星期二），天气阴而无风，并不寒冷。（中略）傍晚去赤坂的八百勘，和来往陆军省的新闻记者有个宴会名曰北斗会，席间东京《朝日新闻》记者村山某、小池，性情愚直，扬言："汝乃阿谀奉承之辈也！"对余施暴，余与村山某跌落院里点景石之间，左手伤。

据此看来，那所谓"恳亲会"之小说，可以断言其几乎是原原本本的事实，想来也无大错。我回顾自己窝窝囊囊的日常生活，痛感羞耻和怅然。即便打不过，是不是也该试试。你也理应有两三个可憎之敌，然而你却总是忍气吞声，毅然决然出手打一仗如何？所谓被打了右脸就把左脸送过去，那是即便有可制胜的膂力却加以忍耐而把左脸送过去之意。若是你，则完全惊慌失措，请左右两边都随便打吧！嘿嘿嘿，那样你能满意的话，就请别客气！嘴里喊着"啊，好疼！疼！"，只是紧紧抓住钱包，左右脸都让人家狠狠打一顿，是不是跟这幅场景很类似呀？然后，独自嘴里喃喃自语地哭着入睡了。即便是基督，在关键时刻也是出手的。他不是甚至还说："你们不要想，我来是叫地上太平，我来并不是叫地上太平，乃是叫地上动刀兵。"[1]他或许是个剑术的行家里手也未可知。发怒的时候，他还抡起绳腰带击打耶路撒冷宫里的商人们呢。他绝不是个白面的温柔男子，不仅不是温柔男子，相反，据某位神学者的说法，他还是个身材魁梧骨骼坚实的堂堂伟丈夫呢！还听说便是连虫子也不杀死的大慈大悲释迦牟尼佛祖，年轻时只因要迎娶耶轮陀罗公主[2]为妃，曾与五百名青年比武，用谁也拉不开的强弓射穿七棵多罗树[3]和铁猪，才圆满地迎娶了耶轮陀罗公主。所说的射穿七棵多罗树和铁猪，那实在是令人吃惊的力气。惟其如此，其弟子们才对其完全心悦诚服。黄村先生也说，膂力强壮的家伙身上才有某种镇静。这种镇静会引起世人的思慕之心。源氏之所以至今还有人气，就是因为源氏的人武艺超群。以赖光[4]为首的镇西八郎[5]恶源太[6]义平等人在勇武有力上无人不

---

1. 引自《圣经·新约·马太福音》第 10 章第 34 节。

2. 耶轮陀罗公主：古印度拘利族王女，释迦牟尼出家前的正妃。

3. 多罗树：椰子科常绿乔木，高 20 米左右，印度自古将其树叶剪成条状在上面写字，用铁丝做成经书。

4. 源赖光（みなもとのよりみつ，948—1021），平安中期武将，擅长弓箭。

5. 镇西八郎：源为朝（みなもとのためとも，1139—1177）的异称，源为义之八子，13 岁夺九州称"镇西八郎"，后在"保元之乱"中失败被流放而自杀。

6. 恶源太：源义平（みなもとのよしひら）的异名，平安末期武将，因 15 岁打倒其叔父，被称"恶源太"，"平治之乱"后随父义朝奋战，后试图攻打平清盛被捕遭斩首。

晓，即便是那位八幡太郎义家，不仅其风流、品德、兵法超群，而且，作为一个男子汉膂力强健，故而作为兵马之神被人们顶礼膜拜。在弓箭术方面似乎也是个天才，是个快箭能手，转瞬之间就能像打机枪一样把几百支箭嗖嗖射向敌阵，而且百发百中。这样一说好像说书讲古一样，不过源氏连续不断出现弓马天才令人称奇倒是千真万确。血统这东西真是可怕，酒鬼的孩子十有八九是酒鬼。便是赖朝也并非只是猜疑心太强、只知战略的人，败于平治之乱与一族逃回东国途中，当时十三岁的赖朝在马上迷迷糊糊打瞌睡独自走散。据《平治物语》[1]记载："十二月二十七日因已夜深，天黑伸手不见五指，然信马由缰走单骑，难免内心惶惶然逃走。下榻森山旅馆，旅馆人云：'今夜马蹄声频频，恐有逃敌，速速前往扣留！'命多人出马，内中有名唤源内兵卫真弘者披挂上阵，手持长刀出马见到赖朝阁下[2]，勒住马叫道：'六波罗[3]有令，着扣留源氏逃敌！'因试图将其抱下，而被赖朝用'须切宝刀'[4]从正面劈成两半，仰面朝天倒地身亡。接着一男子

---

1. 《平治物语》：镰仓时代的军记物语，3 卷，作者以及成书时间均不详。讲述"平治之乱"的经纬。1159 年源义朝和藤原信赖联合举兵试图打倒平清盛，结果失败，义朝、信赖被杀，平氏建立政权。

2. 赖朝阁下：原文作"佐殿（すけどの）"。1159 年"平治之乱"时（结果失败），赖朝曾被任官"右兵卫权佐"（右兵卫府次官，从五位），仅当官 15 天即败，到 1190 年被任命权大纳言前的 30 年间，身份一直是前"右兵卫权佐"，故其手下家将称其"佐殿"以表敬意，因中文较难找出对应译词，姑且译为"阁下"。

3. 六波罗：（在本文中）平清盛的异称。

4. "须切宝刀"：源氏世代相传下来的宝刀，斩首罪人时将头连胡须一起斩掉，故而得名。

出马骂道'蠢货'，正欲拍马上前同样被斩，还有一人被其出手从皮护具中打落马下退走，其后再无敢近身者，云云。"虽说只有十三岁但可以想象武艺之娴熟。我在十三岁时，听女佣讲鬼怪故事还吓得两三个晚上不敢独自去厕所。不是玩笑，真是天地之差，武人长于武术乃自然之事，但即便文人如鸥外之类出手时就大显身手。并没有走嘴说出"我在颤动，你不明白吗？"这样奇怪的话。而是互相撕扯掉落到院子里，然后还想发起进攻呢。据说便是漱石，也有过在公共浴池抓住没礼貌的匠人怒骂"混蛋！"让其赔礼道歉的事，说是那个匠人不小心将不知冷水还是热水泼到漱石身上，吃了漱石霹雳般一声断喝，是全身一丝不挂的断喝。双方一丝不挂地厮打，如果不是对自己的膂力有相当信心是不敢干的。我想，就是断定漱石身上有点功夫，也未必就能给他派上轻率之罪。好像是漱石将自己在公共浴池的轶事说给龙之介[1]听，龙之介吓得战战兢兢地将此事在世间发表，龙之介是漱石晚年的弟子，故而公共浴池这件事似乎是漱石颇有些年纪后的轶事，也是个留着漂亮的嘴边胡须的。那位鸥外也是留着漂亮的嘴边胡须，身居陆军军医总监的高位，却身不由己地和流氓记者打斗，双双滚落廊下的。我呢，不过是个刚过三十岁的无名作家，谈不到什么自重不自重的，为什么

---

1. 龙之介：指芥川龙之介，小说家，文豪夏目漱石的门生，"新思潮派"代表作家，号称"鬼才"，著名作品有《罗生门》《河童》等。

不敢斗呢？其实即便想借自己身体较弱装成病人模样也无济于事。从前的武士即便一边吐血，还一边来往于习武场的。便是宫本武藏，也原本是病体。我甚至听说他是为了弥补自己的力气不足，才研究出了那个"二刀流"。您读过武藏的《独行道》[1]吗？剑术的名人一如原样，是个人生的达人。

一、不违世间之道义。

二、万事无依赖他人之心。

三、人生不求享乐。

四、一生无欲。

五、我于事无悔。

六、善恶不嫉妒他人。

七、离别时亦不悲伤。

八、对人对己均无抱怨衔恨之心。

九、无恋慕之心。

十、对事物无偏好。

十一、对住宅无豪华之期望。

十二、不贪恋美食不嗜美食。

十三、不留存旧家具。

十四、于己而言，无可畏惧与忌讳。

十五、对兵器无特殊嗜好。

十六、为道不惜一死。

---

1. 《独行道》：宫本武藏的"独身指南"，其中充斥着孤独情绪，但也有很多孤独寂寥时的自处方法，比如怎样体会快乐、提高道德、提升艺术等。

十七、老来淡泊钱财。

十八、敬神佛但不求之。

十九、心常不离武道。

所谓男子的典范，正是指如此心境之人。与之相比，我又如何呢？根本就不成体统，就连自己都愕然，以自我警戒的严肃意图，列出如下十九条，以防再次堕入平素污浊之心境。这是愚者的忏悔，上帝和贤者，请宽恕吧。

一、不通世故，被教导却奇怪地感到羞愧而不践行。

二、万事皆有依赖之心，甚为讨厌狂妄的青年诗人，仅仅对两三个内向的用功学生微笑。

三、一味考虑身体之快乐。在家里比孩子还早睡，有时比谁都晚起。老婆一病就生气，顺嘴说出胁迫性的语言：不快点痊愈我可不答应啊！因为老婆一旦病倒，丈夫的杂事则增加之故也。有时裹着毛毯躺着，打呼噜，宣称沉迷于思索。

四、欲望很深，深得离谱。站在玩具店头，这个也讨厌那个也讨厌，你问要什么，手指月亮——和这样的孩子雷同，大欲似无欲。

五、我，对所有事后悔。宛若被妖魔迷住一般，明知定会后悔却信步踏入，进而后悔之极。看来品尝后悔滋味的毛病也难以戒除。

六、虽非嫉妒，但不知何故却有诋毁成功者之倾向。

七、哼着前辈的诗句"唯独'再见'乃人生"，醉酒哭泣过。

八、虽然恨他人，但并不甚于恨自己。

九、不管白天黑夜，胸中思恋之情从未断过。然而，一切皆归于淡淡之空想也。举凡不招女子喜欢的人，无有出我之右者。或许面部过大之故？不解之事耳。不得已我欲伴装耿直之人。

十、欲去除偏好而不得也，喜美酒，劣酒亦不辞。

十一、我之居所为六张（榻榻米）、四张半、三张共三间房间也，不得不另需一房间，于孩童到处喧闹之房间难以工作，若要迁居奈何未来收入菲薄，加之我乃身体怠惰无比之男，故一切皆无下文也。需一房间之心确乎有之，与无需居所者之心境自然相去甚远。

十二、未必不喜美食，然今日之料理为何物？一男子告白曾向厨房发问。卑劣之极，不胜惭愧。

十三、我家旧家具一切皆无，此乃我有出售之恶习之故也。犹如藏书之出售，最为频繁也。欲价格尽高售出，讨价还价之韧性自我亦感浅薄。与物欲皆无、斩断对诸用品之爱恋、清凉度日者相比，固然貌似，其心境深浅之差相去万里。

十四、我身体忌讳物多矣，犬、蛇、毛虫，近日又有苍蝇之烦扰，吹牛，最厌恶也。

十五、我家之所以书画古董皆无，乃主人吝啬之故也。耗费五十日元、一百日元，不，甚至投资万金购盘子一枚者之心境，终如主人所不解。某日，该主人去造访一友，友摘取庭院中鲜艳之玫瑰花数朵欲作礼品赠予，然该主人坚辞不受曰：倘菜蔬尚可接受。以此即可管中窥豹。貌似那位剑圣¹ 兵器外之家具一概拒绝，专心修炼之心似是而非，此乃千真万确。再者，当下该主人家宅严禁兵器。又有谚曰，狂人手持菜刀也。意欲何为不得而知。柔弱之犬，尤喜咬人也。

十六、毅然去死而非可厌之事，留下的妻子儿女固然可怜，但实属无奈。现今不允战死之外之死，故忍耐苟活也。此命，欲多方努力为国效力。虽此一条不输剑圣，然转念深思，须抛弃不想死之命方称高贵，故千方百计想死，四处徘徊寻觅死处，独断专行随心所欲，呜呼！此条亦无望也。

十七、何谈牵挂老后财产领地，为眼下每日之生计百般操劳唯有苦笑。但私下暗想，老后或曰死后留下家人生计无忧之财产为理想。然留下遗产在我来说近乎奇迹。便是无财产，留下工作或许能维持也未可知——因我在进行如此甘美而天真的空想，故此条亦不合格。

十八、临时抱佛脚。不过或许因一生痛苦，便是一生忘记了神佛也还是要依赖神佛。与剑圣之心境谬之千里也！

十九、不胜惭愧，我之敌在厨房。骗之不令其发怒，欲以此蒙混我之生活之贫困，此乃我之兵法之全部。与之争斗，时不利我，乃卷旗逃出家中至附近井之头公园水池边独自逍遥，此时心境之惨淡无与伦比。表情深沉地行走，宛若全球之苦恼集于我一身，频频就夫妇吵架之善后而谋划，实在不成体统。万事，惟愕然一词之外而无它。

---

1. 剑圣：指宫本武藏。

请一条条与剑圣留下的《独行道》比较阅读一下！虽然有点类似醉鬼的调侃口气，但真理即便笑着说仍然是真理。本愚者这个并无虚伪的告白，如也能成为贤明的读者诸君哪怕有些许可供反思之材料，则幸甚。此亦岂非幼童玩耍之伊吕波骨牌乎？其上书有"人，借鉴别人，纠正自己"。

三

总之，我有点厌烦了，就这样下去实在不行，完全没有希望。男人要修炼武术。怠惰此修炼的男人永远一钱不值——黄村先生这一教导深入心坎，我查阅了两三种文献完全如此，越加显出了黄村先生高论的正确性。接下来回头仔细看看我的现状，那实在是过于严酷。我的心情就好似面对着毫无任何抓手的险峻峭壁站立一般，只能徒然叹息。我家附近有个整骨院，其主人是个什么柔道五段，设有一个小小的修炼场。傍晚，从岗位上回来的产业战士们就到他那个修炼场叮叮当当地修炼起来。我散步途中在那修炼场窗下站定，伸长脖子往里面一看，实在壮观。我生来首次钦羡年轻而强健的肉体，以致到了烈火中烧的程度。我垂头丧气地进了紧靠修炼场的禅林寺。该寺院中有森鸥外的墓地。究竟是什么原因，鸥外的墓在东京府下这样的三鹰町呢？我不明白。不过，这里的墓地很清洁，有着鸥外文章的风貌。如果我污秽的遗骨也能埋葬到这种清爽整洁的墓地一角的话，或许死后会得到救赎——也不是没有这样甘美空想的日子。现在，我的心情已变得畏缩不前，那种空想之类已然云消雾散。我没有那种资格。我没有资格和一个嘴边留着漂亮胡须的豪杰在同一墓地安息，他曾勇敢地和醉汉格斗而从走廊边跌落。你这样的不是能对墓地挑肥拣瘦那种身份，你要清楚地有自知之明。那天，我只是扫了一眼鸥外那端庄的黑色墓碑，便匆匆忙忙地回家了。一到家，一封信在等着我，黄村先生寄来的。啊！这里有先驱者，我们光荣而悲壮的先驱者，以下便是那封信的全文：

（前略）老身今日有白氏之所谓营闲事[1]而自笑之心境。顷光临之时，吾尝讲道曰：男子面目在武术，得诸位诚恳之赞同，然教训者如不实行身教，惜哉卓说高论等同瓦砾，成无意义之物，老身虽固愚昧，然非教而不负责、无反思之教师，昨日夜晚，奋起老骨率先造访弓箭练功场，悲哉！衰老之筋骨已然龟缩，手足皆不能伸展，浑身颤抖拉弓放箭，却未达箭靶而啪嗒一声坠落于眼前沙石之上，此惆怅之情乞望察之。闭目深念：南无八幡[2]！放开弓弦，反弹到自身之耳，其剧痛

---

1. 营闲事；白居易诗《营闲事》，原文为：自笑营闲事，从朝到日斜。浇畦引泉脉，扫径避兰芽。暖变墙衣色，晴催木笔花。桃根知酒渴，晚送一瓯茶。
2. 南无八幡：南无，主要用于宗教用语，梵语 namas 音译。梵语或印地语中为赞美、赞颂的意思，宗教引申意义为皈依；八幡，也被称作八幡大菩萨。自古以来作为弓箭之神而被广泛信仰。八幡神的起源一般被认为来源于应神天皇、比卖神（女神）、神功皇后这三神。

令我四处奔走狂叫，然仍以嘶哑之呻吟念出：南无八幡！勉强忍耐之模样。然以此即断言老身武术之贫乏为时过早，有谁尝仅一日便能学得武士之精髓乎？精诚所至，金石为开，对此尝试亦有之。宛若太原一男子，虽环顾自己平庸而猥琐，但下定决心以不懈之努力必欲将不逊八郎之钢筋铁骨打入此老瘦之腕以示人。独自首肯，其夜中止修炼，归途顺至鸣濑医院乞望诊耳病，诊断曰鼓膜无异常。其心稍安，进而勇气倍增，径入省线挡杆旁之饮食摊床，正值酒不足时，最近老身也以生葡萄酒一过酒瘾。阳春四月，乃落花纷飞时节，饮食摊床之背后即有三棵山樱巨树，每每微风吹来，花瓣飞舞，落英缤纷，甚而吹入饮食摊床之内，其情趣令斗志昂扬之弓术修炼者亦不能不为之陶醉，敬请明鉴。此刻，忽有讨厌之碍事者到来，此人乃老身近邻之老画伯，系三十年连续落选无一可取之处之怪人，连续三十年送油画参展而无一次入选，且对官展无举起反旗之胆识，反有卑躬屈膝向审查诸先生赠送松蘑等传闻，尽管如此亦毫不奏效。然其貌似异常珍视保守父祖辈传下之诸多财产，然人之价值若以其财产便可决定，老身应即刻剖腹。如杉田老画伯之流已有孙辈数人却打着鲜红领结服装怪异伴作翩翩年少之假象，以此试图压制老身之意图露骨至极，此又滑天下之大稽，锦衣华服于我毫无任何可羡之处，欲注意将其一概视而不见。然此人身高六尺、面色呈红铜有光，手臂之粗堪比巨松之干，风闻其曾将附近当铺之猛犬踢毙，甚为恐怖。故而，老身对此人不露轻蔑之色，常以技巧之笑容对其寒暄耳。然今日此怪人蓦然进店，叫道：
"呀！老头！喝上啦！"他似乎已微醉，"老头！喝上啦！"对
此种无礼之徒，内心窃感惊愕。汝不亦老人乎？汝不知武士
相见有道乎？抑或是无心之行为耶？老身内心极为不快之际，
"最近老头也落魄啦！想不到在这种小店里盘踞！"正用本人
蔑视他的那种失礼态度再次嘲笑老身。老身并非蛇类，所谓
"盘踞"窃以为万分失礼，但对方身高六尺松树干般手臂，老
身也唯有忍耐，口边浮起模棱两可之微笑，专门施以敬远之
策。然杉田老画伯得意忘形："该店有何物？生葡萄酒吗？
嗯！原来你在喝着有失体统的玩意！老爷子，给俺也来一
杯，嗯，这就是生葡萄酒吗？呸！呸！这不跟腐臭的醋一个
味吗？受不了。店主！结账！多少钱？"说出露骨嘲弄老身之
言辞，临走前猛一回头，"老头！你须注意啦！近来你纠集大
批流氓学生，趾高气扬，被称'先生'似乎感觉良好，但已
成为邻居之间的危险人物喽！苦口婆心地忠告你。"他语速极
快地说，即所谓丢下威胁性语言手掀帘子正要离去，就在此
时，老身间不容发地喊道："且慢！"把他留住。邻居常会之
决议吾从未有违，每月分配之债券率先购入，再者每月八日
之祈愿武运长久岂非均与汝等共同前往乎？因何理由将吾列
为危险人物哉？此乃损毁吾之名誉也。盖所谓苦口婆心之说，
自古乃卑鄙丑陋者最后尝试压制之武器，那宇治川先阵[1]，据

---

1. 宇治川先阵：指寿永三年（1184），造反的源氏堂兄弟源义仲与支持源赖朝之源义
经在宇治川对垒时，义经方佐佐木高纲骑乘源赖朝所赠之名马"生唼（いけずき）"
与部将争当前锋之事。

佐佐木[1]之私语，其间之事明明白白也。实乃不谙武术怯懦之老妪也。尤其污蔑吾亲爱之弟子诸君为流氓作何解释？义愤不可制，现今之时正可决然奋起也。纵然一日，吾乃习得武术之男子汉，而非吴下阿蒙[2]也，理应予以猛击。彼固为踢毙当铺猛犬之壮士，吾口念"南无八幡"予以打击对方则与草鸡无异。打！顷刻之间决心下定，乃至大叫"且慢！"，对方似惊诧莫名、满面痴呆，回身扫老身一眼，冷笑一声出到摊床之外，背后吾复厉声一喝："老妪且慢！"老身亦跳出店外。摊床外落花纷纷，恰似庆贺老身初战告捷之风景。老身即刻开始格斗准备，首先将上颚之满口义齿卸下安置于路旁一角。此格斗准备之装束虽类似苦笑之动作，但老身之上颚如您所知系满口义齿，为装此齿花费世间两月三百日元之巨款，故而，冷静思考与松树干粗之腕力者格斗如遭遇破损之亏不堪忍受，须事先妥善安置之。接着抬眼望前之壮士曰：汝近日甚为高慢，邻里本应和睦相处，汝反一味吹毛求疵心怀嘲笑，真乃粗俗卑鄙之极，也罢，今宵老身吾替天行道惩罚于汝。虽如此申斥，但因满口义齿已取下，发音显著模糊不清，自身亦厌烦，"胜败在此一举！"说着将手伸出在老画伯红铜有光的颜面乒乒乒连扇三记耳光，而老画伯目瞪口呆，唯茫然矗立良久。甚为无力之决斗也。因对方无言，故老身亦无言退下欲拾起那义齿，悲哉！老天戏我，以示惩戒。落花纷乱，

---

1. 佐佐木：指上页脚注 1 之佐佐木高纲。
2. 吴下阿蒙；汉语成语，比喻人学识尚浅。出自《三国志·吴书·吕蒙传》。

不觉之间路旁落英已被风吹成堆堆白雪状，老身之义齿显被掩埋，因四处皆为白皑皑一片，老身略感狼狈，于所记忆埋藏之处如爬行般四处摸索。"找什么？"我那茫然之敌手此时如梦方醒模样向老身发问，老身边爬边自言自语"没什么，找义齿，确乎在此处"云云。其尴尬之态、如此悲惨遭遇之武人恐古今东西绝无仅有，如此一想，则悲哀尤甚，"毕竟花费三百日元！"低俗之抱怨不觉脱口而出。眼观在落英缤纷之黑暗中爬行之光景，我之敌手亦一同四肢着地，边说着"确乎这里么？三百日元好贵呀！"边把手插入落英各处，诚挚地为老身寻觅之。"多谢！"老身之声音宛若野兽之呻吟，忧愁无以排遣，失去那义齿，老身又要来往齿科医院两月之久，此期间一物不能啃咬，唯饮些许稀粥以苟活。加之义齿不在口中我之面目大变，进而衰老二十岁之态有之，其笑颜之丑怪无与伦比。呜呼！明日起我之人生将如地狱，心情真乃欲哭无泪焉。杉田老画伯乃机灵之人，良久从饮食摊床借来一小小扫把边问"这里么？""这里么？"边唰唰清扫左右分开，突然，"啊！找到啦！"发出欢呼之声。觅得适才打自己三记耳光男子之义齿，毫无邪念衷心欢喜的老画伯之心意，老身不胜欢喜，但变为义齿无关紧要之心理，然找到义齿无坏处，老身二倍三倍为之高兴，从老画伯手中接过义齿即刻放入口中。义齿因附着大量花瓣之故，咀嚼起来感觉略有涩味。吾笑云："杉田先生，请殴打老身吾吧！"说着伸出脸颊，老画伯亦非同小可，口中说道："好！你擎好吧！"唾口吐沫于掌心，咣的一声猛击老身左脸，而后得意洋洋凯旋。窃以为老画伯会控制一点力气，未料好似尽了松树干般腕力之全力一击，打得老身双眼冒出金星无数，一时间昏死过去。彼又乃颇为厉害之混账也。以上即为老身武勇传概要谨报，然今日细细想来，武术非为可对同胞实行者，弓箭不可不飞向大海之远方。老身吾亦拟进而重练心魂，对邻人不憎恨不轻视，以白氏所谓"残灯灭又明"[1]之希望，感悟武术之秘诀，不断净身慎心。故尔等青年后生亦当免蹈老身考虑欠周之覆辙，越发努力磨炼身心决勿败北！祈祷！

---

1. "残灯灭又明"：出自白居易诗《夜雨》，全文为：早蛩啼复歇，残灯灭又明。隔窗知夜雨，芭蕉先有声。

不審庵 1

敬启者：

　　谨书陈些许老身近日之至诚并顺致盛暑大安。老身所思略有感之，近日重新沉迷于茶道之修炼矣。谓之"重新"窃可察君将以为犹似唐突而虚伪之辞，露出那等明智之苦笑可察，有何可隐瞒者乎？吾自幼好茶道，由家父孙左卫门大人亲授入门，及至受教此道数载，然悲哉，吾性情愚钝，且未能究其精髓，加之，吾之一举手一投足甚为粗野，体面尽失，吾与家父俱为之惊愕耳。家父逝去之后，吾虽好此道但不谙乞求点拨之便利，加之身边琐事渐次纷繁，虽非本意但却距此道渐行渐远，祖传之茶具亦零星脱售，如今处于与茶道完全无缘之浅薄境地矣。近日略有深入之感受，诚为相隔数十载悄然尝试自修茶道，略习得此道妙诀之一二，其实情阐述如下：

---

1. 有三种意思：1.京都市上京区的表千家家元邸内的茶室；2.茶道流派，表千家；3.千利休的别号。在本文中指第二种意思，茶道、茶会之意。

不问天地之间朝野之别，人皆为各自之天职劳心劳力，而又不可无有慰安其劳之娱乐，窃以为实乃本来之理。而人类之娱乐倘无些许风流意趣，加之高雅技巧，则颇似低等动物吃食垂涎三尺浅薄无趣之图也。即，人各有所好，或咏歌管弦，或围棋插花、谣曲舞蹈，别出心裁，钻研种种，窃以为此乃万物之灵之故也。虽则如此，但超越相互身份之贵贱、贫富之差别，使其成真正友朋之交，且不失起居之礼，不乱言谈之节制，倡质朴排击骄奢，饮食亦适度同尽宾主之欢者，窃以为再无如茶道者也。昔日，兵马倥偬武门斗勇，虽乃风流全废之时，然唯独茶道残存，柔化英雄之心，窃闻昨日仇敌相视之中，今日亦因茶道之德而成兄弟互亲之交者，不在少数。诚然，茶道最尚谦逊之德，且以压制奢华之风，苟习此道，则对己慎独对人亦不骄纵，既令其长久保持友朋之谊，又无沉溺酒色、误己终身人亡家破之虞，故，宫中公卿文官武将志存高远者，无一不有习此道之迹象，有关文献中记载尤为分明也。

盖茶道早在镰仓初期令五山[1]之僧从中国传来几近定说，又文献载有足利氏初代曾在京都召集佐佐木道誉[2]等大小侯伯开茶会之事，其传记中亦有所记载。彼等陈列珍奇名物，供应山珍海味，互竞华美不过沦为徒夸奢华之风不成体统，故

---

1. 五山：这里指镰仓五山，即临济宗五大寺：建长寺、圆觉寺、寿福寺、净智寺、净妙寺。
2. 佐佐木道誉（1296—1373），又称"导誉"，日本镰仓室町时代的著名武将，守护大名，被唤作"婆娑罗"，《太平记》中记载了许多他设谋嘲弄权威的奢华宴会的轶事。

而难称已解茶道之真髓。后，及至义政公¹时代，名曰珠光²者出现，讲解台子真行³之法，将其传给绍鸥⁴，绍鸥又将其传授给利休⁵居士，据云此事文献皆有记载。

　　诚然，此利休居士于丰臣太阁麾下为仕，首开辟草庵之茶，自此茶道在本朝大行其道，豪门名户竞相玩味之，然其意趣则滥陈重宝珍器，夸耀奢华，利休居士不尚东施效颦，于闲雅之草庵设席，巧妙地将新旧精粗茶具混置，旨在淳朴，崇尚清洁，善修礼让之道，主宾应酬仪式颇为简洁而又留存雅致，富贵既非流于骄奢，品鉴亦非陷于鄙陋，各应其分而尽其乐，窃以为以如此始得茶道之蕴奥，即便于战时之下亦非最适之意趣乎？近日修炼此道之时，忽然体察其奥义而达其境界，此欢愉若独自藏于心底，诚无益而可惜之事，故望于后日下午二时招待老身素日亲密之青年友朋二三人，拟开

---

1. 义政公：室町幕府第8代将军足利义政，喜保护艺术，其山庄东山殿在其死后成为禅寺银阁寺，"枯山水"为其特点称"东山文化"，与其祖父义满的"北山文化"（金阁寺等）相对。

2. 村田珠光（1423—1502），在一休门下参禅，据说在禅院对点茶之本意有所灵感，遂创始"侘茶"，为茶道之鼻祖。

3. 台子真行：台子，为放茶具的四腿小桌；真行，日文原文作"真の行"（风炉）。使用真行台子为茶道奥秘根本之极重要科目。

4. 武野绍鸥（たけのじょうおう，1502—1555），室町后期的富商、茶人。相当于村田珠光之徒孙，确立了"侘茶"之地位，培养了千利休等弟子。

5. 千利休（せんのりきゅう，1522—1591），名四郎，号宗易。安土桃山时代著名茶人，"侘茶"之大成者，完成了草庵茶，为千家流之开祖；曾先后做过织田信长（1534—1582）、丰臣秀吉（1536—1598）之"茶头"（茶道之最高长官），后因故得罪秀吉而被命自杀。

一小小茶会，谨至恳奉邀，务请阁下拨冗酌情莅临。窃以为，流水不浊，激流不腐，心境日日更新方显阁下般有志为艺术家者之望。出席茶会，心魂可期焕然，绝非徒劳无益。老身谨此暂代阁下欣然允诺之。顿首。

　　今夏，那位黄村先生给我寄来上述信件。所谓黄村先生何许人也，按说我以前已介绍多次。现在就不再赘述，但常对我等后辈给予谆谆之教训，虽偶有失败但我认为总之称其为悲痛的理想主义者之一恐不为过？该黄村先生相邀，拟招待我参加茶会。虽说是招待，但几乎是近乎命令之口吻，乃是强硬的邀请。不由你分说，我也不得不出席。

　　然而，粗俗的我生来从未有出席茶会那种风流场合之经历，黄村先生招待我这个不懂风雅之人参与茶会，我想我笨拙的一举手一投足关键时刻遭到嘲笑、训斥乃至教训也未可知。不可大意。我拜读了先生来信，立即外出去拜访附近一位优雅的朋友。

　　"你家有没有什么有关茶道的书啊？"我经常从这位高品位朋友那里借书看。

　　"这回是茶道书么？我想可能有，不过，你也是什么书都读啊？又要读茶道——"朋友一脸狐疑。

　　《茶道读本》《茶客须知》那种书借了四册之多回到家，一气读完。茶道和日本精神，"侘"之境界，茶道的起源、发达史，珠光、绍鸥、利休的茶道。茶道看来大有来头。茶

室、茶庭、茶器、挂画、怀石[1]料理的菜单，一册册读下来，
我渐渐涌起了兴趣。我以为所谓茶会仅仅是老老实实去享用
一杯香茗呢，其实不然，其中还有种种美味之料理，还有
酒。而在战时，如此奢侈当无可能，再说句失礼的话，看来
并非优雅的黄村先生组织之茶会，那种飨宴更根本不可能期
待，充其量也就能喝上薄茶一杯罢了，我一面这样想着，一
面觉得如此美味之菜谱，仅仅看一看即饱眼福了。最后关于
茶客须知，这对现在的我来说是最重要的项目，我必须详细
研读，以免茶席上出错受到先生的训斥。

　　首先，收到邀请之时，要立刻对邀请表示答谢。此项的
正规礼仪应是去会主府上拜望以表谢意，但写信答谢也无
妨，只是答谢信中"当日必定出席"文字里，"必定"二字
万万不可忘记。这"必定"二字甚至成为了利休"茶客程
序"中的秘传。我给先生发了速递的答谢信。"必定"二字
写得很大，不过本来没必要写得那样大的。终于到茶会当
日，茶客们首先要在会主家的玄关聚齐定座次，常以肃静为
宗旨，大声喧哗、旁若无人般地狂笑之类是不能容忍的。接
下来，会主出中门迎客，茶客遵从其引导小心翼翼膝行人
内，入席后首先至茶锅前仔细观赏茶炉或茶锅发出赞叹，然
后膝行至壁龛前上下端详其中挂轴，再度发出更大的叹息
声，并非故作姿态地小声赞美："哎哟哟真是美！"回头一

---

1. 怀石：怀抱温石以暖腹暂时垫底之意，在茶会席间上茶前的简单料理，一般是一
汁三菜。称"茶怀石"，或"怀石料理"。

本正经、煞有介事地问询会主挂轴的来历之类，则会主更加高兴。虽说是问询来历，但应避免刨根问底。倘若提出一些诸如"从哪里买的呀？""价格多钱呀？""不是赝品吗？""借来的吧？"之类持怀疑态度、纠缠不休的问询是要遭到厌烦的。要夸奖茶炉茶锅和壁龛，这最为重要。忘了这个，会被看作没有当茶客的资格从而遭遇尴尬的。夏季代替茶炉的是备用风炉，虽说是风炉，但并不是装有炉灶的洗澡木桶，毕竟连入浴之设备也没有，你姑且将其想象成高级陶炉大约不会错。对茶炉茶锅和壁龛发出赞叹，接下来到炭火跟前拜见，你要膝行至跟前，拜见会主往炉中续炭，然后再次深深叹息。从前有人一拍大腿说"不愧是——"，这有点过于夸张，眼下已不流行，叹息一声足矣。然后还有夸奖香盒，终于要上怀石料理和酒了，不过，这一程序黄村先生省略了，恐怕要立即上薄茶吧？战时不要奢望奢侈品，当此之际在先生来说也必定打算开一个极端简朴的茶会，以给我等后辈严厉的教训。关于怀石料理的礼仪学习，我就适可而止，只是自学了薄茶的饮用之法。而且我的那种预想果真猜中，尽管如此，因为是简朴得离谱的茶会，实在是成了一场大闹剧。

茶会当日，我穿上了珍藏的唯一一双新藏青布袜离开了家门。茶道的《茶客须知》里写着"即使服装贫寒布袜必应穿新品"。在省线的阿佐谷站下了车，出南口时有人招呼我的名字。站着两位大学生，都是文科大学生、黄村先生的弟子，和我已经很熟了。

"啊呀！你们也来了！"

"嗯。"年轻一点的濑尾君歪着嘴巴点了点头，看样子情绪很消沉，"难办啦！"

"我们是不是又要被揩油啊？"松野君也似乎一副沮丧透顶的表情。他今年大学毕业，按说要报名参加海军。"开什么茶会这种荒唐玩意，真是受不了啊！"

"不要紧，没问题。"我打算给两个快快不快的大学生一点勇气，"没问题，我已稍微研究了一下，今天的任何事你们都跟着我学就行了。"

"是吗？"濑尾君似乎恢复了一点元气的样子，"其实我俩也指望靠你呢！从刚才起就一直在这等你来着。我们想你肯定也会收到邀请。"

"别！那样指望我，我有点为难啦！"

我们三人都无力地笑了。先生总是在厢房。厢房有对着庭院的六张榻榻米大小的房间和与之相连的三张榻榻米房间，另外还有两个房间专门由先生独占。家人们全在正房里，除了偶尔为我们送个粗茶、煮南瓜之外很少露脸。

当日黄村先生只穿着个兜裆布，躺在对着庭院的六张榻榻米房间读书呢。一发现小心翼翼走向走廊边的我们三人，便猛地站起身来："哎呀！来啦？不是很热吗？进屋来吧！把穿的都脱掉，光着身子就凉快啦！"什么茶会不茶会，看起来他甚至好像忘了这回事了。

然而，我们不能大意。我们不知先生心中有何策略。我们并排站在走廊边默默无言，恭恭敬敬地给先生鞠了躬。先生瞬间似乎露出莫名其妙的表情，我们不管那些，按顺序在走廊膝行，接着我环视一下房间，既没有风炉也没有茶锅，房间与平常无异。我有点狼狈，伸头看一下隔壁的三张榻榻米房间，那间屋角落里摆着个破旧的陶炉，上面放着一个煤烟熏黑的脏兮兮的铝壶，我想这就是了。慢慢地膝行进入三张榻榻米房间，学生们也异常庄重，生怕落后地紧紧跟在我后面膝行。我们围坐在陶炉前，双手拄地悉心端详陶炉和铝壶。三人自然不约而同地叹了口气。

"那种玩意不看也罢。"先生不高兴地说。然而，先生怀着多么深邃的意图呢，不得而知，不可大意。

"这个茶锅，"我试图问询其来历，但不知怎么说才好，"用得相当旧了吧？"结果说出的话很不得体。

"不要说无聊的话嘛！"先生的情绪越来越坏。

"不过，时代也相当——"

"无聊的奉承话免了吧！那是四五年前用两日元买来的，还有人夸奖那种玩意吗？"

情形实在是有点不对，让人困惑。不过我还是想恪守《茶道读本》里所教导的正规礼仪。

观赏完茶锅，接下来是拜见壁龛。我们聚集在六张榻榻米房间的壁龛前眺望着挂轴。依然是佐藤一斋[1]先生的墨宝。

---

1. 佐藤一斋（1772—1859），江户后期的儒学学者，曾师从林述斋，历任昌平坂学问所教授，其门人有渡边华山、佐久间象山、中村正直等。著作有《言志录》等。

黄村先生似乎只有这唯一一幅挂轴。我低声用音读方式来念挂轴上的文字：

　　寒暑荣枯天地之呼吸也，苦乐宠辱人生之呼吸也。何必惊其骤至哉？

　　前不久先生刚刚教过该挂轴的文字读法，故而我能顺利读出。

　　"不愧为佳句呀！"我再次说了句拙劣的奉承话，"运笔也很有品位。"

　　"什么话！你上次不是还说是赝品，挑毛病说坏话来着吗？"

　　"是吗？"我闹个大红脸。

　　"你们是来喝茶的吧？"

　　"是的。"

　　我们退回屋角，态度毕恭毕敬。

　　"那么，就开始吧！"先生站起身来走到隔壁三张榻榻米房间，将拉门紧紧关上。

　　"下面该怎样了？"濑尾君小声问我。

　　"我也不清楚呀！"反正，情况有点不对，我感到特别不安。"一般的茶会的话，下面就是拜见炭火啦，观览香盒啦，然后就上好吃的了，还上酒，还有——"

　　"还有酒啊？"他们表情兴奋。

"不，鉴于局势，这些我想恐怕会省略，不过，很快就会上薄茶的吧。对啦，现在是不是要拜见一下先生茶道的礼法呀？"我也不太有自信。

一种奇怪的哗啦哗啦声从隔壁房间传出。似乎是用圆筒竹刷搅拌茶叶的声音，可就算是那种声音，也显得过于粗暴喧嚣了。我侧耳倾听："咦？不知是不是点茶开始了？点茶倒是必须要拜见的，可是……"

我急得坐立不安。拉门关得紧紧的。先生究竟在做什么呢？唯有哗啦哗啦的声音喧嚣地传来，甚至时而还夹杂着先生的呻吟声，因此我们不安之余，站起身来。

"先生！"我隔着拉门招呼了一声，"我们想拜见点茶。"

"啊，不许开门！"传来先生似乎狼狈不堪的嘶哑回答。

"为什么呀？"

"一会儿，我就把茶端过去。"然后又喊一声，"不准开拉门！"声音比刚才还大。

"可是，先生不是在呻吟吗？"我想打开拉门看清隔壁房间里的情形。轻轻拉了一下拉门，可是先生在暗里用手使劲顶住，拉门纹丝不动。

"拉不开吗？"报考海军的松野君主动上前，"我来试试！"

松野君猛地发力来拉拉门，而里面的先生也拼死抵挡。刚刚开了一条缝，马上又吧嗒一声关上了。来回拉扯了四五个回合之间，嘎啦一声拉门掉了，我们三人也和拉门一起涌入三张榻榻米房间。先生为躲避倒下的拉门，快速退到墙边，这一下子把陶炉踢翻，铝壶倾倒，白茫茫的蒸汽笼罩整个房间，先生喊着："好烫……"跳起了裸体舞，只因这种情形，我们处理了陶炉里的火后，七嘴八舌地问道："先生，伤着没有？"先生只穿了一个兜裆布，端坐在六张榻榻米房间嘟嘟囔囔地说："这实在是个糟糕的茶会。原来你们都那么粗暴，没礼貌！"他的情绪坏到了极点。

我们将三张榻榻米房间收拾好之后，小心翼翼地排坐在先生面前，一齐致歉。

"可是，因为您在呻吟，我们担心，所以……"我刚刚辩解一句，先生便噘起嘴来说："嗯。看来我的茶道还没到精深程度，无论怎样搅拌也不能很好地起泡沫。返工了五六次，也没成功一次。"

看来先生是竭尽全力用圆筒茶刷胡乱搅拌，三张榻榻米房间里满是薄茶飞沫，看样子是每次失败就将其倒入脸盆，房间中央放着脸盆，里面装满绿色的薄茶，诚然，这种狼狈相理应关紧拉门避人耳目——我这时才察觉了先生的如此苦衷。不过，我觉得如此心中无底的本事竟谋划"宾主同尽清雅之和乐"，也是极为孟浪之事。当其实行之际似乎会遭遇种种笨拙，很少有人如黄村先生那般万事皆事与愿违，一味情况不妙遭遇惨败。想来先生实际上是想在本次茶会显示一下那位千利休那首歌之心的吧？那首和歌说的是：

"何谓之茶道？不过唯将沸水烧，点茶把客邀，茶客但享品香茗，茶事要谛应记牢。"[1] 说不定仅仅穿个兜裆布的姿态也是从利休"七条"[2] 中的"一、夏宜凉爽。二、冬宜温暖"中得到暗示，而以特殊凉爽的形式展示给我们看呢！不过因种种差错使之变成荒唐的茶会，真乃可怜之事。

无需什么茶道，口渴之际即奔向厨房，以舀子舀水缸中之水咕咚咕咚如牛饮水为最佳，窃以为如此即可达到领会利休茶道奥秘与精髓之境界矣。

我于数日后收到黄村先生一封上述的信。

---

1. 此歌为《利休百首》其中一首，原文为"茶の湯とはただ湯をわかし茶をたてての飲をばかりなゐものとと知ゐべし"。
2. 一般称为"利休七条法"，分别为：一、茶室插花须如开于原野；二、炭须利沸；三、夏宜凉爽；四、冬宜温暖；五、赴约须准时；六、凡事应未雨绸缪；七、关爱同席之茶客。此七条之精髓在利休弟子南坊宗启所归纳利休茶道精髓的《南坊录》中亦有记载。

译后记

受上海译文出版社外国文学编辑室委托约译《落英缤纷》深感荣幸，首先感谢社、室领导及责编姚东敏老师的高度信任。

对日本著名无赖派作家太宰治其人其作，本人研究水平有限，但在拙译太宰晚期作品《人间失格》《斜阳》（大连理工大学出版社）的《前言》或《后记》中略有论述；在2023年3月已经出版的拙译太宰早期作品《小丑之花》（译林出版社）的《译后记》中也有所议论。在此谨结合作家生平简述一下本卷各篇的时代背景、故事梗概及写作思想等，以供读者朋友参考。

本名津岛修治的太宰治（1909—1948），是一位十分特殊而复杂的作家，其青少年时代可用"离奇古怪、一塌糊涂"八个字来形容。"我曾经想死。"是他第一本集子首篇文章的第一句话，28岁时出的这本书居然起名《晚年》。"10岁的民主派，20岁的共产派，30岁的纯粹派，40岁的保守派"（《苦恼的年鉴》）的自述显示了他思想轨迹跳跃之剧烈。他生于名门望族的大地主家庭，家里是津轻地区首富，父亲贵为贵族院议员（其长兄文治于1946年当选众议院议员）。

太宰在十一个孩子（七男四女，即五位哥哥，一位弟弟，四位姐姐，但大哥二哥早夭）中排行倒数第二，而最小的弟弟早夭，他实际上成了兄弟姊妹中的老幺，由奶妈和姑母带大。母爱父爱均很稀薄，加之周围和小学里人们看待他的特别眼光，令敏感的少年修治从小心灵就受到伤害。初高中时代接触到马克思主义、社会主义思想，使他明白了自己的家庭是建立在剥削贫农的基础上的，首先对出身就产生一种罪恶感。太宰在东京帝大法文科学习期间，曾一度投身左翼地下斗争，后来脱离组织又产生一种背叛同志的亏欠意识。他18岁与青森的艺伎小山初代相恋，21岁时小山上京投奔他，由大哥（实际排行第三，因老大、老二早夭故称大哥）文治出面许诺将来迎娶才将其劝了回去。不久，他却和一个萍水相逢的吧女田部西妹子在江之岛投海殉情，结果只有女方死了，而自己被救。这样一来，他认为是自己害死了对方，内心又加重了负疚感。也许他认为，为解决这多重苦恼负疚和罪孽，除了自杀别无他途。1933年，他以太宰治为笔名发表的长篇连载《追忆》，实际上就是遗书（拙译《小丑之花》中收录），而1937年发表的《二十世纪旗手》标题旁竟然加了个副题：“我生来人世，对不起。”

　　如把太宰作品分为早（1932—1938）、中（1938—1945）、晚（1945—1948）三个时期的话，《落英缤纷》这14篇均为中期作品。从《满愿》（1938）开始进入中期。太宰文学早期的思想基调是颓废和绝望，从第一本书的书名《晚年》可见一斑,《小丑之花》则是与小山初代订婚后又突然和吧女田部西妹子殉情而女方独逝、太宰被问罪前后的内容。

下面谈谈《落英缤纷》的时代背景和当时作家的思想情况。按前后顺序,其中《新郎》《十二月八日》《律子和贞子》《等待》《水仙》《正义与微笑》《小影集》《焰火》《戒酒之心》9篇发表于1942年;《归去来》《故乡》《黄村先生言行录》《不审庵》4篇发表于1943年;唯独《落英缤纷》发表于1944年。众所周知,1942年是日本军国主义侵略行动高度膨胀不可一世的时期,1943年,反法西斯阵线由相持阶段渐渐转入战略反攻,而1944年则是日本军国主义败色尽显、苟延残喘的时段。因《落英缤纷》中14篇均属太宰中期作品,故而与早、晚期作品有显著不同。

1938年始,29岁的太宰有了洗心革面的再生决心。他登上了德高望重的老师井伏鳟二家所在的山梨县御坂岭,又攀富士爬高山来调整心态。在老师夫妇的介绍下,太宰与石原美知子结婚并在山梨县甲府市安了家,生活和心态进入稳定时段,初露积极明快的曙光。在此期间,一股健康向上的创作欲在太宰身上迸发,他一气呵成写出了《富岳百景》《女学生》《奔跑吧!梅洛斯》《正义与微笑》等脍炙人口的佳作,一时间声名鹊起。1944年,太宰发表了纪行文学《津轻》,这是一部乡土气息浓郁的名作。翌年1月,他改编的以我国为背景的聊斋故事《竹青》汉译在《大东亚文学》上发表。《竹青》表现了他自己不能同化于俗世的孤独、绝望的世界观，在毫无言论自由的战时，敢在文章中塞杂"私货"，倒也不算没有胆量了。不过当时毕竟处于战时，军方对出版物审查极严，无奈之下太宰还写过《右大臣实朝》《御伽草纸》等古典作品。从1946年到1948年6月入水自杀，在此期间的《维庸之妻》《斜阳》《人间失格》等名作均为晚期作品。因《落英缤纷》中作品的时代背景和作者思想都处于特殊时段，而且，14篇并非均一模式，大致可分几种类型，故拟分四类来写这篇《译后记》。

第一种类型，是"私小说"类型，亦即近乎作者本人的真实经历。作品有《小影集》《归去来》《故乡》。让我们看看1942年写作本卷前太宰所经历的离经叛道的路。他在1930年始即参加了左翼地下活动，时间长约两年之久，并在东京帝大读书期间因小山初代问题，几乎等于被家里开除了"家籍"（所谓日本式的"分家"），其间1938年前就已有过4次自杀未遂：1929年20岁时驱逐校长罢课，在期末考试前自杀未遂；1930年21岁时，本与小山初代订婚，却突然和吧女田部西妹子在江之岛殉情，女方死亡而自己没死成的他被抓进拘留所，经过其长兄斡旋，最后被问成"协助自杀罪"缓期起诉。1935年大学毕业后就职失败，在镰仓山中自杀未遂。1937年和小山初代双双在水上温泉用药物殉情未遂，随即分手。《归去来》就是以第一人称描写了这样一个劣迹斑斑的"罪人"，经曾蒙受其父恩泽的前辈北先生和中畑先生安排，在长兄文治不在家乡期间，"我"回到阔别十年的故乡看望老母及其他家人。而《故乡》则是因母亲病危，经北先生（中畑先生协助，其二哥本发了快信，但那时已出发没能收到）安排，"我"带着妻女回故乡探望危重的老母。查其年谱，太宰确在 1941 年 8 月，在北先生安排下回到阔别十年的故乡津轻金木町看望老母。1943 年 1 月，太宰确曾又在北先生等安排下，带着妻女回故乡金木町参加故去老母的祭奠法事。值得提出的是，他回自家居然比客人还惶恐，对家长身份的长兄的深深畏惧和歉意在前述两篇中的描写都入木三分。

《小影集》里，作者向读者展示了一部分从高中时代、大学时代、在山梨县甲府时以及搬到东京近郊三鹰后的部分照片，并自虐性地点评了各个阶段自己的生活，小说内容几近真实。值得指出的是，虽说作者在 1942 年到 1944 年时段展现出积极向上的姿态，出现些试图脱胎换骨的迹象，但仅从这三个短篇中，读者朋友也不难察觉到在积极向上倾向的深处，仍残存着玩世不恭、颓废、追悔、自虐、自卑、绝望甚至严重的罪人意识。

第二种类型，是挪揄和影射对日本侵略战争的不满。在战中的时代背景下，太宰居然把对战争的反感和不满，用挪揄或说反话的办法，躲过严密的"检阅"（出版物政审），他这种巧妙地反战真可谓"暗度陈仓"。这在本卷《新郎》《十二月八日》《戒酒之心》《不审庵》等作品中均有表现。比如，在《新郎》中，因为物资极度匮乏，餐桌上只有腌白

菜和干烧鱿鱼，就连紫菜都买不到，但主人公却一个劲说
"好吃"，表现虚假的"满足"。严重的物资匮乏致使一个堂
堂作家居然给女仆"鞠躬三次"，从自助餐处偷偷带回家一
块牛排。他说："只要我们现在老老实实地忍耐，日本必定
成功。我相信。大臣们登在报纸上的讲话我全部确信无疑，
请他们尽全力干吧！据说现在是关键时刻，要忍耐。"实际
上，这全都是明褒暗讽，他想说的是"大臣们登在报纸上的
讲话都是一派胡言"。所引用的《马太福音》中的"不要想
明天的事"，实际上是对军部当局的一种辛辣的讽刺。《新
郎》的末尾清楚地写着"昭和十六年十二月八日记之；这个
早晨，闻听到与英美已开战之报道。"冰雪聪明、明知日本
必败的太宰怎么可能真正"每天都以新郎的心情在活着"？
作品《十二月八日》是以一个家庭主妇的视角写的，主人
公的先生说："洋鬼子再牛，也受不了光吃咸鲣鱼干的伙食
吧？可我们呢，什么样的西餐都可以吃给他们看！"这种幽
默的揶揄也很风趣。至于小说中的叙述："今后，我们的家
庭也会极端困难，种种物资紧缺，但无需担心。我们不在
乎！一点也不会起'真烦人呀！'的念头。不会为生在这种
艰辛的世道而悔恨。相反，甚至感到生在这种世道才有活着
的价值。生在这种世道就生对啦！啊！想和一个人大谈特谈
战争，说说'干起来了啊！''终于开始啦！'之类。"说的全
是反话。由于物资极端匮乏，清酒也凭票"配给"，六升清
酒九个家庭等分怎么分？侵略战争使日本人到了民不聊生的

程度。关于酒，作品《戒酒之心》写得更加一针见血，为了能喝到一杯啤酒，那么有身份的银行董事监事等人都放下身段对酒馆主人溜须拍马，还特意带一把剪刀帮助酒馆侍弄花草，跟店里伙计一起喊"欢迎光临！""谢谢惠顾！"，小说最后得出结论：酒，实在是个魔鬼。侵略战争带来的包括酒在内的物资统制，消灭了人们最起码的尊严！其实，作者想说的并非"酒，实在是个魔鬼"，而是让人们为了一杯酒而尊严丧失殆尽的侵略战争的元凶才是魔鬼。在作品《不审庵》中，因为物资的极度缺乏，黄村先生所组织的"茶会"，拿不出任何料理点心，茶会根本开不成，老先生还落得大丢其丑，最后得出极其荒唐的结论。写到这里，译者想起曾叫嚣"一亿国民总崛起"的大战犯东条英机责难英、美阻碍日本的侵略扩张，号召国民节衣缩食，他甚至深夜无耻地亲自去检查居民的垃圾，看看人们有没有享用"奢侈品"，战中日本百姓过的是什么日子可见一斑。太宰从百姓的日常生活悲苦的侧面谴责了侵略战争，也是不乏积极意义的。

第三种类型，是奇闻异事型。正因为作家当时思想基本处于积极向上的时段，所以能用饶有兴致娓娓道来的笔调写出了几桩奇闻异事，其中最有趣的莫过于和黄村先生有关的《黄村先生言行录》《落英缤纷》《不审庵》三篇了。《黄村先生言行录》记录了这位迂腐的老知识分子突发思古之幽情，对大鲵鱼萌生了异乎寻常的兴趣，而文中的年轻作家（即作者化身）在某地旅馆正巧碰上展出号称"一丈长大鲵鱼"的杂耍团，于是发电报将老先生请过来，最后才弄清原来该鲵鱼只有三尺半长，也根本不会轻易出卖，闹出一场令人啼笑皆非的闹剧，到头来老先生不仅大鲵鱼没买成，而且不慎踩空楼梯受伤，将带去的钱全交了温泉疗养费。《不审庵》则是黄村老先生突然对茶道重生兴趣，发请帖邀请文中的年轻作家"我"和两位大学生来参加茶会，但既因正值战中物资匮乏没有任何料理可言，又因他本人茶道技术低劣，结果不仅来客连一杯薄茶都没有喝成，先生自己还在年轻人面前丢了大丑。最后，给年轻作家信中的无奈结论居然是："无需什么茶道，口渴之际即奔向厨房，以舀子舀水缸中之水咕咚咕咚如牛饮水为最佳，窃以为如此即可达到领会利休茶道之奥秘与精髓之境界矣。"《落英缤纷》则更加搞笑，主人公仍是这位黄村先生，可谓是纯文人讲授武术之重要并身体力行而弄出一场闹剧。说是从文豪森鸥外到夏目漱石都有拳脚功夫，又从开辟镰仓幕府的源赖朝13岁时的勇武轶事讲到"剑圣"宫本武藏的《独行道》，说这才是"人生达人"。最可笑的是为了知行合一，这位只练了一天"武术"的老先生便在"身高六尺、面色呈红铜有光，手腕之粗堪比巨松之干，风闻其曾将附近当铺之猛犬踢毙"的邻居老画伯身上施展拳脚，对方一进酒馆便打了人家三记耳光。不料，因打人前把假牙埋在落花瓣里，等打完人在一大片缤纷落英中却找不到花了三百日元重金配的假牙了。到头来，却是被他打耳光的老画伯借来扫把，好意在落英中仔细搜寻，总算将其找到，老先生又是感激又是追悔，送出自己面颊让对方打回来，对方也真的给了他一记响亮的耳光，"打得老身双眼冒出金星无数，一时间昏死过去"。最后的结论是："然今日细细想来，武术非为可对同胞实行者……故尔等青年后生亦当免蹈老身考虑欠周之覆辙……"

奇闻异事的另两篇，一篇是《水仙》，另一篇是《焰火》。《水仙》说的是作家突发奇想，认为著名通俗文学作家菊池宽的《忠直卿行状记》中的忠直卿，并非像小说中所描写的那样没真本事，都是家将们让着他，而是有真本事却被"捧杀"，最后精神崩溃而沦落。由此引申到小说中女主人公草田静子，一位银行家的夫人，本来过着养尊处优的生活，却被称"有绘画天才"而送去学画。但因受到人们的过分吹捧，以致自我膨胀，出走家庭，生活堕落，酗酒作乐造成失聪，最后无脸做人而自杀身亡。作者认为天才首先自己要有自信，周围人的"捧杀"更是害人，正是人们的过度吹捧，扼杀了一位真正的绘画天才。作品《焰火》则讲述了大画家儿子胜治因自己的另类愿望（非去西藏不可）未得到家里支持而破罐破摔，沦为满口谎言巧取豪夺的恶棍，强抢妹妹的零花钱，将妹妹和母亲的贵重衣物几乎全送当铺换钱，偷卖父亲的画，以供自己喝酒玩乐，甚至堕落到偷窃女佣积蓄、凌辱女佣的程度。最后，父亲随着酩酊大醉的他一起乘小船去沼泽深处游玩，却只有父亲一人回来，称胜治"在桥那儿上岸了。好像醉得够呛"。胜治溺亡的尸体次晨才在桥桩间被发现。为了他的死，家人和他的朋友都受到调查。其父是有教养有名望的大画家，尽管儿子过于荒唐无赖，但究竟有无可能父亲趁其酒醉将其推下水，还是儿子自己不小心溺死的呢？作者留下了一个谜让读者猜想，而令作家吃惊的还有一直对哥哥忍让到无以复加程度的妹妹节子的最后一句话："哥哥死了，我们幸福了。"译者以为，实际上这篇也是讲环境对人成长的影响问题，胜治变坏、死于非命或许是咎由自取，但另一方面，作者是不是想提出假设，如家里支持他真的去了西藏，他是不是就不至于堕落沦为不良青年最后惨死呢？是不是还可能成为有作为的探险家之类呢？

顺便提一下，《焰火》这篇是发表于 1942 年 10 月 1 日发行的《文艺》杂志第 10 卷第 10 号的创作栏目，但因"内容与时局不符"，发行后即被全文删除。至于为什么题名叫"焰火"，译者主观臆断，是不是暗喻胜治那尽情吃喝玩乐后稍纵即逝的短暂青春呢？

第四种类型，是有关基督教类型的作品，其中包括《新郎》《律子和贞子》《十二月八日》《等待》《正义与微笑》，在此不得不提及太宰与基督教之关系。译者曾在 2002 年至 2006 年在日研究之余暇，应邀在日本某家中文报纸上为留学生写过《日本近现代文学讲座》（一篇小评论加一篇主要作品缩译，占整版），在写到太宰文学的小论文末尾时，译者曾写道："太宰文学至今还有许多说不清道不明的东西，因此，今天，研究太宰文学的学者的人数几乎不亚于研究漱石、鸥外的人数。"（拙作《日本近现代文学名家名作集萃》，中国科技大学出版社，2007年，第161页）实际上，译者"有许多说不清道不明的东西"这一观点还是一如从前，但现在看来，至少在中国的海峡两岸，太宰文学的翻译和研究（主要是翻译占压倒性多数，特别是《人间失格》，海峡两岸据说已有六十多个中文译本，大陆销售总量据说已超过一千万册）远超漱石和鸥外。译者对基督教所知甚少，确实说不出子丑寅卯。好在手头有研究太宰文学的基督教学者佐古纯一郎（1919年生于德岛县，曾任二松学舍大学名誉教授，日本基督教团中涩谷教会名誉牧师）所著《太宰治の文学》（朝文社，1993年6月24日新装1刷）一书可供参考，因此译者引用了该书中某些观点。佐古氏书中有记载，说是据立教大学院生田中良彦毕业论文《太宰治与〈圣经〉知识》判断，太宰开始读《圣经》大约是在1935年8月，而据佐古氏推测，以1938年为契机（这正是译者前述"29岁的太宰有了洗心革面的再生决心"的时段），太宰文学出现了"明显的光亮色彩"。佐古氏认为，这其中因素之一就是和《圣经》有关。佐古氏写道："……从 *HUMAN LOST* 到《津轻》全是中期的作品。《越级上告》是讲犹大吧，《奔跑吧！梅洛斯》则是取材于希腊神话，《新郎》显然是《圣经》里的耶稣，而《律子和贞子》就是马大和马利亚的意思……而所谓《正义与微笑》则是耶稣的马太福音，这里是有原型的……"在《落英缤纷》之《等待》中，一个二十岁的姑娘每天买菜回来都要坐到车站的长椅上"等待"，她等待什么呢？佐古氏虽没有点明，但书中女主人公既然说出"我等的也许不是人类"，故而佐古氏就认为"等的不是物，而是人格存在"。当然，佐古氏的看法毕竟只是一家之言，是否值得参考？是否有可取因素？只能请读者朋友见仁见智了。

占《落英缤纷》近半的《正义与微笑》是一篇比较难解的长篇小说。太宰在该篇"后记"中再三强调该篇"是歌舞伎青年演员Ｔ君允许我看了他少年时代的日记本，将据此得出的幻想随便撰写出的小说"。关于《正义与微笑》，《落英缤纷》（解题）作者关井光男氏写道："这是作者新作的第二篇长篇小说，以堤康久氏（当时前进座剧团演员）的日记为蓝本，从昭和十七年（1942）1月至3月写出，同年6月10日由锦城出版社作为《新日本文艺丛书》之一册刊发。"又据佐古氏书中有一段在引用了"后记"之后写道："这是有蓝本的，但这个蓝本似乎和《圣经》毫无关系。这位Ｔ君反倒似乎是个马克思主义者，所以，虽然Ｔ君的日记确实似乎为蓝本，但实际上并无太大关系。"佐古氏认为："在太宰作品中，引用《圣经》最多的恐怕就是《正义与微笑》……，《正义与微笑》或许可以说是《马太福音》的说明书。"佐古氏认为，《旧约》都是律法，《新约》则是福音，比起律法太宰更喜欢福音。故而，佐古氏认为《律子和贞子》中作者之所以不赞成三浦选律子结婚也带有象征性。读者朋友阅读后可知，作者在《正义与微笑》中引用《马太福音》部分占压倒性的比重，从第五章到第二十七章几乎每章均有引用，其中引用最多的是第六章，竟高达 18 次之多。据佐古氏研究，太宰对《圣经》的学习可谓狂热，太宰在其作品 *HUMAN LOST* 中写道："读完《马太福音》二十八章花费了三年，马可、路加、约翰，啊！何时才能得到约翰福音的翅膀啊？"

有很多人问佐古氏：太宰既然那么拼命地学习了《圣经》，为什么并没有被救赎呢？对此疑问，就连佐古氏也只能回答说：难以作答。而译者占有资料既极为有限，对基督教了解更是所知皮毛，所以，作为译者只能说太宰对基督教并不陌生，对《圣经》学了很多很深，有的甚至能背诵，他可能也曾想依靠基督教来救赎自己，但是不是并未真正领会教义的真谛，所以也就没能成功地救赎自己呢？

《正义与微笑》，实际上是描写了一个朝气蓬勃有上进心的少年的奋斗史，从 16 岁上中学写到 18 岁大学中退，吃尽了千辛万苦最后实现了自己当演员的梦想，尽管其中大量引用《圣经》语句，然而最后却产生了虚无的幻灭感，和贯串太宰一生的绝望感有所契合。不过，《正义与微笑》中的家庭，和前述带"私小说"性质的三篇作品中的家庭大相径庭。译者突出地感到《正义与微笑》里的芹川进和哥哥的关系非常融洽和睦，虽然因父亲去世哥哥也身兼家长，但对于弟弟小进来说，完全是个又亲切又知心的好大哥、好引路人、好参谋。与"私小说"性质的《归去来》《故乡》里的大哥迥然相异。在《归去来》《故乡》作品里,读者能从字里行间深深地感到主人公惧怕这位兄长简直就像怕猫的老鼠,战战兢兢,惶惶不安,如履薄冰。由此,也可想象到太宰每每犯错后其大哥怒其不争的严厉程度。因此,译者联想到在《正义与微笑》里的大哥身上,是不是还寄托着太宰对兄弟和睦的亲情的向往和憧憬呢?

下面谈谈《正义与微笑》的题名解释。按佐古氏的观点,"正义"是个好词汇,但一不小心就会成为律法,而"微笑"显然是自由自在的福音。因此,书中的一句口号"以微笑来实施正义"佐古氏认为是太宰的语言,佐古氏认为"以微笑来实施正义"是困难的,因为越是实施正义,微笑越将从我们的生活中渐行渐远。译者觉得这个观点倒也符合太宰性格温顺、感情丰富细腻、不喜欢枯燥律法的特点。这或许就是太宰往往非常容易陷入感情漩涡的因素之一吧?

还有一点要向读者朋友交代:译稿中有的部分用的是半文半白的古典汉语,凡这种情况均是因原文系日语文语,或半文语,或夹杂现代日语的文语。如《落英缤纷》《不审庵》以及《归去来》等作品中都有一定部分此类译文,没有用现代汉语乃旨在尽量试图做到不失原作风貌,尽量忠于原文,敬请读者朋友理解。当然译者中日文古文功底均不深,还请读者朋友多多指正。

再者,关于书名,既然《正义与微笑》是本卷主打作品并占全卷近半，为何本书没将《正义与微笑》作为书名，而以本卷中另一篇《落英缤纷》作为书名呢？主要原因是书名叫《正义与微笑》的书国内已有了台湾高詹灿译本（浙江文艺出版社出版，2020年10月出版），其中包括太宰的《正义与微笑》和书信体小说《潘多拉之匣》两部作品。而我们的这本书包括了《太宰治全集》第五卷十四篇作品全部内容，和台湾译本差别较大。考虑到网上往往把同名书混在一起，尤其是读者对该书的评论也掺合在一起，难以分辨，很令读者困惑。为避免将同名而内容不同的书混淆，故而本书特选用五卷中另一篇名《落英缤纷》作为书名，以示区别，敬请读者朋友予以理解和谅解。

最后，在五卷翻译过程中，还碰到大量人名地名及事物考证，译者虽进行了仔细的查阅，但毕竟水平有限，故不妥乃至谬误之处仍在所难免，也请读者朋友多多赐教。

译者

2021年7月于金陵

太宰治
正義と微笑

图书在版编目（CIP）数据

落英缤纷/（日）太宰治著；王述坤译 . 一 上海：
上海译文出版社 ,2023.8
　ISBN 978-7-5327-9228-3

　Ⅰ.①落⋯　Ⅱ.①太⋯ ②王⋯　Ⅲ.①短篇小说—小
说集—日本—现代　Ⅳ.①I313.45

　中国国家版本馆 CIP 数据核字（2023）第 129593 号

落英缤纷

[日]太宰治　著　王述坤　译
责任编辑 / 姚东敏　装帧设计 / 人马艺术设计・储平

上海译文出版社有限公司出版、发行
网址：www.yiwen.com.cn
201101　上海市闵行区号景路 159 弄 B 座
浙江新华数码印务有限公司印刷

开本 890×1240　1/32　印张 11.5　插页 5　字数 186,000
2023 年 8 月第 1 版　2023 年 8 月第 1 次印刷
印数：0,001—6,000 册

ISBN 978-7-5327-9228-3/I・5743
定价：68.00 元